Los
Seems

Un segundo perdido

WITHDRAWN

JOHN HULME Y MICHAEL WEXLER

Los SEEMS

Un segundo perdido

Traducción de Jordi Vidal

EDICIONES **B**
GRUPO ZETA

Barcelona • Bogotá • Buenos Aires • Caracas • Madrid • México D. F.
Montevideo • Quito • Santiago de Chile

Título original: *The Seems. The Split Second*

Traducción: Jordi Vidal

1.ª edición: octubre, 2009

Publicado originalmente en Estados Unidos por Bloomsbury USA Children's Books

© 2008, John Hulme y Michael Wexler, por el texto
© 2008, Gideon Kendall, por las ilustraciones
© 2009, Ediciones B, S.A.,
 en español para todo el mundo
 Bailén, 84 - 08009 Barcelona (España)
 www.edicionesb.com

Impreso en España - Printed in Spain
ISBN: 978-84-666-4122-7
Depósito legal: B. 31.467-2009

Impreso por Novagràfik, S.L.

VIVIR PARA REPARAR
REPARAR PARA VIVIR

Los
Seems

MEMORÁNDUM

Desde: Las Autoridades
Para: Todos los empleados de Los Seems
Asunto: La Marea

EFECTIVO INMEDIATAMENTE:

Debido a los sucesos recientes y a la información relativa a una amenaza concreta y creíble, ha sido necesario elevar las medidas de seguridad a nivel de todo Los Seems.

Se notifica a todos los empleados que deberán exhibir insignias válidas a todas horas y todos los individuos, sea cual sea su nivel de autorización, se someterán a inspecciones aleatorias. No se dejarán efectos personales abandonados y se informará de toda actividad sospechosa a los administradores departamentales.

Lamentamos todos los inconvenientes que esto pueda ocasionar, pero sólo aunando esfuerzos podremos proteger el Mundo tal como lo conocemos.

Atentamente,

Eve Hightower
Segundo de a bordo, Los Seems

c/d Gran Edificio, Planta 143 - Plaza Seems 1, Los Seems

El Teatro de la Obra Maestra

Los Ángeles, California, EE.UU.

—¿Qué soy yo, una banda sonora?

Albie Kellar dio un manotazo sobre el maletero del elegante coche blanco cuando éste se detenía chirriando a sólo unos centímetros de los dedos de sus pies.

—¡No! —gritó el conductor—. ¡Eres un estúpido retrasado mental!

Cruzar en rojo seguramente no era la mejor idea, sobre todo al final de la hora punta, pero los peatones tenían prioridad en ese Estado, y Albie tenía pensado ejercer ese derecho siempre que le viniera en gana.

—¡El estúpido retrasado mental ERES TÚ!

El conductor le hizo una señal con la mano que se parecía extrañamente a un pájaro, luego torció por Marengo y desapareció en la autopista 10.

Albie sacudió la cabeza. Sinceramente no podía recordar si la gente había sido siempre tan mala o si había empeorado últimamente, pero hoy daba la impresión de ser especialmente ofensiva. El esmog tampoco ayudaba. Flotaba bajo y espeso y lo notaba acumulándose alrededor de sus pulmones con cada respiración.

—Oh, no. —Albie echó a correr por la acera—. No. No. No, no, no, no, no...

A una manzana y media, un autobús abarrotado se apartaba del bordillo, y Albie corrió tras él, tratando de llamar la atención del conductor; pero el hombre al volante dio la impresión de arrancar intencionadamente.

—¡¡¡Muchas gracias, amigo!!! ¡¡Agradezco mucho tu amabilidad con el prójimo!!

Junto a la deteriorada parada del autobús, una mujercita mexicana observó cómo Albie mandaba su maletín de un puntapié contra un muro. Anna se refería a él en secreto como el Tirano, porque cada vez que le veía parecía estar muy malhumorado. Tampoco su humor era mucho mejor...

Anna Morales había llegado a la ciudad de Los Ángeles en busca de una «vida mejor», pero esa vida mejor no era gratuita. Si bien aquí podía ganar suficiente dinero para mantenerse y mandar una parte a su familia, pasaba la mayor parte del tiempo sola. Ir en autobús sólo parecía empeorar las cosas, porque apenas comprendía el idioma y tenía la sensación de que la gente la atravesaba con la mirada. Por lo menos en Chapala, incluso un desconocido era un amigo.

—Disculpe. ¿Está ocupado?

Levantó los ojos y vio a un muchacho negro alto y flaco que se ponía bajo el alero. Llevaba una bata de hospital y no tenía mucho mejor aspecto que ella, con unos auriculares demasiado grandes aislándole del resto del mundo. Anna se apresuró a apartarse, pero no pudo ir demasiado lejos porque el Tirano ya había ocupado el asiento de su derecha.

—¿Cuándo demonios aparecerá ese cacharro? —murmuró Albie Kellar, consultando su reloj con ira—. Ni siquiera sé por qué aún me tomo la molestia.

Mientras el sol iniciaba su descenso diario, Anna trató de hacerse todavía más invisible que de costumbre, al mismo tiempo que el chico con bata subía su música y decía a nadie en particular:

—Cuéntame, tío.

Franja del Atardecer, Departamento de Obras Públicas, Los Seems

Becker Drane apenas se había apeado del monorraíl cuando ya tenía ante sus narices a un ayudante escénico.

—¡Gracias al Plan que ha venido! —El joven artista tenía la bata manchada de pintura y la frente salpicada de sudor—. ¡Es un absoluto desastre!

Becker no pudo evitar reírse. Cada misión parecía empezar del mismo modo, pero ahora que ya llevaba nueve en el zurrón, ya no le desconcertaba.

—Cálmate y llévame con mi informador.

—Está junto al Caballete n.º 4, inspeccionando la sustitución. ¡Sígame!

Mientras se apresuraban hacia la Franja, Becker podía oír el taconeo metálico de sus tacos contra el duro hormigón. Se hallaba en mitad de un partido de liga —Park Deli contra Bagel Dish— y no le había resultado fácil salir sigilosamente del círculo de espera, entrar en el retrete para desplegar su Yo-2* y luego escabullirse de Donaldson Park mientras el «otro» Becker anotaba una carrera de puntuación doble a la derecha-centro, empatando el marcador con dos eliminados al final del sexto.

El ayudante escénico condujo a Becker por la calle llamada Paseo Glorioso y luego dobló por el solar trasero que hacía las veces de estudio de diseño de lujo para todos los atardeceres del Mundo. Unos enormes lienzos se alineaban uno tras otro, con no menos de doce artistas por panorama, todos ellos supervisados por un maestro escénico cuya imaginación y agudo sentido del color no tardarían en proporcionar al Mundo un tapiz inestimable y nunca visto antes (o de nuevo) de luz y Emoción.

---

* Todas las herramientas son propiedad intelectual del Cobertizo de Herramientas, Instituto de Arreglos y Reparaciones (IAR), Los Seems, XVUIVVI. Para más información, véase «Apéndice C: Herramientas del oficio».

—¡Aquí, reparador Becker!

Junto al Caballete n.º 4 se hallaba un hombre bajito y gordo que lucía orgullosamente una «I» laminada en su uniforme. Becker tuvo que admitir que se sentía algo decepcionado por el hecho de que no le hubieran asignado su seemsiano favorito, zumbado, obsesionado con las herramientas y con gafas de culo de botella, pero también los informadores trabajaban por turnos. Había más de trescientos, cada uno tan capacitado y característico como el siguiente, y aunque muy pocos de ellos todavía llevaban el «uniforme» oficial (que en otro tiempo había sido obligatorio), «el Sargento» siempre lucía el suyo...

—Habla, Sargento...

—Esto no va bien. —El Sargento se rascó la barbilla entrecana—. Ese atardecer llevaba tres semanas en construcción, una especie de capricho que había llegado desde arriba. A decir de todos, era una obra maestra, pero entonces el tipo se descompuso: le echó un bote de pintura base por encima, lo hizo pedazos y desapareció por completo en el Límite.

—¿Quién era el pintor?

—El maestro escénico n.º 32. —El Sargento consultó el informe de misión en su Blinker—. Figarro Mastrioni.

—¿El Maestro?

—El mismo. —El Sargento sabía qué otra cosa se preguntaba su reparador, porque todos los habitantes de Los Seems habían recibido el mismo memorándum en su buzón aquella mañana—. Es demasiado pronto para decir si quien ya sabe estuvo implicado.

—¿Qué hay del atardecer de sustitución? —Becker levantó los ojos hacia el enorme lienzo que se había remendado como copia de seguridad del cuadro original—. ¿Hay algo que podamos utilizar allí?

—La luz y la textura son buenas, pero las nubes se han hecho con mucha prisa, y hay activadores de memoria por todas partes... —El Sargento hablaba en voz baja, como para no ofender a los preocupados escénicos que trabajaban encaramados a escaleras y andamios—. Para mí que es una acuarela.

Lo mejor del Sargento —el n.º 1 en la Rotación de Informadores— consistía en que tenerle a bordo era como trabajar con un segundo reparador. Sus recomendaciones de herramientas eran impecables, y su cuaderno de misión se entendía como un libro de historia en el Instituto de Arreglos y Reparaciones. Becker no tuvo que mirar el lienzo dos veces para saber que no iba a dar la talla.

—¿Cuánto tiempo tenemos?

—El anochecer rotatorio empezará en quince minutos.

El reparador Drane hizo un cálculo mental. El anochecer rotatorio significaba que se vería exactamente el mismo atardecer en todo el planeta, contrariamente a la práctica habitual de asignar a cada sector su propio cuadro individual. Ése era un acontecimiento raro —muy parecido a un eclipse o una lluvia de meteoritos— que se destinaría a miles de millones de testigos en todo el mundo. Pero incluso a un escénico tan talentoso como el legendario Maestro le resultaría difícil confeccionar un nuevo atardecer en tan poco tiempo.

—Llévame al Límite.

El Límite de la Cordura, Los Seems

La Franja del Atardecer, un subdepartamento del Departamento de Obras Públicas, se había construido dominando el Río de Conciencia, y por una buena razón. El sol seemsiano se ponía en el norte, proyectando un cálido resplandor sobre el tranquilo solar trasero, mientras que un agradable paseo por el Camino de la Mínima Resistencia llevaba hasta el río propiamente dicho. Pero quizá su lugar más vistoso era el Límite de la Cordura —un afloramiento dentado situado en lo alto del zigzagueante cañón—, que atraía a más de un escénico en busca de un tono o matiz nunca antes imaginado. Pero también atraía a una clase distinta de visitantes...

17

—¿Cómo diablos ha bajado hasta allí?

Becker estaba tendido boca abajo y asomado sobre el Límite. Mucho más abajo, una figura solitaria estaba acurrucada en una estrecha cornisa que sobresalía de la cara del risco.

—Ni idea —respondió el informador, arrodillándose a su lado—. Pero esa roca sobre la que está no aguantará mucho.

Becker sintió náuseas. Una vez había tenido en mente un Rayo de Esperanza precisamente para esta ocasión, pero se había visto obligado a desperdiciarlo en su primera misión, de modo que ahora tendría que aspirarlo.

—¿Recomendación?

—Pies Pegajosos™.

—De acuerdo. —Becker sacó las suelas de goma de su caja de herramientas, con cuidado de no tocar la parte inferior con la mano so pena de tener que acudir al Departamento de Salud para que se las quitaran con cirugía—. Pero prepárame una Red de Seguridad™, por si acaso.

Muchos metros más abajo, un artista atormentado con un fino bigote estaba sentado abrazándose las rodillas. Se balanceaba adelante y atrás, murmurando para sí, hasta que le llamó la atención un puñado de aluviones que caían desde arriba. Al levantar la vista quedó asombrado al ver a un muchacho de trece años larguirucho y con el pelo greñudo, situado en un ángulo de noventa grados y mirando directamente a la cara del risco.

—¡Quieto ahí! —gritó el Maestro con su fuerte acento norseemsiano. Esta pintoresca región de Los Seems tenía fama de cultivar personas con cierto don artístico (pintores, músicos y, sobre todo, maestros de deleites culinarios como Giros del Destino o la Cabezada), pero aquellas colinas onduladas engendraban también un temperamento especialmente acalorado—. ¡¡¡No te acerques o saltaré!!!

—Sólo quiero hablar —dijo Becker, colgado sobre el Límite de la Cordura.

—¡No hay nada de que hablar! Se acabó. Basta. ¡Terminado!

El pintor enfatizó la declaración golpeando el suelo con el puño, lo cual desprendió guijarros y piedras del tamaño de pelotas de béisbol de debajo de la cornisa. Becker se dio cuenta de que el Sargento tenía razón: no aguantaría mucho.

—¿Le importa que le acompañe?

El Maestro no le hizo caso y se limitó a contemplar el agua con desesperanza. Becker lo tomó como un sí y se abrió paso hasta una pequeña grieta que los siglos habían tallado en la pared. No era un buen sitio para sentarse, de modo que Becker mantuvo sus Pies firmemente plantados en la roca.

—No sé usted, pero yo no soy muy amigo de las alturas. —El reparador sabía que la clave para disuadirlo consistía en establecer una relación—. No es que tenga miedo de caerme, sólo que no dejo de oír esa vocecita dentro de mi cabeza que dice: «Salta, salta, salta», y me temo que algún día voy a hacerle caso.

—Seguramente no es más que el Diablillo Travieso —repuso el Maestro sin levantar la vista.

—No. Capturamos a ese tipo hace un par de años. Está en Seemsberia tejiendo manoplas y cantando Cumbayá.

Abajo, la más leve de las risitas apenas se dejó oír sobre el viento.

—¿Te importa que te tutee, Figarro?

—Puedes hacer lo que quieras.

Por lo menos ahora hablaba, de modo que Becker pensó que había llegado el momento de atacar.

—¿Qué ha pasado hoy ahí fuera?

El Maestro sacudió la cabeza con ira, pero estaba demasiado indignado hasta para hablar.

—Míralos. —Señaló con amargura hacia el otro lado del cañón, donde una comunidad encerrada dentro de sus verjas y la suntuosa sede de su club ocupaban una posición todavía más elevada que ellos—. Escoria *yuppie* en sus casas elegantes.

—No me refiero a Vista desde la Cima. —Becker hizo una brusca transición a consejo estricto, porque se agotaba el tiempo—. Me refiero a un atardecer muy importante que tenías que pintar esta noche, pero en su lugar decidiste romperlo en un millón de trozos.

El Maestro se estremeció ante aquella insinuación, y Becker supo que estaba empezando a conectar.

—No puedo ayudarte, Figarro. No a menos que me digas qué ocurre.

El Maestro se levantó y reflexionó un momento antes de hablar por fin...

—Toda mi vida... trabajo para hacer atardeceres que recuerden a la gente la belleza del Mundo, llevarles un momentito precioso al final de otra dura jornada. Pero todo lo que hago... ¡no sirve para nada!

Mucho más abajo, las olas del río rompían contra las rocas, y Becker volvió a resistir el impulso de ver qué ocurría si...

—Pinto Esperanza en las nubes para la gente de Filipinas, y al día siguiente es afectada por un tifón. Escondo hermosa Memoria en un tono rosado, ¡pero la persona a la que va dirigida está demasiado enferma incluso para levantar los ojos y verla!

—El Plan actúa de formas misteriosas —observó el reparador.

—Pero ¿por qué tiene que haber tanto sufrimiento? —Parecía que el Maestro se lo preguntaba tanto a sí mismo como a Becker—. ¿Por qué no puede ser el Mundo un lugar mejor?

Esa clase de retórica le sonaba muchísimo a Becker y le obligó a formular una pregunta muy incómoda.

—Esto no tendrá nada que ver con cierta... organización..., ¿verdad?

—¿Cómo TE ATREVES a acusarme de estar en La Marea? ¡Vierto mi corazón y mi alma en el lienzo todos los días! —Figarro se deslizó otros dos centímetros hacia delante. Si aquello no cambiaba de dirección enseguida, no sólo no habría atardecer, sino que tampoco habría Figarro—. Pero ¿de qué sirve? El Maestro no cambia nada...

Y fue entonces cuando Becker supo qué fallaba en realidad en el Departamento de Obras Públicas y cómo iba a repararlo.

—*Au contraire*, Figarro. —Becker desenganchó con cuidado su Blinker™ del cinturón. Llenaban el visor del aparato de comunicación de botones de goma multitud de carpetas, archivos de casos de aquellos que serían afectados por el atardecer (o su ausencia)—. Con una sola mirada a ese atardecer, las vidas pueden cambiar para siempre...

Más abajo, el hombre del bigote fino se volvió lentamente para escuchar...

—Y no es sólo gente que lucha. Ni siquiera puedo contar cuántos están en la playa, o de excursión en un paso de montaña, o tendidos en un prado con su mejor amigo y no saben que están a punto de presenciar uno de los mejores momentos de sus vidas...

—Pero ¿un solo atardecer, amigo mío? ¿Qué puede hacer un atardecer contra los problemas del Mundo entero?

—Tal vez nada. Tal vez todo. —Becker abrió un caso en el que estaba implicado personalmente—. El futuro de un buen amigo mío puede depender de que esta noche reciba una pequeña dosis de Confianza. Pero aunque aparte la vista justo en el peor momento, o algo horrible suceda mañana, en realidad no importa. Lo único que importa es que intentemos...

El Maestro miró a Becker directamente a los ojos.

—¿De veras lo crees?

—Si no lo creyera, no estaría aquí.

Siguió un largo silencio, y por el modo en que Figarro miraba a las rocas de abajo, Becker no supo si le había salvado o le había perdido.

—Muy bien, reparador. Quizás el Plan está fuera de control. Pero si sólo una persona de esos archivos tuyos se para a mirar... —Se levantó y afrontó a Becker con arrogancia—. Entonces daré a esa persona el mejor atardecer que el Mundo haya...

Pero antes de que pudiera terminar la frase, toda la cornisa sobre la que Figarro estaba de pie se desprendió y se precipitó hacia el río.

—¡¡¡Figarro!!!

Esta vez, Becker SÍ escuchó la voz dentro de su cabeza que gritaba «¡SALTA!». Tras deshacerse de sus Pies Pegajosos, se lanzó directamente hacia el Maestro, que chillaba presa de horror. Transcurrieron uno o dos segundos hasta que alcanzó al pintor, que no paraba de agitarse, lo cual proporcionó sólo un mínimo de satisfacción, porque sólo quedaban uno o dos segundos más antes de que ambos se estrellaran de cabeza contra las rocas de abajo que se aproximaban velozmente. Pero Becker sabía algo que Figarro ignoraba. Por lo menos esperaba saberlo...

—Sargento, por favor, dime que has extendido la...

¡ZAS!

El reparador y el Maestro se encontraron atrapados en una bola de bramante de nailon, que se extendía de forma inquietante cerca del agua antes de retroceder hacia lo alto del precipicio. Afortunadamente estaba conectada a los disparadores gemelos que sin duda el Sargento había fijado al Límite de la Cordura, y cuya manivela retráctil rescataba a los dos supervivientes de una experiencia casi mortal hasta la cima.

—¿Cómo está ahí abajo, jefe? —espetó el Sargento a través de su Receptor™.

—Colgado.

Lo mejor de una Red de Seguridad era la seguridad. Becker habría podido pasar sin toda esa red, porque ahora estaba imprimiendo un tatuaje en forma de gofre en su rostro y el del Maestro...

Pero mejor ser un gofre que una tortita.

Franja del Atardecer, Departamento de Obras Públicas, Los Seems

Dicen que lo más espantoso para cualquier artista es un lienzo en blanco, pero para un maestro escénico con buen corazón no es más que un paraíso para la imaginación. El Maestro estaba de pie ante una torre en blanco de 25 × 25 metros, rodeado de los materiales de su antiguo oficio. A su izquierda había botes que contenían añil, lapislázuli, violeta y amarillo cadmio. A su derecha, frascos de Emoción —Alegría, Gratitud, incluso Agridulce— que, cuando se pintaba en la superficie del cielo, podía ser experimentada literalmente por todo aquel que se tomara un momento para verlo.

—Yo lo entiendo así. —El reparador Drane miró por encima del hombro del Maestro—. Se necesitan tres minutos para que la pintura se seque; siete, para enrollar el lienzo para su envío; y seis, para atravesar el Intermedio hasta Realización.* Esto te concede tan sólo trece minutos para pintarlo todo.

Becker miró por encima de su hombro hacia donde los vestidores de set y los escénicos auxiliares aguardaban con impaciencia las órdenes de su maestro.

—¿Se puede hacer?

—Soy Figarro Mastrioni. —El Maestro se lamió los dedos y empezó a enroscarse el bigote dándole un aspecto daliniano—. No hay nada que no pueda hacer.

Con un solo chasquido con los dedos, sus secuaces se pusieron en movimiento. Cogieron sus pinceles y botes, mientras que el propio Figarro se hacía con un rodillo y empezaba a extender una base de azul que desaparecía.

—Reparador Drane... —El Maestro se subió a un andamio que se elevó lentamente hacia el cielo—. Ese amigo tuyo..., el que necesita la Confianza...

---

* El proceso por el cual los artículos y servicios producidos en Los Seems son convertidos por el Tejido de la Realidad en aspectos del Mundo.

—Sí, es un informador. —Becker siguió diciendo—: Cuando estábamos en el IAR pasé por muchas dificultades, porque sólo tenía diez años y era mucho más pequeño que todos los demás. Pero también estaba ese tipo, Harold (le llamaban Nota Do), que no dejaba de decirme: «BD, ¡no hay nada que no puedas hacer!» Ahora las cosas están difíciles para él, y su asistente social necesita decirle lo mismo.

—Teniendo en cuenta la cuestión de Tiempo, por no hablar de lo que has hecho hoy por mí... —Figarro le lanzó una brocha y señaló una botella exprimible de Confianza—. ¿Acaso te gustaría ensuciarte también las manos?

Los Ángeles, California, EE.UU.

Inexplicablemente, el autobús aún no había llegado a la esquina de Marengo y Clement, donde ahora más de una docena de pasajeros furiosos esperaban para abordarlo. La única ventaja era que el esmog se había levantado, aclarando tanto el aire como el cielo.

—¡Por fin! —gritó Albie Kellar cuando el autobús urbano «E» dobló lentamente la esquina.

Se elevaron vítores fingidos y la gente empezó a recoger sus cosas, pero Anna permaneció sentada. Esperaba que el Tirano subiera primero al autobús, para asegurarse de sentarse lo más lejos posible de él. Pero cuando Albie empezaba a hacer cola, levantó la vista por casualidad...

—¡Vaya, miren eso! —Pintados sobre el horizonte aparecían los comienzos de una espectacular puesta de sol. Franjas azules, amarillas y moradas se entrelazaban fuera y dentro de una masa de nubes a la deriva, dando la impresión de bañar tanto el cielo como la tierra en un mágico tono rosáceo—. ¿Ve lo mismo que yo?

Albie se volvió hacia la mujer que tenía a su izquierda, pero ya se le había adelantado. Anna tenía los ojos anegados de lágrimas, porque si inclinaba la cabeza hacia la derecha, el cielo ya no semejaba un atardecer, sino olas rompiendo contra una orilla. La arena se extendía sobre el horizonte y el agua espumosa parecía tan real que casi se podía percibir el olor a sal y oír los graznidos de las gaviotas en lo alto.

—Es hermoso...

En una orilla como ésa había pasado más de un día con su abuelo cuando sólo era una niña. Su abuelo y ella hacían novillos del trabajo y la escuela, recogiendo conchas y hablando de sus sueños de futuro.

«El mundo es muy grande —decía el viejo, atrayendo a Anna hacia sí—. Y también puede ser espantoso. Pero debes explorarlo todo lo que puedas si quieres averiguar qué hay en tu interior.»

Durante todos aquellos años, Anna había olvidado qué la había impulsado a dejar atrás todo aquello que conocía. Pero a medida que el disco naranja del sol se hundía lentamente hacia el oeste, comprendió cuánto había descubierto ya... y que la aventura no había hecho más que empezar.

—Lo recuerdo, abuelo —susurró—. Lo recuerdo.

—¿Qué recuerda?

Anna se giró y vio que el Tirano, Albie Kellar, la miraba con una sonrisa en los labios y lágrimas en los ojos.

—¿Qué?

—Ha dicho que recordaba algo... —le dijo Albie en un perfecto español, que no había hablado durante años—. Yo también he recordado algo.

Ella le preguntó qué era y Albie empezó a decírselo, pero el nudo en su garganta se espesó y fue incapaz de hablar. De modo que se limitó a señalar el punto en el horizonte donde por alguna razón el último vestigio del esmog se había transformado en...

—Parece una señal —observó Anna.

—¿Verdad que sí? —susurró Albie, por fin capaz de emitir unas palabras—. Como aquella vieja señal de tráfico en el pueblo donde antes vivía.

Albie trató de explicar que siendo veinteañero había estado recorriendo el mundo, y que el día que regresó a casa para aceptar un supuesto empleo de verdad había garabateado «Volveré» en esa señal de tráfico. Pero el hecho de que nunca hubiera cumplido esa promesa le sumía en la tristeza y el pesar. Anna sacó una bolsita de plástico llena de pañuelos de papel, y le pasaba uno a Albie cuando el autobús urbano se detuvo.

—¡Ya era hora! —gruñeron varios de los demás pasajeros mientras subían al vehículo.

Pero en el caso de Albie Kellar, que normalmente habría sido uno de esos gruñones, la ira que había caracterizado aquella jornada se había disipado. Lo único que quería hacer ahora era compartir su historia con alguien, aunque sólo fuera para recordar hasta el último detalle del hombre que había sido y todavía podía volver a ser.

—Gracias por el pañuelo —dijo Albie a Anna mientras la seguía por la escalerilla.

—De nada, señor.

Anna se sentó en el centro del autobús. Miró el asiento libre que estaba a su lado, y luego al hombre al que había conocido como el Tirano.

—¿Quiere sentarse aquí?

Cuando el autobús arrancó y desapareció en la noche, un pasajero permaneció sentado en el banco. Era el muchacho con bata de hospital y auriculares..., y aunque la música sonaba a la máxima potencia posible, era incapaz de oír ni una sola nota.

—Alguien está tramando algo hoy —susurró Harold *Nota Do* Carmichael, con los ojos fijos en el cielo—. Un éxito.

Sólo alguien que hubiera recibido formación en «los mecanismos internos» habría podido reconocer que había empezado el anochecer rotatorio, y en todo el Mundo se estaban escenificando casos como los de Anna y Albie. Pero mientras contemplaba los toques geniales que destacaban como los adornos de un árbol de Navidad, el informador

Carmichael no pensó en ningún momento que uno de aquellos casos podía ser el suyo.

No sólo la facultad de Medicina era un grandísimo reto para él, sino que además *Frau* Von Schroëder —su mejor amiga del IAR— le había aventajado y había sido ascendida inesperadamente a reparadora. Aunque se alegraba por ella, no podía evitar pensar que todos los miembros de la sociedad de reparación lo entendían como una señal de que no era lo bastante bueno para «el mejor empleo del Mundo»... y él mismo comenzaba a creerlo. Hasta que vio algo en la esquina superior derecha del cielo...

Era un pegote descuidado de nube, malformado y casi sin suficiente plumón. Pero lo que sí tenía era una explosión de Confianza, toda la cual atravesó en oleada su mente y su cuerpo a la vez.

—¡Soy Harold Carmichael, tío! —El informador se puso en pie y gritó a nadie en particular—. ¡La segunda máxima puntuación en el Práctico de todos los tiempos!

Mientras Nota Do recordaba aquel día triunfal en el que había recibido su insignia de informador, reflexionó también en el frágil estado en el que se hallaba el Mundo. Fuera lo que fuese aquello a lo que se referían las palabras «amenaza concreta y creíble», definitivamente no era nada bueno. Pero aunque no era uno de los treinta y ocho que ostentaban el título de «reparador», gracias a aquel magnífico atardecer el orgullo de Baldwin Hills estaría preparado si le llamaba el deber.

—¡Vamos, Marea! ¡Haz lo mejor que puedas!

Nota Do miraba a su alrededor en busca de alguien con quien entrechocar la palma de la mano cuando advirtió algo más en el cielo, justo debajo y a la derecha de su Confianza. Pero no parecían nubes. Más bien parecían letras...

«B. D.»

Nota Do se sintió atravesado por una nueva sensación. Hurgó en su cinturón y sacó un pequeño dispositivo negro que era conocido también como un Blinker. Tenía un montón de funciones, una de las cuales era la de mensajería en tiempo real a cualquier miembro del personal. Buscó al reparador n.º 37 en la Lista de Turnos y empezó a teclear en el texto:

«¡Gracias! Lo necesitaba.»

Harold Carmichael sonrió y esperó pacientemente una respuesta, que llegó sólo unos segundos después.

«Ningún problema —respondió el reparador conocido como Becker Drane—. Nos vemos en El Otro Lado.»

La Regla de Oro

La vida de Becker Drane era casi siempre así de emocionante.

No sólo tenía «el mejor empleo del Mundo», sino que además el día que cumplió trece años el nivel de autorización de Becker se dobló, su hora de acostarse pasó a ser «cuando tú quieras» y su necesidad de ver películas de PG-13 se tornó obsoleta. Lo mejor de todo, finalmente había dado un estirón, que transformó a un niño con unos viejos pantalones de pana escolares y el pelo greñudo en un chico mediano con unos viejos pantalones de pana escolares y el pelo greñudo. Pero aunque su nueva estatura le concedía una marcha más en el campo de fútbol y un mayor respeto por parte de los Melvin Sharps* del mundo, no significaba que todo marchara bien.

Las tensiones de llevar una doble vida habían empezado a pesarle definitivamente. Las calificaciones de Becker habían seguido resintiéndose —bajando vertiginosamente a una media de bueno alto—, mientras que la presión de tener que salvar el Mundo cada seis meses más o menos le había hecho perder varios kilos y tener unas ojeras eviden-

---

* El indiscutible chico más duro/atemorizante de la Escuela de Enseñanza Media Lafayette. Bryan Lockwood era el chico más duro/atemorizante de Lafayette hasta que Mel lo destronó en la infame «pelea junto al aparcamiento de bicis». Fue algo formidable.

tes. Sus padres y profesores le preguntaban constantemente si «todo iba bien», y él conocía la tácita sospecha centrada alrededor de un sinfín de males, que incluían pero no se limitaban a Internet, adicción a los videojuegos, anorexia masculina y depresión clínica.

Resultaba mucho más difícil lidiar con la intensa sensación de desconexión o soledad que se había ido infiltrando poco a poco en la vida del reparador. Cuando Chudnick y los hijos de los Crozier querían intercambiar MP3 o hablar de chicas, era como si no pudiera participar en la diversión. Trataba de confiarse a sus compañeros de Los Seems, pero si bien eran guays e interesantes, tenían muchos más años que él. De hecho, el único niño habitual con el que Becker podía sincerarse era su hermano, Benjamin. Pero incluso eso estaba empañado, porque el pequeño de siete años creía que Los Seems no era más que un intricado mundo fantástico que su hermano había soñado.

Tarde o temprano, Becker necesitaba encontrar a alguien con quien hablar... y sabía quién quería que fuera ese alguien.

El Atrio, el Gran Edificio, Los Seems

—¡CINCO MINUTOS, AMIGOS! —Una voz con un conocido acento australiano resonó a través del altavoz—. ¡CINCO MINUTOS HASTA QUE VOLVAMOS ADENTRO!

Becker despachó su bollo de brillándano y admiró las cristaleras del Atrio. Era la parte más clara y ventilada del Gran Edificio, utilizada para convenciones y cócteles, y estaba repleta de toda clase de flores diseñadas a gusto del cliente que el Departamento de Naturaleza había tenido la bondad de donar. El intermedio casi había terminado y Becker se disponía a regresar a la Sesión Informativa Mensual cuando una voz susurró desde detrás del jardín de roca zen:

—¡Drane..., aquí!

Becker se volvió para ver a un conserje flacucho, que fregaba despreocupadamente un espacio ya limpio en el suelo de mármol. Llevaba un mono del Gran Edificio con cuello azul —lo cual significaba que era maestro de las artes de vigilancia—, pero todos los que le conocían sabían que Brooks era un enterado.*

—Creía haber dicho DESPUÉS de la reunión —replicó Becker, echando una ojeada por encima del hombro para asegurarse de que nadie más le estaba mirando.

—Lo siento, chico. —Brooks remojó su fregona en el cubo—. No eres mi único cliente.

Becker se acercó tranquilamente al jardín de roca como si acabara de encontrar la solución a un diamante atascado entre dos cañas de bambú.

—¿Lo has conseguido? —preguntó.

—La pregunta es: ¿lo has conseguido TÚ?

Becker echó otra ojeada cautelosa por encima del hombro y luego hurgó en su caja de herramientas. Pero en lugar de sacar una de las mejores innovaciones del Cobertizo de Herramientas, extrajo una bolsa blanca de cuyo interior emanaba un fuerte olor a cebolla.

—Por supuesto que lo tengo. El System está abierto las veinticuatro horas del día y los siete días de la semana.

La bolsa contenía una hamburguesa con queso California y una ración de patatas fritas (sal, pimienta, ketchup) del White Rose System, el mejor establecimiento de comida rápida del centro de Nueva Jersey y se podría decir de todo el Mundo.** Brooks rompió el envoltorio de papel y se zampó media hamburguesa de un solo bocado.

—Ahhhh..., a eso me refiero... —Una expresión de puro

---

* Miembro de una sociedad secreta que trafica con información delicada sobre el Plan. Aunque técnicamente se considera que ésta es una organización criminal, a menudo supone un as en la manga para un reparador cuando los canales normales no sirven.

** Aunque algunos creen que ha ido de mal en peor desde que Frank vendió el local.

éxtasis cubría el rostro del conserje—. Seemsburger sencillamente no tiene este... atractivo de más.

Era la verdad. Aunque la Administración de Alimentos y Bebidas había hecho todo lo posible por reproducir «comida rápida» —una de las pocas creaciones que el Mundo puede reivindicar como propias—, nunca había acabado de perfeccionar la proporción de grasa con respecto a Amor. Y si bien el bar habitual de los reparadores conocido como El Otro Lado ofrecía una hamburguesa muy apetitosa, era más una experiencia gastronómica.

—Yo he cumplido mi parte del trato —recordó Becker a su contacto—. Ahora cumple tú la tuya.

—Tómate una píldora tranquilizante, Drane. —Brooks se regó el gaznate con un trago de batido de vainilla y luego sacó algo de su bolsillo.

»Tengo lo que necesitas.

Era un pequeño cartucho negro, con las letras «JK» escritas encima con rotulador blanco.

—¿Qué tal es? —preguntó el nervioso reparador.

—No te preocupes: quedarás satisfecho con la mercancía.

Becker ya lo estaba, y no podía esperar a meter el cartucho en su Blinker. Pero antes de que pudiera encontrar un rincón tranquilo, una sudafricana de ochenta y tres años le saludó alegremente desde el otro extremo de la sala.

—Ven, querido —dijo la reparadora conocida como la Octogenaria—. Es hora de terminar.

Al otro lado de la sala, el resto de la Lista de Turnos se dirigía en fila hacia Mando Central para la segunda mitad de la Sesión Informativa.

—Gracias, tío —susurró Becker a su dudosa cohorte—. ¿A la misma hora el mes que viene?

—Claro —contestó Brooks, despachando el resto del queso Cali—. Y la próxima vez tráeme también un rollo de cerdo.

Los dos confidentes se dieron la mano para sellar el trato, y Becker se disponía a reunirse con sus colegas cuan do los gruñidos de su estómago forzaron una última petición...

—Déjame coger una patata frita.

Mando Central, el Gran Edificio, Los Seems

En el sótano del Gran Edificio, unas quinientas plantas más abajo de las Autoridades, se hallaba el centro de operaciones fortificado conocido como el Mando Central. Allí, personal altamente cualificado controlaba la salud y el bienestar del Mundo momento a momento, tomando la determinación final de si había que mandar o no un reparador (y un informador) cuando surgía un problema. Y era también allí donde todos los meses la Lista de Turnos entera se reunía en la sala de conferencias para debatir cualquier acontecimiento nuevo o acuciante.

La reunión de este mes había discurrido más o menos como siempre, concentrándose en una recapitulación de las misiones del último mes y la transición en curso del sistema de la puerta a la recientemente ratificada Llave Esqueleto™, la cual había revolucionado el modo en que los viajeros se desplazaban entre los dos mundos. En lugar de buscar una serie de portales dispersos, ahora podían introducir aquella práctica herramienta en cualquier parte del Tejido de la Realidad y abrir una costura directamente al Intermedio. El único inconveniente era que el grupo encargado de retirar progresivamente las anticuadas puertas era el mismo que las utilizaba más a menudo.

—No sé vosotros, chicos —gorjeó Phil *Sin Manos*, el reparador n.º 36 de la Rotación—. Pero si tengo que precintar otra de esas puertas, ¡voy a pedir empleo en el Almacén!

Phil tenía los pies sobre la mesa de juntas y su parche apenas ocultaba su actitud quisquillosa.

—Jamás te contratarían, Phil —replicó Tony *el Fontanero* n.º 22, con las manos descansando sobre su generoso vientre—. Deberías no ser un gilipollas.

Becker se sonrió por el insulto de Tony a Phil. Aunque el n.º 36 era indiscutiblemente uno de los reparadores con más talento de la Lista de Turnos, su personalidad dejaba mucho que desear.

—Vamos, vamos, caballeros. —La Octogenaria aplacó las beligerantes facciones con su temperamento siempre alegre—. Aquí estamos todos en el mismo equipo.

La puerta lateral de la sala de conferencias se abrió abruptamente y entró una reparadora veinteañera con dos trenzas y chancletas en los pies.

—Muy bien, compañeros —dijo Cassiopeia Lake—. La asamblea vuelve a estar reunida.

Hacía ya tres años que Cassiopeia era portadora de la Antorcha —una llama eternamente encendida que simbolizaba al líder extraoficial de los reparadores— y, por lo tanto, era competencia suya dirigir las Sesiones Informativas mensuales.

—Sólo nos queda un punto en el orden del día, pero seguramente es el más importante. Así pues, por favor, prestad atención.

Frau Von Schroëder, con el n.º 38 la reparadora más reciente, sacó un bloc pasado de moda, pero Becker se inclinó y le susurró al oído:

—No te molestes en tomar apuntes, *Frau*. —Él y la alemana madre de tres hijos habían sido candidatos en el IAR y habían llegado a estar muy unidos—. Te mandarán el acta a través del Blinker, de modo que es mejor que estés conectada.

—*Danke,* Becker —dijo la *Frau*, sintiéndose como una novata en su primer día de clase—. Suerte que estoy sentada a tu lado.*

---

* Todos los reparadores e informadores utilizan habitualmente la herramienta conocida como Sprecheneinfaches™, una funda fina que se fija a la lengua y les permite hablar en un idioma que todos pueden comprender (sin tener que renunciar a sus peculiaridades étnicas y regionales).

Se guardó el bloc en la caja de herramientas y esperó en silencio a que la reparadora Lake continuara.

—Como sin lugar a dudas sabéis todos, hace algún tiempo que cierta «organización clandestina» está siendo una espina venenosa para nosotros.

Un murmullo de aprobación recorrió la multitud, porque todos los presentes, en alguna que otra ocasión, habían afrontado sabotajes perpetrados por el movimiento oscuro conocido como La Marea. La reparadora Lake dio la vuelta a una pizarra blanca en la que había dibujada la inquietante imagen de una ola crestada negra, espumosa y a punto de romper contra la orilla.

—Ventiladores atascados en los Túneles de Viento. Langostas en los Campos de Colores. Un tapón y una explosión en la Torre de Lluvia. —Cassiopeia iba sacando fotografías que describían esos atentados de La Marea y las clavaba en la pizarra con chinchetas—. Con una osadía cada vez mayor, esta insurrección ha pretendido minar operaciones en Los Seems de maneras que han amenazado continuamente la integridad del Mundo. Y, sin embargo, su prioridad sigue sin estar clara.

—¿Cómo que no está clara? —exclamó Tony *el Fontanero*—. ¡Son terroristas que quieren destruir el Mundo!

—Es un poco más complejo que eso, Anthony —dijo Lisa Simms, que en su otra vida recorría el Mundo como violinista de la Filarmónica de Londres—. Mi experiencia con La Marea sugiere que en realidad creen que están tratando de salvarlo.

—Tiene razón, T. Thibadeau Freck se unió a La Marea y cree de verdad que el Plan está estropeado. —Becker se refería al adolescente francés que había sido su mejor amigo durante Formación, hasta el día que desapareció en un Pozo de Emoción. Pero en su primera misión, el n.º 37 encontró a Thib vivo y coleando, y convertido en un firme partidario de la causa de La Marea—. A juzgar por mi último trabajo, muchos seemsianos piensan lo mismo.

—Sea cual sea la ideología de La Marea, el peligro causado por sus acciones es muy real. —La supuestamente mejor surfista del sur de Australia retomó el control de la reunión—. Sin embargo, en los últimos tres meses esos atentados han cesado de manera repentina.

Los reparadores congregados alrededor de la mesa asintieron, porque también ellos se habían percatado del inquietante silencio.

—Me gustaría pensar que esto es debido en parte a la mayor seguridad en todo Los Seems, pero debemos tener en cuenta la alternativa evidente... —Casey retorció una de sus coletas y se inclinó sobre el estrado—. Están planeando algo gordo.

Becker tenía el presentimiento de que se avecinaba esto, sobre todo, después del memorándum de las Autoridades y especialmente cuando la reparadora Lake sacó de su dosier un sobre acolchado de color amarillo.

—Hoy, a las 9.30 horas, se encontró esto en la sala de correo del Gran Edificio, dirigido sólo a las Autoridades. Dentro había una sola información. —Mostró un pequeño cartucho negro que constituía la plataforma habitual para todo el contenido de audio, vídeo y texto en Los Seems—. Contenía el siguiente mensaje...

Cuando Casey introdujo el cartucho en el reproductor de aspecto macizo, Becker se sonrojó por un momento, porque en ese momento un cartucho similar le quemaba en el bolsillo. Pero su conciencia culpable no tardó en disiparse debido a lo que se estaba proyectando en el centro de la sala.

—Permítanme que me presente. —El reproductor había proyectado un holograma tridimensional de una persona cuyas facciones y voz eran ocultadas por la calidad borrosa de la transmisión—. Me llamo Triton.

La figura estaba sentada sobre la mesa como si se encontrara realmente en la sala.

—Podrían llamarme el líder de La Marea, si hubiese un líder de La Marea. Porque La Marea no es una organización, sino una idea.

El reparador siberiano que se hacía llamar Greg *el Viajero* pasó su manaza a través de la imagen.

—¿Ha intentado alguien limpiar esta chapuza?

Casey asintió con la cabeza.

—Kevin, nuestro técnico de AV, está trabajando en ello ahora mismo, pero creemos que se grabó así.

La imagen de Triton se apoyó de manera despreocupada sobre la mesa y siguió diciendo:

—El Mundo está estropeado irreparablemente y hay que crear uno nuevo de las cenizas del viejo. Pero antes de que esto pueda ocurrir, aquellos que son responsables de la perversión de lo que el Plan pretendía en un principio deben rendir cuentas. De ahí que anunciemos las exigencias siguientes...

La voz de Triton adquirió mayor fervor y, si bien Becker no podía verle el rostro, algo en ese tono le irritó.

—Uno: la dimisión masiva de los miembros existentes de las Autoridades. Dos: hay que poner el propio Mundo en «espera» inmediata hasta que pueda celebrarse un referéndum para determinar tanto un nuevo liderazgo como una revisión del Plan. Y, por último, hay que llevar a la segundo de a bordo ante el Tribunal de Opinión Pública y juzgarla por crímenes contra la humanidad.

—¿Eso es todo? —bromeó la Octogenaria, pero ni siquiera ella se reía.

—Si estas exigencias no se satisfacen en un plazo de siete días, se tomarán todas las medidas necesarias para cumplir estos objetivos unilateralmente. —La figura parpadeó durante un segundo antes de distorsionarse. Pero aun después de desaparecer la imagen, las últimas palabras de Triton siguieron sonando—. Esperamos con impaciencia su respuesta.

Un humor sombrío cayó sobre la sala, impulsando incluso a Sin Manos a retirar los pies de la mesa.

—¿Tenemos idea de qué pueden estar tramando? —inquirió Becker.

—Se habla en voz baja y la mayoría de nuestros operativos sobre el terreno reportan poca o nula actividad. —Casey pareció interrumpirse un segundo, como si estuviera en posesión de cierta información que no quería transmitir—. Pero las últimas noticias insinúan que pueden haber terminado con éxito la construcción de una bomba de tiempo.

Becker se sintió como si le hubieran propinado un puñetazo en el estómago, y la expresión en los rostros de sus colegas decían que todos sentían lo mismo. Casi un año atrás, cincuenta bandejas de Momentos Congelados habían sido sustraídas de la Caja de Ahorros Diurnos en el Departamento de Tiempo, y aún se desconocía su paradero. Por sí solos, daban pocos motivos para alarmarse, pero si se combinaban con suficiente abono y un segundo escindido sumamente inestable, un arma de consecuencias casi inimaginables estaría en manos de la gente menos apropiada.

—¿Cómo es posible esto? —preguntó el señor Chiappa, que era originario de la isla de Córcega. Más que todos los demás presentes, el maestro de enseñanza superior de cincuenta años parecía abrumado por la noticia—. Creía que teníamos Tiempo cerrado bajo llave.

—Así es —respondió la portadora de la Antorcha—. Pero esta información proviene de una fuente muy fiable.

Becker se preguntó quién sería esa fuente fiable, pero la reparadora Lake estaba al tanto de información a la que sólo un puñado de otras personas estaban autorizadas a acceder.

—En este momento no podemos hacer gran cosa, salvo mantener nuestro séptimo sentido conectado a Tiempo. Po, ¿hay algo que quieras añadir?

Todos se volvieron hacia el reparador Li Po, el n.º 1 de la Lista de Turnos y el reconocido maestro del séptimo sentido. El voto de silencio de Po le impedía contestar en voz alta, de modo que sacó una bolsa de caracteres de seemsiano antiguo y sus colegas esperaron pacientemente a que formara las palabras:

«EL TIEMPO ES ESENCIAL.»

—Oh, vamos, Po —exclamó Phil *Sin Manos*—. ¿No nos puedes dar una respuesta directa por una vez?

Los reunidos a la mesa se troncharon de risa, poniéndose del lado de Phil en una discusión para variar, pero Po se limitó a encogerse de hombros y devolver la risita.

—Muy bien, chicos, supongo que es un secreto. —Los reparadores se levantaron de la silla al mismo tiempo y aguardaron a que Casey Lake entonara su característica frase de despedida—. Ahora vivamos para reparar ahí fuera...

—¡REPARAR PARA VIVIR!

Y, dicho esto, se levantó la sesión.

Campo de Juego, el Gran Edificio, Los Seems

Como la Sesión Informativa se prolongó hasta la hora del almuerzo, los hambrientos reparadores se despidieron y partieron en varias direcciones: unos hacia Mickey's Deli para tomar una Nueva Perspectiva entera (o media, para los que cuidaban su peso), otros hacia El Otro Lado y el resto, de vuelta a sus hogares con sus familias y «trabajos reales» en el Mundo.

—Becker, voy a dejar que mi Yo-2™ se ocupe hoy de mis hijos —anunció *Frau* Von Schroëder—. ¿Te apetece tomar una porción de strudel en el economato de la A.A.B.?

—Gracias, *Frau* —se disculpó Becker—. Pero sólo dispongo de un ratito antes de tener que volver a casa, de modo que creo que sólo tomaré una galleta salada en el Campo de Juego.

La reparadora n.º 38 tenía un hijo de catorce años, por lo que sabía reconocer cuándo un adolescente necesitaba estar a solas con sus pensamientos.

—Ningún problema. Nos vemos en El Otro Lado, entonces.

—En El Otro Lado. —A Becker todavía le sabía un poco mal quitársela de encima—. Y felicidades, *Frau*: ¡vas a ser estupenda!

Ilsa von Schroëder sonrió y se medio despidió con la mano antes de dirigirse hacia el monorraíl. Pero Becker salió en la dirección contraria, hacia las enormes instalaciones recreativas conocidas como el Campo de Juego.

Cuando franqueó la entrada engalanada con flores, todavía le zumbaba el cerebro después de la Sesión Informativa. No se había topado personalmente con La Marea desde aquella primera misión en Sueño, y su antiguo amigo Thibadeau se había esfumado por completo. Era como si el francés se hubiera escondido bajo tierra otra vez, y teniendo en cuenta cómo se habían separado, Becker no esperaba con ansia el día en que Thibadeau saliera a la superficie para respirar. Pero apartó estos pensamientos, porque tenía algo mucho más agradable en su cabeza.

El reparador n.º 37 hurgó en su bolsillo y sacó la información que había obtenido de Brooks. En el diminuto cartucho había grabados extractos del caso de una persona del Mundo: transcripciones de conversaciones, hojas de ingresos del Banco de Memoria, incluso indicios útiles mandados por Clara Manning, la asistenta social n.º 423.006. Nada de esa información requería un nivel de autorización demasiado alto —de hecho, era bastante trivial—, pero para Becker Drane era como un tesoro, ya que toda ella pertenecía a cierta chica que vivía en cierto pueblo de Ontario, Canadá.

En la misma misión en la que se había enfrentado a Thibadeau y reparado un grave fallo técnico en Sueño, Becker también había trabado amistad con una muchacha llamada Jennifer Kaley. Estaba previsto que ella recibiera un sueño aquella noche —un sueño que la ayudara a hacer frente a una época difícil en su vida—, pero Becker lo había destruido sin querer. Dada la oportunidad de construirle uno nuevo, pudo llevar personalmente el mensaje de esperanza destinado, y aunque el día que pasaron juntos resultó demasiado corto, fue uno de los mejores que había vivido nunca.

Por desgracia, al entrar en el mundo de los sueños de Jennifer, Becker había recurrido a «la Regla de Oro», una de las directrices fundamentales del Reglamento Seemsiano. Esta regla decía que:

Ningún empleado, agente o abogado de Los Seems que haya accedido (o tenga acceso) al archivo confidencial de una persona del Mundo puede establecer contacto, comunicación y/o relación con dicha persona, sea de carácter sentimental o no.

Cuando Becker juró su empleo de reparador, prometió defender cada una de esas Reglas, por más trabajo que costara seguir algunas de ellas, y aún no había infringido ninguna.* Pero en el transcurso del último año había empezado a pisar un terreno muy peligroso.

Comenzó con bastante profesionalidad: Becker se ponía en contacto de vez en cuando con la asistenta social de Jennifer para saber cómo le iba. Pero esas puestas al día no hicieron más que picarle la curiosidad, y le costaba trabajo sacudirse el recuerdo del rato que habían pasado juntos en el Punto de Vista. Pronto se sorprendió buscándola en Google, examinando con detenimiento su álbum de fotos *on line* y planteándose seriamente mandarle un e-mail, pero su respeto por las Reglas (y el deseo de conservar su empleo) le impidió pulsar el botón de «enviar». Sin embargo, todo cuanto encontró no hizo más que confirmar la impresión que había recibido la primera vez que había visto a Jennifer: que «tenía algo especial».

—¡PASAMOS POR TU DERECHA!

Becker fue rescatado de sus pensamientos por un grupo de asistentes sociales en bicicleta que habían salido a dar una vuelta por el Campo a la hora de comer. Los vio desaparecer y luego escudriñó el parque en busca de un sitio más apartado en el que aislarse. Su primera opción fue dar un largo paseo por el Muelle Corto, pero Becker se sintió decepcionado al ver que alguien ya había usurpado su lugar favorito. Se disponía a retirarse al Montículo Herboso cuando cayó

* Aunque se le acusó de infringir la Regla General en su primera misión, finalmente el reparador Drane fue absuelto de todos los cargos por el Tribunal de Opinión Pública.

en la cuenta de que ese alguien era un africano alto, con gafas de sol tintadas de azul y una sudadera del Instituto de Arreglos y Reparaciones.

—¡Reparador Blaque! —Becker siempre se alegraba de ver a su antiguo instructor—. ¿Qué está haciendo aquí?

—Yo podría preguntarte lo mismo.

Jelani Blaque sonrió y se levantó del banco que daba a las quietas aguas. Aquellos días llevaba un bastón tradicional igbo, en parte porque su pierna volvía a fastidiarle y en parte porque le confería un aspecto todavía más macadocio* del que ya tenía.

—Acabamos de salir de la Sesión Informativa Mensual —dijo Becker mientras se estrechaban la mano—. Quería relajarme un poco antes de dar el Salto a casa.

Becker detestaba mentir, incluso por omisión, porque exceptuando a su madre y a su padre, el reparador Blaque era la persona en el Mundo (o en Los Seems) que más le había enseñado sobre la vida y cómo vivirla. Pero sabía que el reparador jubilado jamás aprobaría lo que Becker ocultaba en su bolsillo trasero.

—¿He de suponer que os mostraron el mensaje de Triton? —preguntó el instructor jefe del IAR.

—Sí, bastante raro, ¿verdad? —Becker se alegraba de que la conversación hubiera vuelto al oficio—. Van a ser siete días muy largos.

—Con gente como tú en la profesión, el Mundo está en buenas manos.

—Gracias, señor. Eso espero.

—Yo también he tenido una reunión en el Gran Edificio hoy.

—¿De veras, señor?

—Con la segundo de a bordo en persona.

Era algo sorprendente, porque la voz cantante de las Autoridades rara vez tenía tiempo para discusiones cara a cara.

—Nunca la he conocido personalmente —repuso el

* Fino, guay, todo eso.

reparador Drane—. Pero he oído decir que es una gran mujer.

—Por no decir otra cosa. Y esta mañana tenía algunas cosas muy importantes que decir.

—¿Acerca de qué, señor?

—Acerca de TI.

A Becker le dio un vuelco el corazón. Tal vez dos.

—¿Cómo dice, señor?

Becker escudriñó el rostro del reparador Blaque en busca de algún indicio de una sonrisa —pues era sabido que le gustaba tomar el pelo a sus antiguos candidatos—, pero las gafas de sol azules de marca registrada lo ocultaban todo.

—También a mí me ha sorprendido. Sobre todo, cuando me ha informado de que uno de los mejores alumnos a los que he formado jamás estaba a punto de infringir la Regla de Oro... y que, en realidad, puede que ya lo haya hecho.

La mente de Becker buscó precipitadamente alguna excusa, pero no quería decir otra mentira.

—La he tranquilizado —continuó Blaque—. Que sólo era una fase por la que mi antiguo alumno pasaba, quizá debido a su edad y a las dificultades de llevar una vida secreta. También le he asegurado que esta fase terminaría enseguida, y que no pondría en peligro en modo alguno su capacidad para cumplir con sus obligaciones sobre el terreno.

Becker sabía leer entre líneas tan bien como el que más, y no había ningún margen de maniobra. Pero eso no hacía más fácil aquel momento.

—No trataba de infringir ninguna Regla, señor. Ni siquiera fisgonear. Sólo que...

Las facciones del reparador Blaque se suavizaron y, por un momento, volvió a ser el mentor y amigo de Becker.

—Ya lo sé, hijo. Yo he estado en la misma situación, hace muchos años, pero la Regla de Oro es de oro por una razón. —Blaque se agachó y cogió del suelo un guijarro estrecho—. Como emisarios de Los Seems, detentamos un puesto de gran poder en lo que concierne a la información privada de la vida de la gente, y no se puede abusar de ese poder. Aun cuando parezca que es lo que se debe hacer.

Blaque lanzó la piedra, que se deslizó sobre la lisa superficie del estanque.

—Por lo menos ha dado nueve saltos —murmuró el instructor.

—Yo he contado diez, señor. —Mientras Becker miraba a su alrededor buscando una piedra que lanzar, sintió una opresión en el pecho—. Sólo quería cerciorarme de que le iba bien, ¿sabe? Porque las cosas fueron muy difíciles durante algún tiempo.

—Lo sé, hijo. Y sé lo duro que ha sido también para ti.

Becker se encogió de hombros.

—No es tan terrible.

—No llevas ni un año en este empleo, señor Drane. No puedes esperar haber encontrado el equilibrio entre trabajo y vida personal en tan poco tiempo. —Blaque observó cómo la piedra de Becker no saltaba ni una sola vez—. Y a veces creo que olvidas que sólo tienes trece años.

—Sí, señor. —Becker forzó una sonrisa, recordando su ceremonia de ascenso, cuando Blaque reconoció el mismo error—. A veces yo también.

—Aun así, espero que ceses todas las actividades relacionadas con este caso. Eso incluye las comunicaciones verbales, y, sobre todo, tus relaciones con determinados enterados.

Becker ignoraba cómo el reparador Blaque sabía lo de Brooks, pero Becker ignoraba cómo el reparador Blaque sabía muchas cosas.

—Entendido, señor.

—Bien. —Jelani Blaque asió el mango de latón de su bastón con una mano y dio a Becker el apretón de manos secreto del IAR con la otra—. Dejaré a tu discreción si quieres echar una última ojeada a la información que hay en tu bolsillo. O no.

Todavía se estrechaban la mano y Blaque le dio un apretón más, que Becker interpretó que significaba «Todo irá bien». Y, desde luego, esperaba que así fuera.

—Vivir para reparar, señor.

—Reparar para vivir.

Mientras el instructor de Becker desaparecía poco a poco entre los árboles, seguramente para calificar exámenes en el IAR, el chico de Highland Park sacó el pequeño cartucho negro que contenía los datos más recientes sobre la vida de una chica de trece años. Lo único que quería en realidad era alguien con quien chatear o hablar por teléfono de estupideces, pero lo más importante en la vida de Becker era el empleo que tenía como «reparador». Y si quería conservar ese empleo, no tenía más remedio que hacer una cosa: olvidarse de haber oído nunca el nombre de Jennifer Kaley.

—Ha sido un placer conocerte.

Sin echar otra mirada, Becker lanzó el cartucho al estanque. Saltó tres veces antes de hundirse bajo el agua.

La hora de hacer rosquillas

Avenida Grant n.º 12, Highland Park, Nueva Jersey

Exactamente siete días más tarde, Becker estaba sumido en lo que podría definirse como un coma leve entre las sábanas de su cama.

—Becks, ¿estás listo? —La voz de la doctora Natalie Drane resonó a través de las tablas del suelo de la casa y entró en la habitación de su hijo mayor—. ¡Salimos en cinco minutos!

—¡Casi listo!

Esto no era demasiado coherente con la realidad. Eran casi las once de la mañana y mientras que el resto del clan Drane había preparado el equipaje y estaba listo para sus vacaciones anuales en Cape Cod, Becker no se sentía con el valor suficiente para moverse. Eso era uno de los síntomas reveladores de depresión, así como una agobiante sensación de tristeza, cuyas dos cosas experimentaba hoy.

TOC, TOC.

La madre de Becker apareció en la puerta de su dormitorio, con las gafas de sol puestas y las llaves del coche en la mano.

—¿Qué estás haciendo?

—Estar acostado en la cama.

—Eso ya lo veo. —Natalie se quitó las gafas de sol y no parecía divertida—. Lo que quiero decir es: ¿por qué no estás listo para irte?

—¿Por qué? Ésa es una pregunta muy complicada.

Desde luego que lo era. Becker no sólo se había visto obligado a tirar la información referente a Jennifer Kaley, sino que durante la próxima semana se perdería la fiesta en la piscina de Connell Hutkin y la Feria de Highland Park. En su lugar se pasaría el futuro previsible frecuentando bares de cangrejo, jugando al parchís y padeciendo largas jornadas en la playa con los adorables pero prolijos Drane de Nueva Inglaterra.

—¡¡¡Ferdinand!!! —La mamá de Becker llamó a su marido, que estaba abajo—. ¡¡Tu hijo tiene una especie de crisis existencial aquí arriba y como me enfrento a esto todos y cada uno de los días del año EXCEPTO en mis vacaciones, más vale que subas AHORA MISMO!!

Natalie fulminó a su hijo con la mirada antes de volverse y empezar a tararear la canción «Vacation» de The Go-Go's, que Becker sólo conocía porque su madre obligaba a la familia a escuchar la misma canción todos los años cuando se marchaban de Highland Park. La música se apagó escaleras abajo, sustituida por las pisadas de su padre en los peldaños.

—Vamos, cabeza soñolienta.

Becker pudo notar la presencia de su padre de pie junto a la puerta y supo que el profesor F. B. Drane probablemente se toqueteaba la barba o se ajustaba las gafas, que era lo que hacía siempre que estaba molesto.

—Escucha, no sé si se trata de chicas, de notas (por lo cual DEBERÍAS estar deprimido) o de una pizca de gripe aviar. Y, para serte franco, no me importa nada. Pero nos aguardan ocho horas de camino y si tu madre está de mal humor, eso significa que yo estaré de mal humor, lo que significa que todos estaremos de mal humor. Y nadie quiere eso, ¿verdad?

—No —consiguió murmurar Becker.

—Bien. Entonces te espero abajo, con las maletas hechas y en el asiento trasero del coche en los cinco minutos que tu madre acaba de darte.

—De acuerdo.

Becker oyó a su padre dar unos pasos por el pasillo antes de volver al dormitorio.

—En serio, colega. ¿Te pasa algo?

—Estoy bien, papá. Bajaré en un minuto.

Becker esperó a que el catedrático de matemáticas de la Universidad Rutgers se marchara, luego consiguió bajar ambas piernas al suelo y sacó su mochila de debajo de la cama. Empezaba a meter dentro su bañador y sus *aquasocks* cuando...

—Tienes problemas, tío. —Era su hermano pequeño, Benjamin, siete años de precocidad embutidos en un cuerpecito—. Quizá deberías ir a ver a un psiquiatra, y no me refiero a mamá.

La respuesta de Becker fue lanzar una pelota de baloncesto directamente a la cabeza de Benjamin, la cual estuvo a punto de decapitarle.

—¡¡¡MAMÁ!!! ¡Becker ha intentado matarme!

Becker se estremeció de nuevo, lo que hizo que Benjamin saliera disparado de su habitación y bajara a la carrera la escalera alfombrada. El reparador respiró hondo, calculando mentalmente cómo preparar el equipaje, ducharse y coger su caja de herramientas en los tres minutos y 12... 11... 10... 9 segundos restantes, pero no podía dejar de pensar en Jennifer Kaley. ¿Dónde estaba? ¿Qué estaría haciendo ahora?

Y ¿se encontraba bien?

Custer Drive n.º 30, Caledon, Ontario, Canadá

—¡Y asegúrate de que el zumo de naranja esté recién exprimido!

Steven Kaley gritaba a su hija mientras ésta se encaminaba hacia la puerta.

—¿Algo más, papá? —espetó Jenny a su padre—. ¡Es la tercera vez que voy a la tienda de Norm en los dos últimos días!

Los padres de Jennifer Kaley habían estado estresados durante toda la semana con ocasión del desayuno-almuerzo de socios que iba a tener lugar en aproximadamente una hora, pero el hecho de que ella hubiera podido quedarse con el cambio de cada salida de compras compensaba con creces la tensión existente en la casa. Esta vez su padre le había dado un billete de dos dólares, que, si gastaba con moderación, le dejaría lo suficiente para comprarse algunas provisiones para su gran día.

—Coge seis huevos de tamaño extra cuando estés allí. —Su madre ya tenía una docena, pero más valía prevenir que curar—. Te prometo, cariño, que ésta será la última vez.

Jennifer salió de casa y emprendió la agradable excursión hasta el colmado de Norm. Cuando se había mudado a Caledon, aquellas calles le habían parecido el peor de los desiertos residenciales, repleto de mansiones sin gusto y la gente superficial que las habitaba. Pero en los meses siguientes empezó a darse cuenta de que muchas de esas primeras impresiones eran prejuicios que había adoptado sobre el pueblo, y no necesariamente cómo era en realidad.

—¡Hola, señor Krakower! —Jennifer saludó a un hombre corpulento sentado sobre un cortacésped—. ¿Necesita algo de la tienda de Norm?

—¿Qué tal un billete de lotería premiado?

—¡Bienvenido al club!

Llegar a conocer el vecindario había sido pan comido para la adolescente de trato fácil, pero la transición a la vida en su nueva escuela había resultado mucho más insegura. No sólo tuvo que dejar atrás a sus mejores amigos, sino que además algunos de los chicos más malos la habían elegido porque no se maquillaba y llevaba remiendos de grupos musicales de los que nadie había oído hablar en toda su mochila. Muy pronto, ni siquiera quería levantarse de la cama y mucho menos andar por los pasillos mientras todos se burlaban a su espalda.

Todo eso empezó a cambiar, sin embargo, la noche que

tuvo aquel sueño tan extraño. Un chico que afirmaba ser un «reparador» la había invitado a un lugar llamado «Los Seems» y le había ofrecido un recorrido turístico. Según Becker (no lograba por nada del mundo recordar su apellido), el mundo en el que vivía no era como se imaginaba que era, sino de hecho algo muchísimo mejor. No era que ella lo creyera en realidad, pero imaginarse toda aquella gente dedicada a construir «el Mundo» hacía que el mundo DE VERDAD resultara un lugar muy divertido e interesante...

Por no hablar de todo aquello sobre «el Plan».

—¡Hola, JK! —Un chico indio bajito con gafas le gritaba desde la entrada de la casa de sus padres—. ¿Hoy también?

—Ya lo ves —respondió Jennifer, pasando rápidamente junto al muchacho en su Schwinn de tres velocidades—. Voy a buscar provisiones.

Vikram Pemundi era también relativamente nuevo en el barrio, y había soportado un destino parecido a su llegada a la Escuela de Enseñanza Media Gary, lo cual probablemente era el motivo de que él y Jennifer se hubieran hecho amigos tan rápido.

—¡No te olvides de la cola de carpintero!

—¡No lo haré! —gritó Jennifer por encima del hombro, y metió una velocidad más rápida en su bici—. ¡Y diles a todos los demás que se reúnan conmigo en el bosque!

Hoy iba a ser un día realmente estupendo.

Estación de servicio Raceway, Highland Park, Nueva Jersey

Aunque Becker salió de la casa justo antes de que a su madre le diera un ataque, la furgoneta de la familia Drane aún no había dejado las inmediaciones de Highland Park. Mientras llenaban el depósito de gasolina, habían mandado a Benjamin adentro a hacer pipí (para no tener que parar en el área de descanso de Grover Cleveland como el año pasado), y su papá estaba completando su lista de control de agua, Sun Chips y un libro de *Juegos en el coche para toda la familia*, que Becker temía como la peste.

—Ya es mediodía y TODAVÍA no estoy de vacaciones —se quejó Natalie, dando salida a su frustración en oleadas.

Mientras aquella espantosa sensación de no poder bajar del Dodge impregnaba el vehículo, Benjamin se refugió en su bloc de dibujos, al tiempo que Becker sacacaba su Blinker y conectaba sus auriculares y sus Gafas de Transporte, accesorios necesarios para el modo Simulador de Misión.*

—¿Soy yo —el profesor Drane estaba empezando a perder los estribos— o ese tipo se mueve a cámara lenta?

Becker levantó la mirada de su Blinker y vio que el empleado de la estación de servicio con turbante no sacaba la boquilla de su depósito ya lleno. Parecía absorto en sus pensamientos, o soñando despierto, pero cuando Becker observó con mayor detenimiento, su mano se movía despacio. MUY despacio.

—¡Rafik! —Becker bajó la ventanilla y gritó al empleado, al que conocía de sus incursiones nocturnas al Racemart, abierto las 24 horas, para comprar Slim Jim y Chipwhich—. ¡Levántate y espabila!

Rafik se volvió despacio para responder a Becker. MUY despacio. Tan despacio que le recordó la función «16x» del reproductor de DVD en la avenida Grant n.º 12.

—Tío, mi mamá va a estallar si no...

De repente, Rafik pareció volver a la velocidad normal, sacando la boquilla, colgándola en su soporte y enroscando el tapón en el coche.

—Son 52,93 dólares, por favor. Gracias, señor.

—Vaya, ¡52,93 dólares! —Cuando el profesor Drane entregó su tarjeta de crédito, su cara empezó a adoptar una tonalidad roja más oscura—. ¡Sabía que teníamos que haber comprado el híbrido!

---

* Permite a los usuarios tomar parte en misiones de entrenamiento de inmersión plena y Punto de Vista en primera persona.

—Creía que dijiste que los híbridos son feos y están plagados de problemas técnicos.

Natalie TODAVÍA no estaba de vacaciones.

—¡Fue el vendedor de Saturn quien lo dijo!

Mientras Natalie y Ferdinand intercambiaban miradas que sólo la gente que lleva quince años casada puede entender, Benjamin se escondió más profundamente en su dibujo de Shanty Town, el nombre de la desvencijada casa en la playa que pertenecía a la familia Drane desde hacía varias generaciones. Entretanto, su hermano mayor volvía a ponerse los auriculares y trataba de olvidar el extraño momento vivido con Rafik.

A decir verdad, Becker debería haberlo visto venir. Sí, recordaba la advertencia de Casey Lake de que sintonizara su séptimo sentido con Tiempo, y no, no olvidaba que las Autoridades se habían negado a cumplir las exigencias de Triton en la semana subsiguiente, pero su capacidad para encajar las piezas correctamente estaba bloqueada por el nivel de tensión dentro del coche.

De modo que se limitó a colocarse los auriculares, seleccionó «MISIÓN: Ojo del Huracán» y olvidó todo el asunto.

Bosque Alton, Caledon, Ontario

Tras dejar los huevos y el zumo de naranja en casa, Jennifer pedaleó hasta la Zona Protegida del Bosque Alton y aparcó su bicicleta junto al sendero. Enfiló la senda roja que conducía a la senda amarilla que desembocaba en el camino sin señalizar que Jennifer había marcado con una mancha de pintura azul. Aquel bosque había sido un refugio para ella durante sus primeros días en Caledon, y jamás olvidaría la tarde en que el arroyuelo y las hojas arrastradas por el viento habían sido sus únicos compañeros. Hoy, sin embargo, esperaba compañía.

—¡¡¡Marco!!! —gritó Jennifer hacia la espesura.

No hubo más respuesta que el viento y el parloteo de las ardillas en los árboles.

—¡¡¡Marco!!! —volvió a gritar, y aguardó la otra mitad de la contraseña, pero no llegó.

Viendo que era la primera en aparecer, Jennifer pasó junto a la cascada, subió la escalera de pizarra y se adentró en la vegetación más espesa hasta dar con un pino caído, que ahora se apoyaba en un ángulo de 45° sobre un altísimo olmo. Utilizando el pino como tejado inclinado, se había construido una especie de club con madera contrachapada y palos, y se pasaba la mayor parte del tiempo allí... incluso cuando era el único miembro del club.

Sin embargo, desde la noche que había tenido aquel sueño, no sólo el Mundo había empezado a parecer distinto, sino que además había conseguido hacer amigos. En parte se debía a que los matones la habían dejado en paz, viendo que no iban a poder abatirla, al mismo tiempo que había empezado a ser abordada por un puñado de los demás parias de séptimo curso. Eran, sin duda, una pandilla de lo más variopinto, pero Jennifer los había llevado allí, uno tras otro, para formar la insurrección clandestina cuyo nombre estaba grabado en el enorme olmo:

«Les Resistance.»

La mayor parte de su cuartel general se había construido en el fresco entorno parecido a una cueva debajo de las agujas de pino colgantes, pero ahora había llegado el verano. Jennifer había tenido la idea de construir un anexo al estilo Robinson al club, equipado con plataforma de observación, reposavasos y telescopio que les permitía otear el terreno circundante.

Lo único que habían construido hasta ahora era una plataforma circular a unos tres metros de altura, y Jennifer se apresuró a trepar por la escala de cuerda. Trepar siempre se le había dado bien, y por eso era la arquitecto jefa de ese proyecto y la encargada de construir la segunda planta. Se disponía a clavar unos cuantos clavos más en la estructura cuando oyó un sonido poco común...

Toc.

Toc.

Toc.

El ruido procedía del otro lado del olmo, aproximadamente cada tres segundos. Jennifer giró con cautela alrededor de la plataforma, porque las vigas de apoyo todavía estaban sueltas, pero cuando por fin hubo dado la vuelta, no pudo dar crédito a lo que veían sus ojos...

Era un pájaro carpintero, con plumas rojas y negras, a escasos metros por encima de su cabeza. Pero a diferencia de cualquier otro pájaro carpintero que hubiera visto nunca, éste picoteaba la madera tan despacio que parecía un juguete de cuerda cuyas pilas se estaban agotando.

—¡¡¡Marco!!!

Una voz conocida con acento indio gritó a lo lejos, pero Jennifer estaba demasiado asombrada por aquello que observaba para responder. El pájaro seguía picoteando, pero parecía hacerlo todavía más despacio.

Toc.

Toc.

Toc.

La muchacha estiró un brazo con vacilación para tocarlo, para ver si era de verdad, pero justo antes de que su mano alcanzara las plumas, las «pilas» empezaron de repente a funcionar a toda marcha. El pájaro carpintero no sólo recuperó la velocidad normal, sino que incluso la superó, golpeando el árbol como una taladradora en miniatura. Jennifer dio un salto hacia atrás, asustada, y estuvo a punto de caerse de la plataforma, pero no antes de ver cómo el *Picus Canadensis* se elevaba en el cielo y desaparecía a una velocidad asombrosa.

—¡¡¡MARCO!!!

La misma voz sonó más fuerte por segunda vez, la voz de su amigo Vikram Pemundi. Jennifer oteó el bosque para ver cómo Vik y los otros tres miembros de Les Resistance salían de la vegetación más espesa, cada uno con su bolsa de materiales de construcción.

Una parte de ella quería gritarles que miraran al cielo o contarles lo sucedido con el pájaro carpintero loco, pero, a decir verdad, todo aquel incidente la había asustado un poco. De manera que Jennifer decidió guardárselo para sí...

—¡¡¡POLO!!!

Área de descanso de Grover Cleveland, autopista de peaje de Nueva Jersey, NJ

A pesar de haber ido al baño en la estación de servicio Raceway de Highland Park, Benjamin había vuelto a quejarse al pasar por la salida 11 de que tenía que «ir». El profesor Drane había dejado la autopista de peaje sólo quince minutos después de arrancar, y acompañó bruscamente a Benjamin al aseo de caballeros para que hiciera sus necesidades. Ahora, Becker estaba sentado sobre el capó de la vieja furgoneta Volvo de la que su padre se negaba a desprenderse, viendo pasar el Mundo.

—Sólo estaré fuera una semana —aseguró la doctora Natalie Drane a través del teléfono móvil, andando de un lado para otro junto al merendero—. Si tiene una urgencia, llame por megafonía al doctor Perfetti y estará encantado de ayudarle.

La mamá de Becker estaba apagando el móvil cuando uno de sus clientes había llamado presa del pánico por el hecho de que no habría sesión aquella semana. Natalie recibía un promedio de veinticinco clientes por semana, pero sólo unos pocos estaban locos de remate como la persona anónima que estaba al teléfono.

—Sí, el doctor Perfetti tiene licencia para ejercer en Nueva Jersey, y no, no puedo encontrarme con usted en Connecticut para una minisesión.

Becker sacudió la cabeza y devolvió su atención a las puertas principales del área de descanso. Si bien sus experiencias en Los Seems le habían enseñado a apreciar el

Mundo y toda la gente que vivía en él, seguía estando de un humor de perros, y no pudo evitar fijarse en que todos los que salían del edificio llevaban una bolsa grande de Roy Roger's o daban los últimos toques a una montaña de helado Carvel.

—¿Es esto lo bueno que tiene el Mundo? —susurró Becker al fantasma de Grover Cleveland, pero en su lugar contestó su padre.

—¡Becks! ¡Métete en el coche!

—¿Qué?

Becker se volvió por encima del hombro y vio que toda su familia le estaba mirando a través del parabrisas.

—Ya sé que tratas de broncearte, pero debemos empezar a recuperar tiempo...

Becker saltó del capó, completamente aturdido. Hacía sólo un segundo su mamá hablaba por teléfono con el «cliente anónimo» y Benjamin y papá ni siquiera habían salido del aseo. Pero allí estaban, su padre al volante y Benjamin con el cinturón atado y zampándose un perrito caliente Nathan's de treinta centímetros.

—¿Cuándo habéis vuelto al coche? —preguntó Becker.

—¿De qué estás hablando? —replicó Natalie.

Los Drane se miraron como si aquella extraña pregunta no hiciera sino confirmar sus peores temores: que su hijo estaba, de hecho, convirtiéndose en un joven conflictivo.

—Oye, mamá. —Benjamin atizó el fuego con una sonrisa maliciosa en el rostro—. Si Becker tiene que irse durante algún tiempo, ¿puedo quedarme con su habitación?

Cuando volvió a subir al coche, el reparador n.º 37 estaba demasiado anonadado por lo que acababa de suceder para preocuparse por el pequeño monstruo y sus dardos. Sabía que no estaba loco —o por lo menos lo sabía en un 99 %—, pero no lograba sacudirse la sensación de que el propio Tiempo había dado un salto ade...

Y fue entonces cuando ocurrió.

Uno tras otro, los pelos de la nuca de Becker empezaron a erizarse lentamente, como gente alineándose. Entonces esa fila comenzó a bajar por la curvatura de su columna vertebral directamente hacia su estómago, donde el n.º 37 sabía por experiencia que no tardaría en provocar una serie de escalofríos. Ésa era la evolución del séptimo sentido —la sensación que todos los reparadores emplean para determinar si algo ha fallado en Los Seems (y por ende, en el Mundo)—, y el hecho de que Becker quedara cubierto de un sudor frío significaba que seguramente se trataba de algo grave.

—¡¡¡Mamá!!! —gritó Benjamin—. ¡Becker está empapado en sudor!

—¡No es verdad!

Natalie observó detenidamente a su hijo mayor, que tiritaba de manera visible a mediados de julio.

—Debe de ser el videojuego al que estaba jugando. —Becker trató de despistar a su madre—. En Japón causó ataques epilépticos a algunos chicos.

—Entonces, ¿por qué juegas?

Su mamá estaba algo más que un poco horrorizada.

—Tienes razón. Voy a leer un libro.

—No leas ningún libro. ¡Eso sólo hará que estés más mareado! ¿Por qué no te limitas a descansar la vista un rato?

—Buena idea, mamá. Gracias.

Satisfecha de haber ejercido la dosis adecuada de control materno, Natalie volvió a su libro grabado en cinta. Becker, por su parte, sólo entrecerró los ojos, concentrando la mayor parte de su atención en su Blinker, que estaba ajustado en «modo vibrador» y sujeto a la parte lateral de su cinturón.

Otros años, los reparadores trabajaban por turnos —de manera que todos sabían cuándo eran el siguiente en recibir un trabajo—, pero hacía poco que ese procedimiento había cambiado. Después de muchas quejas y largas discusiones, las Autoridades decidieron que los reparadores serían llamados ahora a través de un «sistema de contrapartida». Dicho de otro modo, cuando llegaba una petición al Mando Central, el despachador decidía quién reunía las aptitudes individuales que mejor se adaptaban a las necesidades de la misión, lo cual significaba que cada reparador tenía que estar listo cada vez que su séptimo sentido se activaba.

El más joven de ellos abrió un ojo, y al ver que todos los demás ocupantes del vehículo habían vuelto a sus rutinas se colocó disimuladamente uno de los auriculares en el oído. Basándose en lo que había presenciado ese día (junto con la Sesión Informativa Mensual), Becker se hacía una idea bastante aproximada de qué departamento se hallaba en una crisis lo suficientemente grande como para provocarle una urticaria en los tobillos y los pies.

Ahora la única cuestión era: ¿quién recibiría la llamada?

Monasterio de Gandan, provincia de Sühbaatar, Mongolia Exterior

Exactamente dieciséis segundos antes, los ojos del inimitable Li Po se abrieron ante el templo sagrado que consideraba su hogar. Había estado absorto en el proceso de formación de un nuevo iniciado —quizá su mejor alumno hasta entonces— cuando le salió una urticaria, y ahora esperaba con serenidad a que Mando Central tomara su decisión.

—SUVAHHHHHHHHHHHHHHH.

Mientras el cántico de los monjes se elevaba para celebrar lo celestial e invisible, el reparador n.º 1 de la Rotación se frotó las plantas de los pies descalzos. Fuera lo que fuese lo que estaba ocurriendo en Los Seems durante el espacio infinito del presente, él era sin duda el primero en percibirlo.

Y, esa noche, sabía exactamente qué departamento era atacado.

Staten Island, Nueva York

—¡¡Mamá!! ¡Te dije que no lavaras el gato en el lavabo! Cuando su madre murmuró algo así como «Smokey tiene que estar guapo», Tony el Fontanero sacudió la cabeza y extrajo la enorme bola de pelo de la tubería. Se disponía a salir de debajo del lavabo cuando sintió una desagradable sucesión de escalofríos en la pierna izquierda.

—¡Bah! De todos modos no van a llamarme.

Desde que había entrado en vigor el nuevo sistema de contrapartida, Tony sólo había sido llamado para una misión. No se alegraba de ello, sobre todo porque en otro tiempo se había considerado inestimable su capacidad para hablar prácticamente con las máquinas. Pero aunque estaba disgustado por aquella falta de respeto, el reparador n.º 22 sacó su Blinker y esperó con impaciencia a que llegara la llamada...

Lo mismo hicieron Casey Lake, Marcus Philadelphia, Sweet Lou y otros treinta reparadores en todo el Mundo (y, con un poco de suerte, Tom Jackal), todos los cuales en ese momento exacto habían abandonado su rally de motociclismo, experimento de laboratorio, misa matutina o búsqueda de toda la vida de un artefacto antiguo y esperaban que se activara el agudo pitido de su Blinker.

Pero sólo un reparador lo oyó.

Sartène, isla de Córcega, Francia

¡BLINK! ¡BLINK! ¡BLINK! ¡BLINK! ¡BLINK!

En el centro de su palma sudorosa, el Blinker del señor Chiappa parpadeaba sin cesar. No podía creer que estuviera ocurriendo aquello. ¡Y, de hecho, estaba ocurriendo ahora!

—¡Otra vez no! —exclamó la señora Chiappa. Ella y su marido acababan de sentarse a cenar, su modesta mesa de madera repleta de panecillos recién hechos y fruta—. ¡Ni siquiera has tomado un bocado!

—Lo siento, *tesorina* —se disculpó el señor Chiappa—. Seguro que ésta será la última.

Muchos años atrás, Lucien Chiappa había recibido una

exención especial de la «Regla Mantén la Boca Cerrada», porque había prometido a su esposa el día de su boda que nunca le ocultaría ni un solo secreto. Pero esto no hacía que la situación fuera más fácil, pues a ella le reventaba cada vez que él salía en una misión.

—¿No saben que en teoría vas a jubilarte dentro de cuatro días?

—Claro que lo saben —respondió Lucien—. Estoy seguro de que no es más que una ventana rota o alguna manía.

Detestaba esconder la verdad a Ombretta, pero cuando la besó en la frente y pasó a su despacho en el desván sabía que no podía decirle lo que ocurría en realidad. Tras apartar los libros de texto y los planes de estudio, el maestro de inglés de instituto liberó el Blinker de su cinturón y lo dejó sobre su mesa. Todavía parpadeaba ostensiblemente y, en el fondo, Lucien intuyó qué había sucedido en Los Seems y por qué le habían elegido. En parte se sentía orgulloso de asumir aquella responsabilidad, pero por otra parte sólo deseaba devolver su insignia, asistir a la reunión de despedida en Flip's y marcharse al atardecer. Sin embargo, el Plan tenía otros proyectos.

El reparador n.º 12 pulsó el botón amarillo de aceptación y su Blinker empezó a transformarse. Primero llegaría el audio —un silbido estridente que se convertiría en un tenue zumbido—, que pronto iría seguido por la imagen de una llave inglesa de dos caras. Mientras esperaba que el despachador le anunciara lo que ya sabía, el señor Chiappa susurró en su corso materno...

—Es la hora de hacer *zeppole*.

La bomba de tiempo

La carrera de Lucien Chiappa como reparador era seria pero en buena parte, mediocre. Por lo general se le tenía por un trabajador competente, sin grandes desastres en su historial, y era conocido también por su afición al Tiempo. Desde que había probado su primer Déjà Vu y sentido como si ya hubiese experimentado uno anteriormente, el maestro de inglés estaba fascinado por este departamento y por el modo en que envejecía el Mundo a la perfección.

Quizás era por eso que le habían llamado en «el Día que el Tiempo se detuvo», cuando un fallo técnico abrumó al reparador legendario Tom Jackal e hizo que el Mundo entero se parara en seco. La singular estratagema del señor Chiappa consistió en crear un mecanismo capaz de generar suficiente fuerza para volver a moverlo.

Lo llamó una «bomba de tiempo».

Plaza del Tiempo, Departamento de Tiempo,
Los Seems

—Próxima parada, Departamento de Tiempo, donde siempre es ahora. Por favor, tengan cuidado con el hueco entre el tren y el andén.

La voz informatizada del monorraíl resonó por todo el vagón y las puertas se abrieron, dando acceso al reparador n.º 12 al andén de cemento que daba a la Plaza del Tiempo.

El eje principal de este departamento era una pintoresca aldea como las que se podían encontrar abrigadas entre las montañas o acurrucadas junto al mar. Había un pequeño parque en el centro y las calles adoquinadas estaban flanqueadas por tiendas y almacenes. La Caja de Ahorros Diurnos (CAD) era el edificio más característico, con sus columnas de mármol y su enorme reloj de sol, pero el Almacén de Segunda Mano y el Restaurante 25 Horas del Día eran instituciones por derecho propio y atraían a visitantes procedentes de todo Los Seems.

—¿Dónde están todos? —murmuró el señor Chiappa para sí, incapaz de sacudirse un presentimiento terrible. La mayor parte del tiempo, este lugar estaba atestado de vendedores callejeros o clientes que tomaban café con leche en La Hora Mágica, la cafetería siempre abarrotada que ocupaba la esquina sudoeste del callejón de la Memoria. Pero hoy las calles estaban desiertas y todos los establecimientos, cerrados—. ¿HOLA?

A modo de respuesta oyó un crujido y se volvió para ver a alguien saliendo de una puerta en un callejón. Era una muchacha asiática, no mayor de 19 años, con el pelo negro azabache y una insignia laminada en el pecho.

—¡INFORMADORA N.º 375, SHAN MEI-LIN, PRESENTÁNDOSE PARA EL SERVICIO, SEÑOR!

—Descansa, Shan —dijo Chiappa a su informadora—. Sé quién eres.

Era verdad. Shan Mei-Lin era conocida en el ámbito del IAR como la candidata que había llegado a ser informadora en menos tiempo, y no daba muestras de aflojar el ritmo. Su equipo era impecable —el mono de trabajo más nuevo del Catálogo, un maletín G5 rojo activado por la voz— y tenía un cuerpo enjuto y fuerte como el de un corredor de fondo. Había otra cosa que Chiappa también sabía de la informadora Shan: que era decididamente «de primera», y su estricta profesionalidad y observancia de las Reglas en ocasiones hacían de ella una presencia agotadora.

—¿Cuál es la situación? —preguntó el reparador.

—He evacuado a todo el personal no esencial y el administrador Neverlåethe está esperando su llegada.

—Bien hecho. ¿Ya están aquí los minuteros?

—Afirmativo. Su mejor hombre ha ido a echar un vistazo, pero dice que está fuera de su alcance.

Chiappa sacudió la cabeza, todavía sorprendido de que esta misión hubiera llegado cuatro días antes de jubilarse. Casi se había permitido el sueño del próximo curso escolar, cuando por fin tendría tiempo para revisar sus planes de estudio, mirar telebasura y comer palomitas con su esposa. Pero ahí estaba, en una dimensión muy distinta de Tiempo y lugar.

—Le están esperando, señor.

Chiappa regresó bruscamente al presente, resolviendo que no servía de nada luchar contra lo que era así. No sólo eso, sino que además costaría caro al Mundo.

—Entonces no les hagamos esperar.

Dirección de Tiempo, Departamento de Tiempo, Los Seems

Después de recorrer el callejón y franquear la puerta con el descolorido reloj de pie grabado en ella, se encontraba un pasillo largo y mal iluminado con aseos a un lado y una colchoneta corriente de color negro al final. Cualquiera con una autorización de nivel 8 o superior podía acceder a un segundo pasillo, que conducía a una escalera de caracol con otra colchoneta negra al pie, la cual exigía una autorización de 9 para entrar finalmente en el búnker subterráneo cada vez más extenso que albergaba la Dirección de Tiempo.

—Abran paso —gritó la informadora Shan, un poco más alto de lo necesario—. Paso al reparador.

El primer pasillo estaba desierto, pero el segundo se

hallaba flanqueado por minuteros, cuya función consistía en manejar la propia Esencia de Tiempo. Éste era uno de los puestos más peligrosos en todo Los Seems, que sólo se asignaba a los espíritus más fuertes. Pero hoy tenían el semblante ceniciento y parecían desconcertados, y muy pocos pudieron reunir el valor suficiente para mirar a Chiappa a los ojos cuando pasaba.

—A por ellos, jefe —dijo el evidente líder del grupo, con el visor abierto para dejar al descubierto un rostro empapado en sudor—. Éste lleva escrito su nombre.

—Haré todo lo que pueda, Millsy.

Algunos más musitaron palabras de ánimo, pero en su mayoría, los afligidos empleados se limitaban a mascar su Chicle Problema™. Al igual que Chiappa, habían temido este día, pero nunca habían creído que llegaría realmente.

—¡Gracias al Plan que has llegado!

Al pie de la escalera de caracol se encontraba un hombre de piel clara, ojos azul intenso y pelo ralo y rubio..., también conocido como Permin Neverlåethe, administrador del Departamento de Tiempo. Como todos los de su rango, Permin llevaba un traje de tres piezas y un reloj de bolsillo, pero su Pieza de Tiempo™ era única al indicar la Hora Mundial en los 4.012 sectores.

—Me alegro de volver a verte —dijo el reparador Chiappa, estrechando la mano del administrador—. Ojalá fuera en mejores circunstancias.

—Lucien, ¿cómo puede haber ocurrido esto? —Si Permin fuera un poco más blanco, habría sido transparente—. ¡Creía que habíamos destruido los proyectos!

—Lo hicimos —repuso el reparador n.º 12—. Aun así, aquí estamos otra vez.

Aquel día terrible en que el Tiempo se detuvo, fue Permin Neverlåethe, a la sazón gerente de la Caja de Ahorros Diurnos, quien ayudó a Chiappa a construir el mecanismo que volvió a arrancar el Mundo. Pero aunque su misión había tenido éxito, había costado un precio.

—Sabía que esto regresaría para atormentarnos. —Permin estaba a punto de echarse a llorar—. ¡Para empezar, no debimos haberlo construido!

—Por supuesto que debíamos, Permin. —Chiappa puso una mano sobre el hombro de su viejo amigo—. Ahora cálmate y cuéntame qué ha ocurrido.

Si bien los engranajes de Tiempo constituían algo digno de verse, eran en buena parte ceremoniales. Este sistema de cicloides altísimas, pesas colgantes y piñones de latón ya no bombeaban la Esencia de Tiempo. No obstante, por razones manifiestamente simbólicas, La Marea había elegido este lugar sagrado para asestar su último golpe.

—La primera anomalía nos pilló completamente desprevenidos —dijo el administrador Neverlåethe sobre el estruendo de los mecanismos giratorios—. Parecía sólo una ralentización en algunos sectores, pero entonces volvió a suceder... seguido de un par de aceleraciones.

Ralentizaciones y aceleraciones eran fallos que afectaban elementos del Mundo, los cuales se movían a través del Tiempo a velocidades muy dispares. Normalmente eran causadas por problemas de circulación en la tubería que bombeaba Tiempo hacia la realidad, pero, en general, se solventaban antes de que los habitantes del Mundo pudieran percatarse.

—Creíamos tener la situación controlada —prosiguió Permin—. ¡Pero entonces hubo un tiempo muerto durante cuatro minutos y veinte segundos!

—A mí me pareció extraño —agregó la informadora Shan—. Estaba releyendo *Ulises* y al cabo de un momento me di cuenta de que estaba acostada en la cama. Ni siquiera sabía cómo había llegado hasta allí.

Chiappa había tenido una experiencia parecida —estaba pelando patatas en el fregadero de la cocina y de repente se encontró sentado a la mesa para cenar—, pero había considerado que se trataba de un ensueño o un «lapsus senil».

—Un salto de esta magnitud no es un accidente —dijo el reparador—. La Marea debe de haberse infiltrado en el departamento y obstruido el flujo de Tiempo.

Permin agachó la cabeza con una mezcla de tristeza e

indignación, porque aquél era un departamento muy orgulloso, tal y como manifestaba el rótulo sobre la entrada a Dirección de Tiempo:

3.650 DÍAS SIN FALLAR NI UN SOLO SEGUNDO.

—Ahora comprendo que ha sido sólo una distracción. —Neverlåethe señaló un espacio para tuberías entre tres de los mecanismos más grandes—. Uno de los guías turísticos lo vio cuando quitaba el polvo para la visita de hoy.

Remetido entre los engranajes que zumbaban había un dispositivo complejo que guardaba un extraño parecido con el invento original de Chiappa. El temporizador era un simple despertador, sujeto con cinta adhesiva a un congelador de titanio cubierto de hielo y escarcha. En su interior había, sin duda, las bandejas extraviadas de Momentos Congelados, y el propio congelador estaba rodeado de varias bolsas de abono, estampadas con el logo del Departamento de Naturaleza. Por último, pero no por ello menos importante, había un largo cilindro negro conectado a todo el artilugio.

—¿Qué hay del tubo? —gritó la informadora Shan por encima del estruendo.

—Es un tipo de revestimiento distinto al que utilizamos nosotros —observó Chiappa—. Pero a mí me parece un segundo separador.

—Podría equivocarme, amigos. —Permin señaló la manecilla más pequeña del despertador, que permanecía inmóvil sobre el número 3—. Pero creo que va a activarse dentro de veintisiete minutos.

—Veintiséis minutos y cuarenta y siete segundos, según mis cálculos —corrigió la informadora Shan.

—Sea como sea, más vale que entremos ahí —anunció Chiappa, resistiendo la tentación de dirigir a Shan una mirada de fastidio—. Y más vale que apaguemos estos dispositivos.

Mientras Permin ordenaba a sus operarios que detuvieran el viejo mecanismo, el reparador y la informadora recogieron sus respectivos utensilios.

—Lucien. —El administrador Neverlåethe todavía gritaba aun después de que los engranajes hubieran enmudecido—. No creo que pueda...

—No pasa nada, Permin —le sacó del apuro Chiappa—. No esperaba que vinieras.

—Es sólo que... Heidi y los niños... dependen de mí...

—Ya lo sé. Has hecho todo lo que has podido aquí.

Permin asintió y dio la impresión de que trataba de decir algo, quizás un intento de salvar las apariencias o sólo una advertencia a su viejo amigo. Pero antes de que pudiera dar con las palabras...

—Sal de aquí, viejo Hombre de Arena —exclamó Chiappa con un brillo en los ojos—. Tenemos trabajo que hacer.

Cuando Shan Mei-Lin empezó a desplegar su Mesa de Herramientas™, estaba impaciente por poner manos a la obra. Siendo la candidata más rápida en llegar a informadora, confiaba también en ser la informadora más rápida en llegar a reparadora. Claro que había habido reparadores más jóvenes que ella, como Casey Lane y Becker Drane, pero nunca nadie había ascendido en el escalafón a un ritmo tan meteórico. Y aunque estaba atrapada en un trabajo con un viejo pelmazo como Chiappa, ésta era la oportunidad perfecta para distinguirse en una misión de prestigio.

—Pásame Esas Cosas que se Parecen Mucho a Pinzas para Cortar Cables™ —pidió el señor Chiappa.

Todo el personal había sido evacuado de la sala entera (al igual que los pasillos superiores) y, con los engranajes apagados, los únicos sonidos que se oían eran el ruido metálico de las herramientas y el tictac del despertador. La informadora Shan pasó Esas Cosas y observó cómo su reparador cortaba un cable azul que conectaba el congelador con el abono. La bomba estaba erizada de multitud de esos cables, de muchos colores distintos.

—¿Cómo sabe cuál debe cortar? —preguntó la informadora Shan.

—La mayoría de ellos no son más que cables fantasma colocados para despistarnos —explicó Chiappa—. Pero tenemos que sacarlos para poder determinar cuáles son importantes.

La informadora Shan no pudo evitar fijarse en que a Chiappa le temblaba la mano mientras cortaba el cableado sobrante. Si bien había estudiado en profundidad el informe de misión del Día que el Tiempo se detuvo, los proyectos específicos del mecanismo habían sido suprimidos del informe, y aún había algunas cosas que no entendía.

—¿Cómo sabía que la bomba original volvería a arrancar el Tiempo? —preguntó.

—I.C.U.™. —Chiappa hizo caso omiso de su pregunta y cogió la herramienta parecida a un monóculo, que le permitía ver a través de las paredes del congelador y las rejillas en las que estaban ordenados los Momentos—. No lo sabía.

—¿Cómo dice, señor?

—No sabía que daría resultado. Sólo tuve una corazonada. —Chiappa cortó otro cable fantasma y siguió diciendo—: Sabía que se requería una descarga tremenda para volver a hacer funcionar el Mundo. Y el único modo que se me ocurrió de crear esa clase de energía fue abriendo un segundo.

—¿Por qué no un primero? —inquirió la informadora.

—No contiene suficiente Esencia —explicó Chiappa—. No..., tenía que ser un segundo o un tercero.*

Shan sabía por qué no había elegido un tercero: abrir uno de ellos podría destruir ambos lados del Intermedio de un solo golpe.

—La verdadera clave, sin embargo, era los Momentos Congelados.

---

* Primeros, segundos y terceros son tres fenómenos geológicos que ocurren de forma natural y de los que se destila la Esencia de Tiempo. Para más información sobre la ciencia y la naturaleza del Tiempo, por favor, consulte el apéndice B: «El Tiempo es esencial.»

Como para demostrar ese punto, Chiappa cogió el cerrojo del congelador con su Uña™, y la puerta se abrió lentamente. Dentro había cincuenta bandejas, cada una de las cuales contenía dieciséis cubitos de hielo prístinamente congelados. Y dentro de cada uno de esos dieciséis cubitos prístinamente congelados había un momento de la vida de alguien, capturado y conservado para toda la eternidad... o mientras no se derritiera.

—Los Momentos Congelados son la única cosa del Mundo que retrocede hasta Los Seems. De ahí que fuera lógico que si mandábamos una explosión en la dirección contraria, podía ayudar a arrancar el Mundo.

—Vaya. —Por primera vez, la informadora Shan empezaba a adquirir cierto respeto por el señor Chiappa—. Es bastante genial.

—Ni hablar. Abriendo el segundo, pusimos todo Los Seems en peligro. Fue sólo por la gracia del Plan que no lo volamos todo en pedazos.

Chiappa guiñó el ojo a la informadora Shan, a quien su reparador comenzaba a parecerle igual que a tantos de sus alumnos en el Instituto de Sarténe. Podía dar la impresión de ir cuesta abajo, pero su combinación de humildad y encanto chapado a la antigua hacía que costara trabajo no sonreír en su presencia.

—Sin embargo, hay una cosa que no logro entender... —Chiappa tenía una expresión perpleja en el rostro mientras examinaba los mecanismos internos de la bomba—. ¿Dónde está el Campo de Contención?

—¿Campo de Contención, señor?

Chiappa llamó su atención hacia el cilindro negro al que se había referido como el segundo separador.

—Cuando Permin y yo construimos la nuestra, nos aseguramos de hacer sólo una incisión minúscula en el segundo. Pero, por si se partía en dos, envolvimos todo el artefacto en un recipiente de cristal para que la Esencia no se escapara.

—Estamos hablando de La Marea, señor. Quizá quieren que se escape.

En ese momento todo empezó a volverse muy real tanto para el reparador como para la informadora. Enseguida sus pensamientos volaron hacia sus familiares, amigos y todas las cosas que no volverían a ver nunca si eran incapaces de desactivar la bomba eficazmente.

—¿Cuál es tu misión dentro de la misión, informadora Shan?

Chiappa se refería a algo pequeño en el Mundo en lo que se enseñaba a reparadores e informadores a poner su alma cuando el miedo amenazaba con abrumarlos. Sabía que ésa era una pregunta personal, pero ¿qué momento mejor para plantearla?

—No creo demasiado en la M.D.M. —confesó Shan sin mucha vacilación—. Confío siempre en mis aptitudes y en el trabajo duro.

Chiappa no se extrañó. Los informadores jóvenes suelen ser seducidos por la ilusión de orgullo.

—¿Y usted, señor?

—Para mí siempre es la misma, sea cual sea la misión. —Chiappa sonrió y sacó una foto de su cartera—. Y me matará si no llego a casa a la hora de cenar.

La informadora Shan se avergonzó por un momento ante la pureza del amor del reparador por su esposa, pero pronto tuvo que volver al camino, porque Chiappa había devuelto su atención a la bomba de tiempo. Ahora sólo quedaban catorce minutos en el despertador.

—En mi opinión, lo único que tenemos que hacer es desconectar el segundo separador de los demás componentes.

—¿En qué puedo ayudar?

—Busca alguna trampa explosiva.

Shan escudriñó toda la superficie de la máquina, pero no encontró ningún indicio de las trampas, problemas o cebos inventados por John J. Booby.*

---

* Un ex empleado del Cobertizo de Herramientas que dedicó sus talentos a fines más siniestros y circulan rumores de que fue miembro fundador de La Marea.

—Todo limpio, señor.

—Bien. Entonces hagámoslo.

Chiappa devolvió Esas Cosas y luego pidió un par de Mitones™. Tras ponerse los guantes protectores, colocó ambas manos debajo del cilindro negro.

—Necesito que cortes este cable..., éste... y éste. —Señalaba los cables que conectaban el despertador al separador, y éste, al congelador y el abono—. Y necesito que lo hagas exactamente al mismo tiempo.

—¿Cuándo?

—Ahora.

—¿¡AHORA!? —Shan estaba atónita—. Creía que habría más tiempo para prepararse.

—Bueno, podríamos esperar hasta que llegue a 5, 4, 3, 2, 1..., pero para entonces mi lasaña ya estará fría. —Chiappa volvió a guiñar el ojo y se arremangó para prepararse para la operación—. En serio, Shan, no lo pienses dos veces. Corta cuando te lo diga y esto habrá terminado.

La serenidad en la voz de Chiappa relajó a la informadora, pero el tictac del despertador parecía cada vez más fuerte. Era el mismo tipo de despertador que Shan tenía junto a su cama en Pequín, que siempre estaba puesto a las 4 de la madrugada. Pero cuando sonaba sólo significaba otro día en la universidad...

La informadora n.º 375 respiró hondo para aplacar los nervios y luego unió los tres cables cruciales en su mano.

—Lista cuando usted lo esté, señor.

Chiappa encorvó la espalda para disponer de más palanca para levantar el separador, y luego asintió con la cabeza.

—Que viva épocas interesantes —susurró ella, asió el mango de Esas Cosas que se Parecen Mucho a Pinzas para Cortar Cables y seccionó los tres últimos.

El reloj se paró...

Los cables cayeron al suelo...

Y eso fue todo.

No sucedió nada más.

Informadora y reparador se miraron como diciendo:

«Esto no podía ser tan fácil, ¿verdad?» Pero por lo visto sí lo era. Chiappa se enjugó el sudor de los ojos y aguardó a que su corazón volviera a su ritmo normal.

—Informa al Mando Central que la bomba de tiempo ha sido desactivada y que devolveremos el segundo a los minuteros. —Mientras la informadora descolgaba su Receptor™ del cinturón, Chiappa agregó un último comentario—: Y buen trabajo, Shan.

—Gracias, señor.

La informadora Shan ya añadía ésta a su lista de misiones con éxito mientras el reparador levantaba lentamente el cilindro en el aire. Había manejado más de un segundo (por no hablar de terceros) en su época y, a pesar de su volatilidad natural, tenía mucha confianza en su capacidad para contenerlo. Mientras liberaba el separador de los cables, a Chiappa casi le parecía saborear la ceremonia de jubilación en El Otro Lado, y las palomitas (mantequilla y sal) que le aguardaban al final de su última misión.

—Ahora, si puedes abrir esa puer...

¡¡¡¡¡¡RINNNNNNNNNNNNGGGGGGGG!!!!!!

De repente, la campanilla superior del despertador comenzó a sonar..., un sonido tan fuerte y áspero como el que arranca a los infortunados durmientes del placer de una noche de sueño reparador. También sonaba encima del congelador, y por el modo en que los múltiples cables conectados a éste bailoteaban inertes como si fueran tentáculos, Chiappa supo que había cometido un terrible error...

Porque todos los cables eran fantasmas.

—¿Qué ocurre, señor? —exclamó la informadora Shan, el sabor cobreño del pánico impregnándole la lengua.

Lo que eran antes 7 minutos eran ahora 6, ahora 5, ahora 4, a medida que las manecillas del reloj retrocedían como locas hacia 0.

—¡¡¡Es un detonador sin cables!!! —gritó Chiappa a su informadora por encima del estridente timbrazo del despertador—. ¡¡¡Busca una emisora!!!

—¿Qué aspecto tiene?

Shan escudriñó frenéticamente la bomba de arriba abajo.

—¡Una cajita con una antenita de goma!

Chiappa quería ayudarla a buscar, pero estaba ocupado sujetando el separador de segundo, y para cuando lo dejara en el suelo ya sería demasiado tarde.

—¡¡No la encuentro, señor!! —gritó la informadora—. ¡No la encuentro!

Cuando el minutero superó el 2 de camino hacia el 1, una paz extraña se apoderó del señor Chiappa. Sabía que, dondequiera que estuviera la radio, no tardaría en activar un dispositivo parecido a una guillotina que cortaría el segundo en dos y lanzaría una mitad a través de las bandejas de Momentos Congelados. Adónde iría desde allí no estaba claro, pero lo que sabía con toda certeza era que cualquiera atrapado dentro de la onda explosiva quedaría expuesto a la Esencia de Tiempo.

—¡Sal de aquí, Shan!

—Ni hablar, señor. ¡Un informador jamás abandona a su reparador!

—¡Es una orden directa!

—Pero, señor...

—¡Sal! ¡Ahora!

La informadora Shan vaciló antes de salir precipitadamente a través de los engranajes hacia la puerta que daba a la escalera de caracol. Con lágrimas en los ojos, echó una última mirada a su reparador —quien depositaba cuidadosamente el separador de segundo en el suelo— y luego cerró la puerta tras de sí.

Lucien Chiappa soltó el largo cilindro negro y se quitó los Mitones.

—Cuatro días —murmuró.

Algunos habrían destinado aquellos últimos diez segundos a lamentarse del perverso sentido del humor del Plan, o a maldecir a las Autoridades por no haberles concedido un pequeño descanso. Pero el reparador n.º 12 se sentía dichoso por haber sido lo bastante afortunado para tener un trabajo como ése, una esposa como Ombretta y un Mundo como aquel en el que tenía el privilegio de vivir. Su último pensamiento fue: «Sabía que debí haber añadido *Por quién doblan las campanas* al plan de estudios.»

Y entonces la bomba de tiempo estalló.

Alameda de Merritt, Bridgeport, Connecticut

—¡¡¡¡¡¡¡¡AAAAAAAAAAAAAAH!!!!!!!!

Becker Drane no se dio cuenta de que estaba gritando hasta que su mamá le zarandeó por un brazo.

—¡Becker! ¿Qué pasa?

El chico necesitó algunas sacudidas más para reaccionar y tranquilizarse. Había estado siguiendo la misión del señor Chiappa a través de la función «Misiones en Curso» de su Blinker cuando se había sentido abrumado por la sensación física de una «maldad» terrible en Los Seems. No sólo le dolía, sino que además tenía la sensación de que iba a vomitar dentro del coche.

—Creo que me estoy mareando.

—¿Puedes esperar a la siguiente área de descanso?—preguntó el profesor Drane, señalando el cartel que indicaba «Zona de servicio a 5 kilómetros».

—No lo creo —respondió su hijo, adquiriendo una tonalidad verdosa más intensa.

Hasta Benjamin mantuvo la boca cerrada, porque también él empezaba a estar preocupado por Becker. El profesor giró hacia el límite de la alameda de Merritt y detuvo el vehículo sobre la hierba.

—Ve allí, hacia los árboles.

Becker abrió la puerta y salió del coche dando traspiés.

—¡Acompáñale, Ferdinand!

—No pasa nada, mamá. Me pondré bien. Sólo...

Pero antes de que hubiera podido dar cinco pasos más allá del arcén, Becker y su familia fueron testigos del aspecto que tiene medio pavo con provolone de Highland Pizza al cabo de cuarenta y cinco minutos de estar dentro del estómago. (Nota: no tiene buen aspecto.)

—Tío, esto es muy grumoso —dijo Benjamin, admirado.

—Muchas... gracias..., campeón —respondió Becker antes de volver a echar los hígados por la boca.

—Tiene razón, hijo —terció su padre—. Esto es bastante grumoso.

Becker se levantó y se limpió la boca con el borde de la manga. Empezaba a encontrarse un poco mejor, aunque esto le servía de poco consuelo, pues hasta entonces su séptimo sentido no había gritado nunca de esa manera. Le decía que las últimas noticias que había recibido en «Misiones en Curso» —«Bomba de tiempo desactivada con éxito»— habían sido un tanto prematuras.

El reparador levantó un dedo hacia su familia como diciendo «dejadme un momento» y luego se dirigió tambaleándose hacia los árboles. En cuanto se hubo cerciorado de que no le veían, descolgó su Blinker del cinturón y se disponía a comprobar la situación del señor Chiappa cuando...

¡BLINK! ¡BLINK! ¡BLINK! ¡BLINK! ¡BLINK!

Pulsó encubiertamente el botón amarillo de aceptar, presionándolo un segundo más para que no iniciara su transformación en un teclado con monitor extragrande.

—*Preparado para transmisión.*

Becker fingió vomitar otra vez por si su familia le observaba con demasiada atención, y luego puso el volumen del Blinker sólo lo bastante alto para poder oír.

—*Reparador n.º 37, F. Becker Drane. Informe, por favor. Cambio.*

Por lo general el despachador llevaba auriculares, uniforme y el pelo cuidadosamente rapado. Pero esta vez iba despeinado y debajo de sus ojos se habían formado unas bolsas oscuras.

—¡Número 37, presente y dispuesto!

El reparador se dispuso a esperar la verificación, pero el despachador se saltó las formalidades de un modo inusual.

Estaba embargado por la emoción como Becker no le había visto nunca antes.

—¿Qué ha ocurrido?

El despachador se quitó los auriculares y se secó el sudor frío de los ojos.

—*Te necesitamos, chico. Te necesitamos urgentemente.*

Repercusiones

Aduana, Departamento de Transporte, Los Seems

Para cuando Becker llegó a la Aduana, las Autoridades ya habían declarado el estado de emergencia. Se ordenó a todos los empleados departamentales que se mantuvieran en sus puestos hasta nueva orden y sólo se permitía viajar en el monorraíl al personal autorizado. Pero cuando el reparador Drane subió al tren y se dirigió hacia uno de los mayores desastres de la historia seemsiana, la cabeza todavía le daba vueltas por el lío que había dejado tras de sí.

Poco después de que el desmejorado despachador hubiera desaparecido de la pantalla, Becker había cogido su caja de herramientas del maletero del coche de sus padres y regresado al bosque con el pretexto de combatir un último acceso de náusea. Desde entonces, sólo tardó un minuto en hinchar su Yo-2, introducir su reluciente Llave Esqueleto en la base de un arce y abrir un portal de acceso directo al Intermedio. Pero justo cuando entraba...

—¡¿BECKER?!

El omnipresente Benjamin apareció súbitamente para hacer otro pis. A juzgar por la expresión horrorizada de su rostro, el niño de siete años debía de pensar que también él estaba mareado, porque al lado de su hermano mayor se encontraba... su hermano mayor.

—Estás soñando, B. —Becker y su Yo-2 trataron de encubrirse en perfecta armonía—. Vuelve al coche y cuando despiertes no recordarás nada de esto.

—Sí me acordaré.

—No, no lo harás.

—Sí lo haré, ¡porque NO ESTOY SOÑANDO!

Lo último que necesitaba el reparador era otra infracción de las Reglas, pero viendo que el niño estaba al borde de la histeria, no tuvo más remedio que arrodillarse junto a él y confesar.

—Sé que esto te costará trabajo de creer, B. —Becker esperó a que un motociclista de dieciocho años pasara con estruendo—. Pero, esto..., todo lo que te he contado de Los Seems... es de verdad.

El hecho de que hubiera un túnel azul que aparentemente se extendía hacia el infinito (a diferencia de al interior de un arce) respaldaba la afirmación de Becker.

—Ahora tengo que irme un ratito, así pues, quédate con Yo. Pero hagas lo que hagas, no les digas nada a mamá y papá si no quieres que te suba los calzoncillos como nunca en tu vida.

Como para recalcar la amenaza, el Becker hinchable unió ambas manos y simuló un violento tirón hacia arriba.

—Juro que no diré nada. LO JURO.

Becker se cargó la caja de herramientas sobre el hombro y abrazó a su hermanito.

—Cuida de él, ¿de acuerdo, Yo?

—Afirmativo —contestó el álter ego de Becker—. ¡Ahora vete!

—PRÓXIMA PARADA, DEPARTAMENTO DE TIEMPO, DONDE SIEMPRE ES AHORA. POR FAVOR, TENGAN CUIDADO CON EL HUECO ENTRE EL TREN Y EL ANDÉN.

Incluso antes de que el monorraíl se detuviera, Becker tuvo el presentimiento de que algo malo iba a ocurrir. Era el único pasajero de un tren normalmente repleto de personas que viajaban a diario desde su casa al trabajo, pero cuanto más se acercaba a la estación, mejor podía oír el ulular de sirenas a través de las lunas de las ventanas. Pero en ningún momento pensó que sería tan terrible como aquello.

Había cientos de personas dispersadas por el andén —tanto empleados como visitantes—, tendidas en camillas o acurrucadas en el suelo y envueltas en mantas, pidiendo a gritos atención médica. Cuidadores de emergencia del Departamento de Salud se esforzaban por ayudar a todas las que podían, pero la gran cantidad de víctimas de la onda explosiva los desbordaba.

—¡Auxilio! ¡Que alguien me ayude...! —Una muchacha a la que Becker identificó como una barista de La Hora Mágica se sujetaba la pierna presa de dolor—. Mi pierna... ¡¡está envejeciendo!!

Viendo que nadie más respondía a sus lamentos, Becker se le acercó para ver qué podía hacer.

—¡No pasa nada! Se pondrá...

Pero no iba a ponerse bien, porque tras un examen más minucioso, la piel situada directamente debajo de la rodilla de la chica había empezado a envejecer rápidamente, arrugándose como un envoltorio de sarán ante los propios ojos de Becker. Aún peor, los huesos de debajo de esa piel se deformaban y combaban como los de una anciana.

—¡Auxilio! —gritó Becker a pleno pulmón—. ¡Necesitamos que venga un médico!

—¡Un momento! —exclamó un cuidador empapado en sudor—. ¡¡Primero tenemos que atender a los más graves!!

Mientras Becker trataba de consolar a la angustiada muchacha, se dio cuenta de que por malo que fuera lo que le estaba sucediendo, lo que ocurría alrededor de ellos era mucho peor. Dos paramédicos atendían a un cajero de la Caja de Ahorros Diurnos, pero su crema antienvejecimiento no había conseguido evitar que le cayeran los dientes. Dondequiera que Becker miraba, pelos rubios y rojizos se volvían grises y blancos, las columnas vertebrales se encorvaban y años de vida se consumían rápidamente.

—¡Necesitamos más cogedores aquí! —chilló una enfermera a nadie en particular—. ¡Necesitamos más cogedores INMEDIATAMENTE!

Dicen que el verdadero horror reside en lo que no se ve, pero sólo dicen eso quienes no lo han visto realmente nunca. Ahora, Becker lo presenciaba directamente, a medida que seemsianos que sólo media hora antes tenían ante sí futuros prometedores experimentaban el proceso de envejecimiento hasta su conclusión lógica: sus vidas se paraban en seco mientras se deshacían literalmente en montones de polvo. Cuidadores llorosos recogían con delicadeza los restos y los vertían en urnas de cerámica para que sus familiares y amigos pudieran sepultar algún día a sus seres queridos.

—¡Que alguien haga algo! —gritó, reparando en cómo el miedo hacía que su voz sonara aguda y estridente.

Becker no había visto nunca a una persona muerta, salvo una chica llamada Amy Lannin. Amy vivía a la vuelta de la esquina de la casa de Becker y era con mucho su mejor amiga, pero contrajo leucemia cuando sólo tenía diez años. El día de su entierro, la visión de su cuerpo maquillado y postrado en el ataúd había resultado casi insoportable para Becker. E incluso al cabo de un año de servicio como reparador, encontrarse en presencia de la muerte de nuevo le afectó hasta el tuétano.

—¡Reparador Drane! ¡¡Venga aquí!!

Becker levantó los ojos y vio al despachador en persona, saliendo de un quirófano improvisado.

—¡Un segundo, señor! —Becker aún sostenía la mano de la aterrorizada barista, a quien finalmente habían aplicado un torniquete en la pierna—. Tengo que asegurarme de que está...

—¡Es una orden, reparador Drane! —Incluso la célebre voz ronca del despachador se atrancó en su garganta—. Las necesidades de muchos pesan más que las necesidades de uno.

A regañadientes, Becker retiró su mano de la de la barista.

—¡Por favor..., no me dejes! —suplicó la muchacha.

—Tengo que hacerlo —contestó Becker—. Cuando haya reparado esto, te prometo que volveré para asegurarme de que estás bien.

Pero eso no aportó ningún consuelo a la joven mientras la subían a una camilla y la metían en el monorraíl con las demás víctimas. Becker todavía confiaba en poder encontrarla en el Departamento de Salud cuando todo aquello hubiese terminado, pero entonces cayó en la cuenta de que... ni siquiera había tenido ocasión de averiguar su nombre.

—Esto es lo que sabemos hasta ahora...

El despachador condujo a Becker al interior de las cortinas que habían corrido alrededor del quiosco para separarlo del triaje. Tras ellos había una legión de vigilantes del Tiempo, personal del Mando Central e incluso unos pocos vigilantes nocturnos fuera de servicio que habían llegado del Departamento de Sueño para ayudar a evaluar los efectos de la bomba tanto en Los Seems como en el Mundo.

—Tan pronto como se escindió el segundo, provocó una gigantesca descarga de Esencia de Tiempo. La mayor parte de ella pasó a través de los Momentos Congelados como estaba previsto, pero como no había ningún Campo de Contención en el diseño básico, hubo una gran cantidad de escorrentía dentro del propio departamento. —El despachador echó una fugaz ojeada fuera, mientras subían otra remesa de víctimas al tren—. Lo cual explica lo que ve ahí fuera...

—¿Alguna noticia de Chiappa? —preguntó Becker, todavía un poco alterado por lo que había visto en el andén. Y no era el único.

—Negativo. Sólo podemos suponer lo peor.

—¿Qué se sabe de su informadora?

—Shan logró salir antes de que detonara y, gracias al Plan, tuvo la posibilidad de montar un Refugio Atómico™.

Becker se dirigió hacia el otro lado del quiosco y abrió

la cortina. En condiciones normales, eso le habría proporcionado una vista perfecta del pintoresco pueblo llamado Plaza del Tiempo, pero hoy lo único que se veía era una gigantesca tienda azul que tapaba los ocho bloques enteros del centro.

—Buen trabajo —comentó el reparador Drane, apreciando la rapidez de reflejos de la informadora Shan.

El Refugio Atómico había sido inventado por Al Penske para proteger a un reparador en medio de sucesos catastróficos, pero reconociendo que se trataba de aire, agua y fuego, Shan había invertido su función y lo había empleado para evitar que la Esencia se esparciera todavía más. Sin embargo, Becker no había visto nunca ninguno tan grande...

—¿Quién iba a suponer que el Doble XL llegaría a resultar tan práctico? —bromeó el despachador, admirado del genio del diseñador jefe del Cobertizo de Herramientas—. Pero no aguantará mucho.

Becker hizo un cálculo mental apresurado y supo que, con tantos primeros respondedores en el lugar de los hechos, seguramente se podía concebir una solución alternativa al Refugio Atómico. Sin embargo, el Mundo era otra cuestión.

—A todos los efectos, ya debería haber quedado destruido —añadió Permin Neverlåethe, con las manos temblorosas y el rostro aparentemente exangüe por lo que había ocurrido en su departamento—. Con este nivel de exposición, el Tejido de la Realidad tendría que haberse impregnado de Esencia y todo el Mundo quedar reducido a polvo, al igual que mis... —el administrador de Tiempo trató de contener la emoción— antiguos empleados.

—Entonces, ¿por qué no ha ocurrido todavía? —Una fría oleada de miedo se apoderó de Becker al pensar en su familia y en el Yo-2, que sin duda ahora mismo estaban atrapados en el tráfico de la I-95 cerca de New Haven—. Salvo algunas anomalías de poca importancia que vi antes de que la bomba estallara, no había ningún efecto apreciable.

—Eso es lo que hemos estado tratando de averiguar. —Neverlåethe emitió un silbido hacia un grupo de señaleros que todavía intentaban arreglar algunos servidores para mantener lo que quedaba de Tiempo en marcha—. Pero tenemos una posible teoría...

—¿Qué ocurre, jefe? —Un programador joven y greñudo con una camiseta de Rush* apareció junto a Becker—. Vamos a ajustar el ordenador portátil Windows para poder comprobar la sincronización en el Mundo.

—Bochkay, enseña al reparador Drane lo que me has enseñado a mí.

Al oír mencionar la palabra «reparador», el normalmente frívolo señalero se sintió cortado, hasta que Becker le hizo la señal de paz, lo cual pareció relajarle.

—Bueno, un segundo típico suele tener este aspecto, ¿no? —Hurgó avergonzadamente en su bolsillo y sacó un huevo de lo que Becker identificó como boligoma—. Normalmente no traigo esto al trabajo pero..., bueno...

Viendo que no le importaba a nadie, continuó con su explicación:

—Imagínese que la boligoma es la Esencia dentro del segundo y el huevo es el propio segundo. —Bochkay separó las dos partes y sacó la masa parecida a melcocha—. Ahora, suponiendo que esta bomba sea relativamente similar a la original, en el momento en que el segundo se partiera en dos toda la Esencia habría pasado a los Momentos Congelados con esta mitad del huevo.

Introdujo toda la bola de boligoma en una mitad del huevo y se la lanzó a Becker.

—El único motivo que se me ocurre para explicar por qué lo que sostiene en las manos todavía no ha llegado al Mundo es que por alguna razón dio un rodeo hacia uno de los propios Momentos Congelados, o incluso es posible que esté rebotando entre ellos.

—¿Significa eso que todavía puede terminar alcanzando el Mundo? —inquirió Becker.

* Una banda popular y con sede en el Mundo de la década de 1980, cuyo single «Tom Sawyer» llegó a ser un éxito de «fusión» en Los Seems.

—Desde luego. En realidad no es cuestión de SI, sino de CUÁNDO.

Becker quiso preguntar: «Bueno, ¿y cómo lo impedimos?», pero entonces recordó que ése era SU trabajo.

—¿Y si nos las arregláramos para apoderarnos de esta parte... —el reparador Drane mostró la mitad del huevo llena de boligoma que sostenía en la mano y cogió la otra mitad vacía al señalero— y la uniéramos con ÉSTA?

—Eso sería ideal —dijo Bochkay—. Pero ¿cómo diablos va a hacerlo?

Becker se limitó a sonreír y devolvió la boligoma a su dueño.

—Yo me encargaré de ello. —Se volvió hacia el despachador—. Entretanto, ponga al resto de la Rotación sobre aviso. No sabemos qué vamos a encontrar dentro de esa tienda.

—Hay una cosa más, Drane. —El despachador sacó un cartucho de información de su bolsillo trasero—. No le he dicho por qué ha sido designado como el sustituto de Chiappa.

Becker quiso decir: «¿Porque últimamente he estado en racha?», pero no parecía apropiado, sobre todo cuando el despachador introdujo el cartucho en su Blinker hecho por encargo.

—Las Autoridades han desclasificado esta información hace sólo diez minutos. Creo que debería verla.

En la pantalla apareció una imagen M.O.S.* de los tres mecanismos de Tiempo más grandes. A juzgar por la calidad granulada en blanco y negro y la marca de hora en la esquina inferior izquierda, había sido grabada por una cámara de seguridad instalada en la pared de Dirección de Tiempo.

—Es de sólo diez minutos antes de descubrirse la bomba.

Durante unos segundos no ocurrió nada, hasta que una figura enmascarada entró en la sala e introdujo una palanca

* Mit Out Sprechen, o «sin sonido».

entre los engranajes. Instantes después entraron dos cómplices con un atuendo parecido, llevando el dispositivo ya montado que no tardaría en derribar el departamento entero. Mientras se las arreglaban torpemente para encajarlo entre el amasijo de engranajes, la primera figura se entretuvo en sacar una lata de spray negro, pero en lugar de pintar el prototípico símbolo de La Marea, se encaminó directamente hacia la cámara de seguridad y de manera inesperada se quitó la máscara.

—Thibadeau —susurró Becker.

El joven francés tenía bastante buen aspecto, aunque su barba era considerablemente más larga que la última vez que se habían visto en La Fiesta del Sueño. Gritó algunas órdenes a sus compañeros antes de volverse hacia la cámara y estampar un beso en la lente.

—Me pregunto por qué se ha quitado la máscara —dijo Bochkay el señalero.

—Porque quiere que sepamos que es él.

Becker sentía cómo se le contraían los músculos del estómago. Jamás olvidaría a Thibadeau Freck por fingir su propia muerte y traicionar todo aquello que ambos habían defendido. Y el hecho de verle organizar aquella destrucción le hacía hervir la sangre.

—Creímos que su conocimiento de los métodos del señor Freck podrían resultar útiles —dijo el despachador.

—Entendido, señor. Han tomado la decisión correcta.

Becker volvió a mirar el Blinker esperando ver qué haría a continuación el operario de La Marea, pero ya había pintado de negro la lente de la cámara.

En un banco al final del andén, una chica envuelta en una manta de lana se mecía como si tiritara en un frío día de invierno. Su cabellera, antaño de color negro azabache, estaba ahora manchada de blanco, y los dedos temblorosos que le cubrían el rostro aparecían veteados por la edad. Pero afortunadamente la crema antienvejecimiento había detenido el proceso en torno a los setenta años.

—Tengo que serte franco, n.º 37 —susurró el despachador al oído de Becker—. Creo que está alterada.

Desde donde se encontraba Becker, a sólo seis metros, no podía discutir esta conclusión. Aunque Shan Mei-Lin había logrado contener el desastre en Tiempo, se había quedado en el interior del Refugio Atómico para evacuar a todas las víctimas que había podido. Pero las heridas físicas que había recibido no eran nada en comparación con las psicológicas.

—Ya sé que te gusta trabajar con el informador n.º 356, pero ahora mismo tiene permiso de ausencia. —El despachador sacó su Blinker—. ¿Por qué no me dejas llamar al Sargento?

—Con el debido respeto, si ella no vuelve a subirse al carro ahora, seguramente no lo hará nunca.

—Entendido —dijo la voz del Mando Central—. Pero recuerde que tiene cosas más importantes que hacer que salvar la carrera de una informadora.

Becker asintió con la cabeza y se encaminó en silencio hacia el banco.

—En pie, informadora.

Shan separó dos dedos y Becker vio un ojo anegado de lágrimas.

—¿Cómo dice? —susurró ella.

—¡¡HE DICHO EN PIE!!

El sonido de la voz de un chico de trece años gritando como un sargento de instrucción a pleno pulmón rescató a Shan de su amnesia temporal.

—¡Sí, señor! —Se levantó del banco y saludó—. ¡Informadora n.º 375, presentándose para el servicio, señor!

—¡Eso está mejor! —Becker se alegró al ver que su cara no presentaba heridas—. Acabo de leer el informe de misión y sé por lo que has pasado, pero todavía tenemos que salvar el Mundo y necesito un informador en esta misión.

—¿No hay nadie...?

—No quiero a nadie más. —La voz de Becker se suavizó—. Te necesito A TI.

—No lo sé, señor —dijo Shan—. No estoy segura de estar a la altura.

—Yo tampoco estoy seguro de estar a la altura —confesó el reparador—. ¿Qué te parece si los dos nos ponemos las Mangas™ y lo averiguamos?

Plaza del Tiempo, Departamento de Tiempo, Los Seems

A diferencia del Pijama™ o la Piel Gruesa™, los bodis de spandex blanco llamados Mangas eran ligeros, transpirables y no requerían un casco voluminoso. En su lugar, se colocaban unas elegantes Gafas™ incorporadas al tejido que permitían al usuario ver a través de cualquier Nube de Sospecha o Lluvia de Terror. El reparador Drane y la informadora Shan se ciñeron los suyos, enfilaron el andén y salieron a la «nueva» Plaza del Tiempo.

Como en el caso de los heridos, la propia infraestructura del pueblo había envejecido en parte hasta su conclusión lógica. Mitades de edificios se habían desmoronado, los árboles se habían vuelto trozos de carbón e incluso la Roca de las Edades —el monumento indestructible que se había convertido en el muro preferido por los niños seemsianos para escalar— había quedado reducida a una piedra solitaria. Todo ello permitía ver de antemano el horror que podía acontecer en el Mundo si Becker Drane fracasaba en su misión.

—Fue algo muy extraño, señor —dijo Shan, conduciendo a su reparador hacia la puerta por la que ella y Chiappa habían entrado hacía sólo unas horas—. No hubo ningún sonido cuando estalló la bomba. Tan sólo un fogonazo de luz blanca, y luego tuve la sensación de una salpicadura de agua en el rostro. Sólo que no era húmeda.

—La Esencia de Tiempo —observó Becker—. Es un milagro que hayas salido de ésta de una sola pieza.

—Lo sé, señor.

Becker sabía que Shan afrontaba un caso grave de «culpabilidad de superviviente» y, a falta de una frase mejor, sólo el Tiempo cicatrizaría las heridas. Pero cuando la muchacha abrió la puerta con el descolorido reloj de pie, se hizo patente cuánto Tiempo sería necesario.

—*Wuh de ma* —susurró en su lengua materna.

Flanqueaban los pasillos montoncitos de polvo: lo único que quedaba de los valientes hombres y mujeres de los minuteros.

—Les dije que huyeran. Yo lo hice. Pero se negaron a abandonar sus puestos.

Shan se agachó y recogió una insignia de identidad medio derretida, sobre la que el nombre «BEAUFORT MILLS, CAPITÁN» todavía era visible. Se trataba de Millsey, el viejo amigo de Chiappa, a quien le había llegado la hora demasiado pronto, y la muchacha notó que sus ojos volvían a humedecerse.

—No fue culpa tuya, Shan. —Becker trató de mantener a su informadora en el buen camino—. Con ellos... o con el señor Chiappa.

Al oír mencionar a su difunto reparador, las lágrimas que Shan había estado tratando de reprimir fluyeron libremente. No estaba para nada dispuesta a perdonarse, sobre todo por considerarle un viejo chocho que había podido frenar su carrera.

—La mejor manera de honrar su memoria es salvar el departamento que él quería.

La informadora asintió y se secó las mejillas.

Pasillo abajo, las puertas de seguridad habían desaparecido, y la escalera de caracol que bajaba a Dirección de Tiempo había quedado reducida a un armazón metálico retorcido. Becker y Shan desplegaron sus Paracaídas y Escalas™ y descendieron rápidamente a las tinieblas.

Dirección de Tiempo, Departamento de Tiempo,
Los Seems

—¿Qué está buscando, señor?

—Te lo diré cuando lo encuentre. —Los fluorescentes que normalmente iluminaban Dirección de Tiempo se habían ennegrecido, y Becker gateaba sosteniendo una linterna—. ¿Puedes encenderme una Flor de un Día™?

—Afirmativo.

Shan hurgó en su maletín y enseguida encendió un artefacto lumínico de 1.000 bujías. Completamente iluminada, la sala mostraba increíblemente pocos efectos de haber sido el epicentro de uno de los mayores desastres de la historia seemsiana. De hecho, el único resto de la bomba de tiempo era el cilindro negro que había contenido el separador de segundo…, o lo que quedaba de él.

—Hay algo ahí dentro —observó Shan—. Parece una especie de cáscara.

—Eso es la mitad del segundo escindido. Ponla en algún lugar seguro, porque, sin duda, vamos a necesitarla.

Mientras Becker seguía examinando la parte inferior de los engranajes, Shan consiguió liberar el segundo escindido de la abrazadera que lo sujetaba. Parecía, en efecto, la mitad de una cáscara de huevo, salvo que tenía un acabado de metal brillante en vez de clara rica en nutrientes. Shan se sorprendió de lo dura que era la superficie y se preguntó de qué podía estar hecha la guillotina para partir tan fácilmente por la mitad semejante cosa.

—¡¡¡¡Brrrrr!!!! —tiritó, guardando la cáscara en el fondo de su maletín—. ¿Acaso no debería desenvolver también una Patata Caliente™?

Debido a las propiedades resistentes a la temperatura de la Manga, había tardado un poco en advertir el frío que hacía allí abajo. Evidentemente, el mismo generador que alimentaba las luces manejaba también el control climático.

—Todavía no —gruñó el reparador Drane desde debajo

95

del mayor de los engranajes—. Necesitamos estar por debajo del punto de congelación.

—¿Por qué, señor?

—Porque no queremos que ESTO se derrita.

La mano enguantada de Becker sostenía lo que a primera vista parecía un trozo de vidrio. Pero cuando Shan se acercó más, vio que era en realidad una fina astilla de hielo, con algo congelado dentro.

—Es un fragmento de Momento Congelado. —Becker lo expuso a la luz y mostró a su informadora lo que parecía una mariposa a punto de posarse sobre la palma de una mano humana—. Todos se hicieron añicos cuando estalló la bomba... pero en algún lugar de su interior está la OTRA mitad de ese segundo escindido.

La informadora Shan se disponía a preguntar: «¿Cómo lo sacamos de aquí?», cuando empezó a comprender el método para la locura de Becker. Shan había pasado por la misma Formación que él y había presenciado la misma simulación, cuando la misión de un reparador legendario había fracasado terriblemente delante de una máquina de hielo arcaica. Y por primera vez desde que el señor Chiappa le había ordenado que saliera de aquella sala, supo exactamente qué debía hacer.

—Empezaré a recoger los demás.

Media hora más tarde, el reparador Drane y la informadora Shan contemplaban los fragmentos de hielo que habían ocupado cincuenta bandejas. La informadora había encontrado el congelador original, partido en dos e incrustado en el techo de Dirección de Tiempo, y había conseguido extraer la mayor parte de los trozos de Momentos.

—Esto no lo ha hecho nunca nadie, señor.

—Nadie que haya vivido para contarlo. —Becker Drane cogió su Receptor—. Reparador Drane a Mando Central.

—*Adelante, reparador Drane.*

El despachador gritó para hacerse oír sobre el sonido

del monorraíl, que Becker esperaba estuviera transportando su última carga.

—La investigación inicial detecta energía en Dirección de Tiempo, pero la tubería a la Realidad está todavía intacta. —Becker pudo oír los suspiros de alivio de todos los que estaban escuchando—. El único problema es que la fragmentación de los Momentos Congelados ha convertido este sitio en una nevera. Recomiendo llamar a Tony *el Fontanero* para restablecer el funcionamiento básico.

—*¿Por qué? ¿Dónde va a estar usted, n.º 37?*

—La informadora Shan y yo vamos a derretir lo que queda de los Momentos Congelados y seguir buscando ese segundo escindido.

El silencio al otro lado de la línea informó a Becker de que su plan era tan descabellado como él mismo creía que podía resultar.

—*¿Puede repetir, reparador Drane?*

—Es la única manera.

—*Pero nunca podrás salir de ahí, hijo.*

—Sí, lo haré —dijo Becker, si bien no contaba con ningún precedente que sustentara su afirmación—. Y además, si no volvemos a unir ese segundo, ya no habrá ningún Mundo que pueda considerar mi casa.

Unas voces amortiguadas llegaron a través de la línea, y Becker tuvo la clara impresión de que el despachador estaba tapando el micrófono de su Receptor para que ni él ni Shan pudieran oír lo que estaban discutiendo.

—*Entendido* —cedió el despachador—. *Me encargaré del papeleo.*

—Gracias.

—*Y, reparador Drane, es un honor trabajar con usted.*

—Lo mismo digo. —Becker se esforzó (en vano) por ocultar a Shan cuánto significaba para él el cumplido del despachador—. Drane, corto y cierro.

Colgó el Receptor y sacó de su caja de herramientas la mencionada Patata Caliente.

—¿Preparada, informadora Shan?

—Preparada, señor.

Se miraron uno a otro, sabiendo perfectamente que existía una clara posibilidad de que no pudieran regresar nunca. Pero no había un sentimiento más elevado para alguien que se había formado en el Instituto de Arreglos y Reparaciones bajo los auspicios del reparador Jelani Blaque que ponerlo todo al servicio de una causa superior a la de uno mismo. Era por eso que sonreían como lo hacían ahora.

Becker encendió la patata y apuntó la piel reluciente hacia el montón de Momentos Congelados.

—Vamos a darnos un baño.

Perdidos en el Tiempo

En la larga historia de las relaciones entre Los Seems y el Mundo, los Momentos Congelados son quizás el único artículo que tiene su origen en el lado del Mundo del Tejido de la Realidad. Cuando la experiencia de un ser humano alcanza cierto nivel de intensidad emocional —ya sea dicha o tristeza— ese Momento, y la serie de acontecimientos que lo rodean, son capturados en un cubito de hielo y mandados de vuelta a Los Seems. Todavía se estudian los entresijos de este proceso, pero a falta de avances científicos el objetivo de este Departamento consiste en hacer que estos valiosos artefactos sigan siendo seguros.

Pág. 4, 119, *Una historia no tan breve del Tiempo*, de P. Neverlåethe *(copyright © Seemsbury Press, MGBHII, Los Seems).*

Comoquiera que poca gente disfrutará de unas vacaciones lo suficientemente largas para leer el infame tratado del administrador Neverlåethe, es importante comprender qué entiende él por «seguro». Los Momentos individuales de cada persona se guardan bajo siete llaves en las cajas fuertes que hay dentro de la Caja de Ahorros Diurnos. Personal de seguridad custodia la bóveda de titanio las veinticinco horas del día, así como un sistema de alarma equipado con sensores de movimiento, células fotoeléctricas y tecnología de identificación personal. El contenido sólo se retira cuando una cuenta personal se cierra y se transfiere a un Lugar Mejor, donde la persona puede disfrutarlo siempre que quiera durante toda la Eternidad. Pero el hecho de que una persona viva entre en el Momento Congelado de otra no sólo está prohibido, sino que además se considera un suicidio.

—Señor, recomiendo encarecidamente que nos quitemos las Mangas y en su lugar nos pongamos los trajes isotérmicos —sugirió la informadora Shan.

—No vamos a nadar en agua, Shan. —Becker bajó la vista hacia la charca de experiencia derretida—. Vamos a nadar en las vidas de la gente.

Ambos rodearon el charco, que se parecía mucho al que habían examinado cuando revivieron el Día en que el Tiempo se detuvo durante el segundo semestre de Formación. El reparador Blaque contaba con esta simulación como un ejemplo perfecto de la necesidad de una «misión dentro de la misión», pero ningún antiguo candidato podría olvidar jamás la terrible visión del reparador Tom Jackal ahogándose en una charca muy parecida a ésa. Jackal había sido un modelo de rol, si no un héroe, para más de un reparador, y su desaparición todavía pesaba mucho sobre todos los miembros del IAR.

—¿Alguna recomendación más, antes de entrar? —preguntó Becker a su informadora.

Shan se inclinó y miró fijamente la turbia agua.

—Para empezar, los Momentos se fragmentaron, y ahora que se han derretido, no sé hasta qué punto tendrán estabilidad. Sugiero que utilicemos un Tejido Conjuntivo™ como protección añadida.

—De acuerdo.

Desenrollaron dos metros de un rollo parecido a papel higiénico y sujetaron un extremo a cada uno de sus cinturones. Abajo, en el charco, sólo podían distinguir una serie de caras y lugares —e incluso oír una voz lejana—, todo ello mezclado en un caldo turbio. Becker pensó en dar un par de consejos más, pero la verdad era que no quedaba nada más que decir excepto:

—¡Preparados! 3..., 2..., 1...

Y saltaron.

Tan pronto como la cabeza de Becker se hundió bajo la superficie, empezó a lamentar su orden de prescindir de los trajes isotérmicos. Se sumergían deprisa en un líquido turbio y cenagoso, y el miedo en los ojos de Shan le decía que ella estaba pensando lo mismo que él —«Despleguemos nuestros Pulmones de Hierro™»—, hasta que el agua desapareció de repente y sus pies tocaron tierra firme.

—¿Dónde... estamos? —tosió la informadora Shan, jadeando.

—Se parece... al Sáhara —respondió Becker.

Siempre se le había dado mal la geografía, de modo que podía haber sido cualquier desierto: el de Gobi, el de Mojave, o incluso el de Rub' al Khali, que sólo conocía de un documental sobre meteoritos que había visto en Nat Geo. El viento les azotaba el rostro, pero curiosamente estaban solos.

—Me pregunto a quién pertenece este Momento Congelado —dijo la informadora Shan, escudriñando la ardiente arena blanca.

Becker sacudió la cabeza, demasiado abrumado por el tamaño y la extensión del paisaje como para importarle. Al igual que en un sueño (que el reparador había visitado en su primera misión en Sueño), el interior de un Momento Congelado parecía tan real como el propio Mundo. No había modo de saber hasta dónde se extendía y qué límites tenía, en caso de haberlos.

—No veo a nadie...

Casi a modo de respuesta, un paracaídas con franjas rojas y rosadas se elevó por encima de una de las dunas vecinas. Llevaba fijadas varias cuerdas tensadas, y siguió elevándose en el cielo hasta que...

—¡DIOS BENDITO! —gritó Becker a pleno pulmón.

Un espíritu aventurero con una tabla sujetada a los pies coronó la duna y se impulsó en el aire, propulsado por un mecanismo de kitesurfing. Becker no había visto nada tan innovador en su vida y, a juzgar por el grito de exultación que resonó en el viento, tampoco el propio surfista. Reparador e informadora se disponían a bajar corriendo por la ladera y entrechocar las palmas con aquel tipo cuando la arena bajo sus pies se convirtió en agua.

—¡AAAAAAAAH...!

Era como bajar por una cascada, si alguno de ellos había bajado alguna vez por una cascada. Sintieron que el estómago se les subía hasta la boca y sus brazos aletearon tratando de mantener el equilibrio. Pero esta vez, cuando tomaron tierra, lo hicieron de un modo mucho más brusco.

—¡Vaya mierda! —exclamó Becker, tratando de liberar sus piernas del Tejido Conjuntivo, que se había enredado a su alrededor en la caída—. Quizá tendremos que darnos un poco más de cuerda.

La informadora Shan extendió la fuerte herramienta de dos cabos unos centímetros más, y luego captaron la visión de su nuevo entorno.

Era un extenso prado en plena primavera, repleto de narcisos y abejas cargándose de polen. De nuevo, el dueño de ese Momento no era inmediatamente visible, pero Becker mantuvo la concentración en la misión que tenía entre manos.

—Tenemos que seguir el hilo antes de que nos deslicemos en otro Momento. —Becker dejó caer su caja de herramientas y se masajeó el cuello—. Es posible que ya no volvamos aquí.

Shan reconoció en los preparativos del reparador un intento de aclarar la conciencia para extender su séptimo sentido. Si lograra encontrar algún indicio dejado por el segundo escindido, tal vez podrían determinar en qué Momento estaba rebotando ahora.

—¿Nada, señor?

—Todavía no —dijo el reparador n.º 37, sumido en su meditación—. Deja que me concentre.

La informadora lo interpretó como una orden directa de «cállate» y, por primera vez desde que había perdido a Chiappa, Shan sintió la punzada de su antiguo orgullo. «¿Quién es este niño para decirme cómo debo hacer mi trabajo? —pensó—. Yo podría hacerlo tan bien como él.» Dejó caer su maletín al suelo, y se disponía a darle una pequeña lección cuando le llegó una voz a través de la hierba.

—¡*Rufus*! ¡Quieto!

Parecía un hombre mayor, pero antes de que Shan pudiera ver quién había allí, una ardilla pasó disparada junto a sus pies... seguida de cerca por un joven perro cobrador Labrador.

—Hola, chico —dijo, pensando inmediatamente en *Xi Shi*, su pequinés, que ahora mismo debía de estar, sin duda, durmiendo en el sofá en su piso de Pequín.

El perro se detuvo en seco, perplejo al ver a una mujer con un bodi empapado y gafas de submarinista, y se debatió entre el deseo de olfatear una posible nueva amiga o perseguir ese roedor de cola gruesa que siempre entraba a escondidas en el jardín y se llevaba sus juguetes de cuero crudo preferidos para roer.

—¡*Rufus*! —volvió a gritar la voz, esta vez más cerca—. ¡Vuelve aquí, pequeño truhán!

El anciano apareció de entre el centeno, vestido con un chaleco de *tweed* y usando un bastón para separar la hierba. Por su acento, Shan pensó que estaban en algún lugar de las montañas de Nueva Zelanda.

—Disculpe. No sabía que había alguien más...

Se interrumpió, tan confundido como su perro al ver a aquellos desconocidos estrafalariamente vestidos (por no decir que estaban enredados en papel higiénico).

—No era nuestra intención asustarle. —Shan intentó encubrir a su jefe—. Sólo estamos... vigilando un poco.

—Muy bien, entonces. —El viejo pareció creérselo—. ¡*Rufus* y yo dejaremos que sigan trabajando!

Shan estiró la mano y acarició el perro, que sacudía la lengua tratando de refrescarse.

—Parece un buen chico.

—El mejor. No he tenido uno tan dinámico desde *Barnegat*, el perro que tuve cuando era un chiquillo.

Shan notó un tirón en el Tejido anudado a su cintura y se dio cuenta de que el reparador Drane había empezado a alejarse en la dirección de un claro. Supo que seguramente tendría que despedirse, pero *Rufus* estaba entretenido lamiéndole los zapatos.

—¿Era *Barnegat* también un Labrador de color chocolate?

La cuerda se tensó, obligando a Shan a andar hacia atrás, pero el viejo pareció no alterarse para nada y empezó a alejarse.

—Oh, sí. Es la única raza que he tenido. Puede que sean un poco excitables, pero dan mucho afecto.

Detrás de Shan, el reparador Drane aceleraba el paso, pero la informadora no quiso interrumpir sus meditaciones para preguntarle si había encontrado algo...

—Si pudiera viajar en el tiempo y hacer una última cosa, sería pelearme con el viejo *Barney* como solíamos hacer en el jardín. —Los ojos del anciano se anegaron de lágrimas al recordarlo—. Nos caíamos de cabeza, y no recuerdo haberme reído tanto antes o desde entonces. Esa clase de risa que te hace pensar que estás a punto de partirte.

La informadora Shan asintió con la cabeza y acarició a *Rufus*, cuyo pelaje brillaba al sol. No pudo evitar preguntarse qué Momento Congelado podía conservar todavía aquel anciano, cuando ya casi había llegado al final de su vida.

—¡Shan! ¡Tengo algo!

Se volvió para ver a Becker de pie sobre un círculo de piedra que parecía chamuscada por una hoguera.

—¡El segundo escindido pasó por aquí! —Costaba

trabajo rebatir esta aseveración, sobre todo porque en la Naturaleza no se daban unos círculos tan perfectos—. Si esperamos aquí, tal vez podamos caer y seguirle la pista...

—¿Para quién ha dicho que trabajan? —preguntó el viejo, y Becker se sorprendió al ver que tenían visita.

—Es una compañía llamada Los Seems. —Shan pensó que la verdad resultaba más extraña que la ficción—. Nos aseguramos de que todo funcione de acuerdo con el Plan.

El anciano se disponía a seguir fisgoneando cuando *Rufus* introdujo el hocico en el bolsillo de su chaleco. Había olido el trozo de salchichón a la pimienta que su dueño había estado reservando para cuando regresaran a casa, pero el cachorro no estaba de humor para esperar más tiempo.

—¡Rufus! Estamos hablando. Espera a que lleguemos...

Pero Rufus ya había derribado al viejo, y en una confusión de pelo y tweed, hombre y perro empezaron a rodar por el campo. Al principio, Becker y Shan temieron oír un crujido de huesos viejos, pero el único sonido que les llegaba era una risa. Aunque la persona que se reía tenía por lo menos setenta años, el borboteo de esa risa entre la hierba hacía que pareciera la de un niño, en uno de esos interminables días de verano en que la idea de llegar a envejecer parece imposible. La risa fue haciéndose cada vez más fuerte e incontrolable, hasta que dio la impresión de que el anciano estaba literalmente a punto de partirse...

Entonces el suelo comenzó a desprenderse.

Una y otra vez, esto fue lo que sucedió: Becker y Shan bajando por la cascada del Tiempo y aterrizando en las experiencias de otras personas, unas experiencias tan raras, mágicas o emocionantes que se helaban al instante. Pero desde que Becker había dado con la trayectoria chamuscada del segundo escindido, su periplo a través de una excursión otoñal por el bosque, un viaje en noria en una feria y una tarde tranquila leyendo cómics en una casita en un árbol

107

mientras la abuela les mandaba un cesto de galletas caseras atada con una cuerda no era en vano, porque según su séptimo sentido se iban acercando cada vez más a su presa...

Hasta que aterrizaron en el hospital.

Hospital Robert Wood Johnson, New Brunswick, Nueva Jersey

—Oh, no.

Tan pronto como sus pies tocaron el suelo de mármol, Becker supo exactamente dónde estaban, y aún peor: cuándo.

—¿Qué ocurre, señor?

—Creo que sé de quién es este Momento. —Había un temblor en la voz del muchacho, y Shan pudo percatarse de que no tenía nada que ver con el rigor de la misión que tenían entre manos—. Es mío.

Ambos se hallaban en una sala de espera esterilizada con sillas azules, fluorescentes y una moqueta corriente. Unos niños se entretenían jugando con rompecabezas en el suelo, y miraron brevemente a las dos figuras con bodis, pero pronto dejaron de prestarles atención al considerarlos cirujanos o especialistas llamados a la planta de oncología pediátrica Bristol Myers Squibb.

Shan se disponía a preguntar al reparador Drane: «¿Qué posibilidades hay de que La Marea haya robado uno de SUS Momentos?», pero, de repente, había dejado de parecerse al reparador Drane.

—Señor, puede que le resulte extraño, pero da la impresión de que ha... encogido.

En efecto, Becker parecía mucho más pequeño de como era hacía sólo unos segundos: varios centímetros, de hecho.

—¿De qué estás hablan...?

Pero cuando se vio en el espejo Freckleface Strawberry que alguien había donado al pabellón, supo exactamente a qué se refería.

La Manga del reparador ya no ceñía su cuerpo, sino que le venía demasiado grande, como un traje de calle a un niño que intentara vestirse como papá. Becker se apresuró a descubrirse la cabeza, y quedó atónito al ver la cara de un niño de once años devolviéndole la mirada, con el mismo corte de pelo estilo cuenco que su madre le obligaba a llevar. Fue entonces cuando supo que no sólo estaba visitando su propio Momento Congelado...

Lo estaba reviviendo.

—¿Adónde va? —preguntó la informadora Shan, extrañada al ver que el reparador se despojaba del Tejido Conjuntivo.

—Tengo que hacer una cosa —contestó la versión más joven de Becker.

—¡Pero, señor! —Shan señaló el suelo bajo sus pies, donde un trozo de moqueta perfectamente chamuscado indicaba el lugar por donde el segundo escindido había atravesado aquel Momento—. No podemos abandonar este sitio, o de lo contrario podríamos perder la pis...

—Espera aquí. Te prometo que volveré.

La informadora Shan se quedó de piedra ante la voz considerablemente más aguda del chico de once años, y se planteó por un instante si debía recurrir o no a la Regla que Casi Nunca Deberías Invocar,* tanto porque Becker se había vuelto más joven como por su evidente alteración emocional.

—¿¡Pero, señor!?

—¡Es una orden!

Becker se quitó el resto de su Manga y dejó al descubierto distintas prendas que había llevado debajo del traje de protección. Sabía que Shan tenía razón, que ese Momento podía terminar en cualquier instante y dejarlos caer en el

* Utilizada sólo tres veces en la historia de la reparación moderna, esta cláusula permite a un informador relevar del mando a su reparador basándose en incapacidad mental o cuando sus métodos resultan «erróneos».

siguiente, pero en los dos años desde que había acontecido ese día, no había dejado de pensar en cómo habría podido hacer las cosas de manera distinta. Y no estaba dispuesto a dejar escapar esa oportunidad...

—¿En qué puedo ayudarte, jovencito? —preguntó la recepcionista, abriendo la ventanilla corrediza.

—He venido a ver a una paciente... —respondió el chico de once años con vaqueros OshKosh B'Gosh.

—¿De qué paciente se trata?

Becker sintió un nudo en la garganta, pero lo deshizo tosiendo.

—Se llama Amy Lannin.

Desde los cinco años, Amy había sido la mejor amiga de Becker en el Mundo. Llevaba siempre un mono y pasador para el pelo y estaba dispuesta a cualquier cosa que a él se le pudiera ocurrir, desde explorar la tierra de nadie junto al Astillero Rojo hasta comer Dusty Road en la Confitería de la Esquina. Era también la única chica autorizada en La Losa —un bloque cuadrado de cemento que daba al río detrás de la casa de Connell Hutkin—, básicamente porque había eliminado al estafador tres veces en los partidos de desempate de la liga infantil. Pero aunque eran demasiado jóvenes para ser «novios», Becker y Amy estaban casi tan unidos como hermanos...

Y entonces ella enfermó.

—¡Becks! —Amy se incorporó en la cama, atónita al ver entrar por la puerta a su mejor amigo—. Creía que nunca vendrías.

Dos años antes, Becker detestaba ver a la chica de ojos marrones y pelo rubio sucio entubada y pálida como un fantasma, y ahora lo detestaba todavía más.

—Pareces la novia de Frankenstein. —Teniendo en cuenta que todo el mundo estaba siempre sobre ascuas alrededor de ella, Becker sabía que Amy agradecería una buena competición de bromas a la antigua usanza—. ¡Está viva! ¡¡¡VIVA!!!

—Prefiero ser la novia de Frankenstein a tener una cabeza que parece una ensaladera. —Amy señaló el desastre sobre el cráneo de Becker—. Por favor, camarero, ¿puede traerme un poco más de aliño?

Amy se echó a reír, y Becker hizo lo propio, pero debajo de su risa había un pánico punzante, porque así fue exactamente como sucedió entonces. Sin embargo, no quería desviarse del guión..., por lo menos todavía no.

—¿Quieres jugar a algo? —preguntó. Había un montón de juegos de mesa sobre una silla en el rincón de la habitación—. ¿Life? ¿Sorry? ¿Uno?

—Uno. ¡Quizá podrás por fin ganar una partida!

Mientras Becker repartía las cartas, sabedor de que su única posibilidad de ganar consistía en conseguir una plétora de «comodines toma 4», tuvo que contener las lágrimas... y el conocimiento de lo injusto que era que aquello estuviera escrito en el Plan. Quería gritar a alguien o subir directamente a la última planta del Gran Edificio y exigir una reconsideración, pero era bueno volver a estar con Amy. Tan bueno que su ira se alejó, junto con su misión, y volvía a ser como en los viejos tiempos: los dos asediándose con insultos, bromas y «turnos sin tirar». Becker casi había olvidado cuánto la echaba de menos, pero no había modo de evitar lo inevitable.

—¿Cuándo entras? —preguntó él, refiriéndose al procedimiento exploratorio que juzgaría su aptitud para un trasplante de médula ósea.

—Mañana por la mañana. —El semblante de Amy se entristeció—. Dicen que va a ser una operación rutinaria, pero... no sé...

Durante todos los años que hacía que la conocía, en realidad Becker nunca había visto a Amy asustada por nada, ni siquiera por Michael Rooms, quien mandaba despóticamente sobre el sector norte de Highland Park, extorsionando dinero para el almuerzo y derribando a niños pequeños sólo para divertirse. Amy había obligado a Rooms a devolver la cajita de Hot Wheels de Benjamin Drane sólo con una mirada, pero allí, en su cama de hospital, esa mirada no se hallaba en ninguna parte.

—Becks. —Amy se volvió hacia la ventana a través de la cual la ciudad de New Brunswick seguía con sus quehaceres cotidianos—. ¿Crees que me pondré bien?

Ahora, como entonces, Becker no sabía si se refería sólo a sobrevivir a esa operación o también a la propia leucemia. El día que se congeló este Momento, había respondido a esa pregunta prometiendo que «Te pondrás bien, Amy. Sé que lo harás», aun cuando no sabía tal cosa. El hecho de que veinticuatro horas después la mejor amiga que había tenido jamás falleciera por «complicaciones inesperadas» le partió el corazón, y desde entonces se había considerado un cobarde y un embustero descarado.

—¿Sinceramente? —Amy asintió, y esta vez Becker no iba a cometer el mismo error—. Tengo un mal presentimiento.

—Yo también.

Mientras Amy empezaba a afrontar el hecho de que sólo iba a pasar once años en este planeta, Becker se estiró sobre la cama y trató de disipar su miedo abrazándola.

—Si algo sale mal —dijo ella—, ¿me prometes una cosa?

—Lo que quieras.

Los dos lloraban, pero no parecía importarles.

—Prométeme que nunca me olvidarás.

Cuando el reparador Drane aterrizó, necesitó algún tiempo para enjugarse las lágrimas de los ojos. Si bien era una experiencia terriblemente dolorosa revivir el día de la muerte de Amy, el sentimiento de culpabilidad que durante tanto tiempo había anidado en su pecho había desaparecido. No fue hasta que sus lágrimas se congelaron literalmente en sus mejillas que se levantó del suelo y miró a su alrededor...

Había aterrizado en una especie de tundra gélida, con un gigantesco glaciar a su espalda y una interminable extensión blanca enfrente. La ventisca le pelaba el rostro desprotegido, y su cuerpo enseguida empezó a tiritar, porque aunque había recuperado su edad (y su atuendo) original, su Manga y su caja de herramientas habían vuelto allí donde las había dejado con Shan Mei-Lin. Dondequiera que ahora estuviese...

—¿¡Informadora Shan!? —Las únicas herramientas que conservaba eran las que llevaba sujetas al cinturón, y gritó sobre el aullido del viento a través de su Receptor—. ¡Informadora Shan, informe!

Pese a la aprobación por parte de las Autoridades de múltiples torres nuevas para suministrar una mejor recepción en el Mundo y en Los Seems, no llegó respuesta alguna a través de la línea. Que Becker supiera, los Receptores no funcionaban dentro de los Momentos Congelados, y un rápido vistazo a su Blinker le hizo ver que, aunque su información estaba intacta, las funciones de comunicación habían desaparecido.

—Buen trabajo, Einstein.

Colgó el Receptor airadamente y se maldijo por cometer un pecado capital para un reparador: anteponer las necesidades personales a las de la misión. Su única esperanza era que la informadora Shan todavía siguiera la pista del segundo escindido, y de alguna manera él pudiera volver a conectarse con ella cuando ese Momento desembocara en otro, después en otro y así sucesivamente. Pero se le empezaban a entumecer las manos y los pies, por lo que esperó que ese Momento terminara más temprano que tarde...

—¡¿Hola?! —gritó Becker—. ¿Hay alguien ahí?

Sin duda, alguien estaba a punto de entrar en escena, porque, evidentemente, aquella extensión ártica le había proporcionado una experiencia culminante. En cualquier instante, un esquiador de fondo o una embarcación llevando científicos en una expedición ártica aparecerían entre la bruma blanca para disfrutar de uno de los Momentos más intensos de sus vidas y permitirían que Becker siguiera su camino.

En cualquier instante...

Dos horas después, Becker andaba dando traspiés a través del hielo, habiendo perdido toda la sensibilidad en el cuerpo. Lo único que impulsaba su mente, cada vez más aturdida, era la posibilidad de que la línea oscura del horizonte fuera un bosque donde encontrar cobijo, quizás incluso un poco de leña para hacer una hoguera. Pero tampoco tenía nada con que encenderla.

No era ésta la primera vez que el n.º 37 afrontaba la posibilidad de su propio fin, pero nunca se había encontrado sin su caja de herramientas ni encerrado en un Momento Congelado que por algún motivo se resistía a concluir. Y, a cada paso, podía notar el inicio de la primera fase de hipotermia. No tardaría en seguir la segunda —tipificada por la descoordinación muscular y la contracción de los vasos sanguíneos superficiales para mantener el calor en los órganos vitales—, para desembocar en la inmovilidad y el estupor terminales de la tercera fase.

Becker no conocía ninguno de estos datos médicos cuando tropezó y cayó en un banco de nieve fresca. Si todavía hubiera podido sentir su cara, habría sabido que estaba sonriendo, porque ahora estaba lo suficientemente cerca como para ver que eran, en efecto, pinos aquello hacia lo que se dirigía. En cuanto se levantara, Becker cubriría fácilmente la distancia restante y podría por fin volver a seguir la pista de su misión. Pero, antes, quería descansar un poco. El frío no era tan terrible en cuanto uno se acostumbraba a él —en realidad resultaba bastante tibio—, y aquel banco de nieve era tan cómodo como su cama en la avenida Grant n.º 12.

—¿Avenida Grant n.º 12? —murmuró con voz ronca—. Me pregunto quién vive allí.

Mientras Becker se enroscaba en la posición fetal y escuchaba la suave música de la WDOZ, no pudo evitar fijarse en que algo salía del límite del bosque. Estaba cubierto de pelo blanco de la cabeza a los pies, como un oso polar o el Abominable Hombre de las Nieves. Becker esperaba que no fuese ninguna de esas cosas, pero cuanto más se le acercaba, más empezaba a creer que era una persona.

114

—¡AUXILIO! —intentó gritar, pero le salió algo más parecido a «UUUUUH».

Fuera lo que fuese, se encaminaba directamente hacia él, avanzando de forma rápida por la nieve con raquetas en los pies. Instantes después, la figura se quitaba la chaqueta y envolvía a Becker con ella.

—Menudo lugar has elegido para echar una cabezadita —dijo una voz ronca desde debajo de una barba recubierta de escarcha—. Trata de mantenerte despierto.

Becker notó que lo cargaban sobre un par de hombros fuertes, los cuales empezaron a llevarle hacia el bosque.

—¿Cómo te llamas?

—B-B... —Becker se lamió lo que creía que podían haber sido sus labios—. Becker.

—Encantado de conocerte, Becker.

El desconocido transportaba al muchacho tan fácilmente como un fardo de ropa sucia, y cuando se volvió contra el viento, sus poderosos pasos engulleron el espacio entre la tundra y el límite del bosque.

—Llámame Tom.

Tom Jackal

Cuando Becker despertó, no llevaba más que una camiseta y sus calzoncillos del IAR. Unas mantas gruesas le cubrían el cuerpo, y, a medida que el mundo consciente empezaba a deslizarse poco a poco dentro de su mente, ésta estaba llena de confusión. Primero llegó el recuerdo de una partida de Uno con Amy, seguido de la desagradable realidad de la bomba de tiempo. Por un segundo esperó estar de vuelta en Highland Park y que todo aquello fuera un sueño sobre su siguiente misión en Los Seems, pero entonces se dio cuenta de que estaba acostado en la cama de otra persona.

En el techo había los listones de una cabaña de madera, y el resto de su ropa estaba lavada y doblada sobre el tocador situado al otro lado de la cama. Becker buscó con la mirada un reloj que le dijera cuánto tiempo había estado durmiendo, pero lo único que vio fue una mesita de noche sobre la cual descansaban un botiquín y una tetera.

—¿Hola? —gritó—. ¿Hay alguien?

Nadie respondió. Becker recordó vagamente la inmensa tundra y la figura del Abominable Hombre de las Nieves, pero no podía decir si allí donde se encontraba ahora era un Sueño, un Momento Congelado o un Sueño dentro de un Momento Congelado. En parte temía que quizás había muerto congelado ahí fuera y ahora se hallaba en un Lugar Mejor, una idea desagradable que finalmente le impulsó a dejar el cálido capullo debajo de la manta...

—¡¡¡Ayyyyy!!!

Tan pronto como sus pies tocaron el suelo, Becker sintió una punzada de dolor en las piernas y cayó al suelo de inmediato. Sólo entonces reparó en que tenía las manos y los pies fuertemente vendados... por lo que era, claramente, una mano experta. Después de unos pasos vacilantes, comprobó que podía andar hasta cierto punto y fue cojeando hacia la mesa. Aunque la manzanilla se había enfriado, el sabor a miel y limón resultaba reconfortante en su lengua...

—Holaaaaaa...

Becker abrió la única puerta de la habitación y se encontró en el segundo piso de un albergue de montaña. Una rápida investigación reveló tres dormitorios más junto al suyo: uno principal, otro con literas y juguetes, y el tercero con una cuna de madera. Sin embargo, sus ocupantes no aparecían por ninguna parte.

Bajó como pudo una escalera de madera y salió a un espacioso salón, donde un fuego crepitaba en el hogar de piedra cortada. Había herramientas de hierro colgando de ganchos en las paredes y la tenue luz fuera de las ventanas en forma de diamante indicó a Becker que era media tarde. El único indicio visual de quién habitaba el lugar era un cuadro al óleo colgado sobre el hogar. Mostraba a una joven de origen medio inuit, medio nórdico, su larga cabellera negra cayendo desde un gorro de lana. Estaba de pie en el bosque nevado, sonriendo directamente al observador, como sorprendida de encontrarle en un sitio tan apartado.

—Es preciosa, ¿verdad?

Becker se volvió para ver al mismo hombre barbudo que le había rescatado de la nieve de pie junto a la puerta. Llevaba una camisa térmica roja, un hacha en una mano y un saco de leña recién cortada en la otra.

—No hace justicia al original. —El hombre cerró la puerta tras de sí y dejó caer la leña al suelo—. Pero ése era exactamente su aspecto el día que nos conocimos.

El hombre vio que Becker se apartaba unos pasos de él, probablemente debido a lo que aún sostenía en su mano derecha. Con una risita gutural, colgó el hacha en la pared, al lado de un viejo serrucho.

—¿Quién es usted? —preguntó Becker, observando con cautela a aquel hombre, que se sentó y se quitó las botas cubiertas de nieve.

Aunque Tom parecía bastante simpático, el reparador no pudo evitar buscar con la mirada alguna arma o escapatoria.

—¿Cómo están esas manos y esos pies? —El hombre arrojó sus botas húmedas hacia la puerta principal—. Un par de minutos más ahí fuera y te habrías convertido en un carámbano.

Fuera quien fuese, Becker no acertaba a identificar su acento. No era exactamente inglés —quizá gaélico o escocés—, pero pese a su brusquedad, irradiaba también una cordialidad que empezaba a hacerle sentirse a gusto.

—No parecen tan mal. —Becker levantó sus manos «momificadas»—. Pero me da miedo mirar debajo.

—Te advierto que están un poco maltrechas..., pero tengo bastante experiencia con congelaciones y creo que he llegado justo a tiempo.

Era un alivio. Ya había un Phil *Sin Manos*, y el reparador n.º 37 no sentía el menor deseo de convertirse en Becker *Sin Manos*.

—¿Puedo ofrecerte algo? —Tom entró en la cocina rústica, donde la única señal de comodidad moderna, un frigorífico de acero inoxidable, estaba repleto de comida y bebida—. ¿Agua... o algo para comer?

—¿Tiene alguna Mountain Dew? —preguntó Becker.

—No, pero puedes tomar uno de éstos... —Metió la mano y sacó dos botellas marrones sin etiqueta—. Lo llamo el Brebaje de Tom.

Becker ya había estado en presencia de alcohol muchas veces —a su papá le gustaba tomarse una cerveza mientras veía partidos de los Mets, los Jets, los Nets o los Rutgers y su mamá tomaba de vez en cuando una copa de Merlot—, pero no había probado nunca nada más fuerte que un Shirley Temple.

—No sé..., quizá sólo un vaso de a...

—No temas, chico. Te hará crecer algo de pelo en el pecho.

Becker tuvo el presentimiento de que eso era la «presión ejercida por los iguales» de la que todos los profesores y anuncios de televisión hablaban, pero cuando destapó la botella, la broma la pagó él.

—¿Es cerveza de raíces?

—De abedul.

De hecho, era la mejor cerveza de abedul que Becker había probado en su vida: roja y no excesivamente burbujeante, con sólo un ligerísimo sabor a enebro y clavo.

—Excelente.

—Me alegro de que te guste. Mis hijos dicen que sabe demasiado a menta, pero yo digo que si no tiene una pizca, ¿para qué? —Mientras hablaban, el hombre rebuscó en un cofre de madera que daba la impresión de haber sido rescatado de un naufragio—. ¿Qué clase de nombre es Becker?

—En realidad mi primer nombre es Ferdinand; es por eso que me he quedado con el segundo.

—Te entiendo.

Mientras el hombre seguía hurgando en el cofre, algo en él resultaba ligeramente familiar. No era la barba ni tampoco el pelo castaño y greñudo, que estaba todavía empapado de nieve. Era más bien su lenguaje corporal, y su forma de comportarse...

—¿Sabes?, fue por pura chamba que te encontré ahí fuera. —Tom sacó del cofre un pasaporte muy gastado y un viejo balón de rugby y los dejó en el suelo para quitarlos de en medio—. Fue sólo porque no había podido capturar ni un maldito pescado que miré por casualidad y vi algo brillando bajo el sol.

Señaló hacia la repisa de la chimenea, donde una cajita negra, también conocida como Blinker, descansaba junto a un Receptor de color naranja.

—Debía de ser eso —dijo Tom, levantando una ceja.

—Sí, eso es mi..., mi localizador.

—¿Decidiste traer un localizador a Groenlandia pero no abrigo ni guantes?

Ajá. Ésa era una buena pregunta y Becker no tenía una buena respuesta. Afortunadamente, el dueño de la casa parecía demasiado preocupado por su búsqueda para seguir insistiendo en el tema...

—¡Ah! Estáis aquí. —Fuera lo que fuese lo que había encontrado, puso una nota nostálgica en su voz—. Cuánto tiempo sin veros.

Cuando Becker vio lo que Tom sacaba del cofre, un escalofrío le recorrió el espinazo y comprendió enseguida por qué aquel hombre le resultaba familiar.

En las callosas manos de Tom, cubiertos de polvo y arrugados por el hecho de hallarse en el fondo del cofre, había una chaqueta de bombero de piel de carnero y un casco de aviador de cuero. Y aunque daban la impresión de que nadie se los había puesto durante años, eran tan inolvidables como cuando Becker los había visto por primera vez: fotografiados en el despacho de su instructor o en la simulación de una fatídica misión conocida como «el Día que el Tiempo se detuvo».

—Usted..., usted es Tom Jackal.

—El mismo que viste y calza.

—Pero... ¿cómo?

Tom se dejó caer sobre un gastado sillón reclinable y en su rostro apareció una sonrisa maliciosa.

—El Plan actúa de formas misteriosas.

Cuando Shan Mei-Lin vio que el reparador Drane cortaba el Tejido Conjuntivo y dejaba atrás la sala de espera, supo instintivamente que era una mala idea. Tratando de ocultar su inquietud, examinó las mechas blancas de su pelo, que hubo de admitir que tenían un agradable aspecto punk. Pero no pasó mucho tiempo hasta que la sensación de temblor regresó, el suelo se abrió y Shan caía a través de la mezcolanza de Momentos.

Mientras rebotaba de una experiencia a otra, deteniéndose sólo el tiempo suficiente para presenciar un tiro en suspensión sobre la bocina o el nacimiento de un bebé, un pensamiento que se repetía en su mente era: «¿Cómo puedo haber perdido a otro?» Si había una responsabilidad que un informador tenía sobre todo lo demás, era mantenerse al lado de su reparador en las duras y en las maduras, especialmente cuando ese reparador estaba sometido a una presión extrema. Aunque una vocecita dentro de su cabeza susurró: «¡Fue culpa SUYA, no tuya!», una voz mucho más fuerte gritó: «¡La has pifiado!»

El único consuelo que Shan fue capaz de encontrar era el hecho de que cada vez que entraba en otro Momento, la trayectoria del segundo escindido estaba clara. Ya fuera en el pelo de la alfombra de un sótano o en las tejas rotas en el fondo de una charca seca, el revelador círculo quemado y perfecto resultaba fácil de encontrar y, por el modo en que se le erizaban los pelos de la nuca, la informadora sabía que se estaba acercando cada vez más...

«Si consigo reparar sola el segundo escindido —resolvió Shan—, entonces quizá pueda salvar mi carrera y el Mundo al mismo tiempo.»

Pero su búsqueda se estaba acelerando. Cuando finalmente aterrizó en un huerto de manzanos chileno, la informadora apenas tuvo tiempo de oler las Jonagolds cuando el Momento se deshizo. Shan volvió a tener la clara sensación de bajar rodando por una caudalosa cascada y, aunque no contaba con la protección de un barril, por lo menos iba enfundada en su segura Manga. Era una buena cosa, porque sin el tejido protector, habría quedado hecha pedazos por las afiladas aristas de las vidas de otras personas.

Siguió cayendo, sin siquiera detenerse ya en los Momentos, y perdiendo todo contacto con cualquier sensación salvo la de caer, hasta que por fin...

¡¡CHAP!!

Dos largos minutos después, Shan consiguió salir a la superficie y abrió la boca para llenar sus pulmones de aire.

El estruendo de agua corriendo le machacaba los oídos y la charca en la que nadaba bullía de espuma, obligando a la informadora a desplegar un par de Alas de Agua™ para mantenerse a flote. Aleteando desesperadamente, se elevó unos centímetros sobre el agua y voló hasta la orilla.

Sólo cuando Shan dejó caer su magullado cuerpo sobre la arena negra comprendió por qué había estado a punto de ahogarse: había, efectivamente, una cascada, que se precipitaba desde las alturas y se estancaba en una charca de experiencias que se arremolinaban. Pero adónde había ido a parar exactamente era un misterio...

Shan sabía que no estaba EN un Momento Congelado, porque aquel lugar carecía del sentido acrecentado de realidad y del brillo vaporoso y fantaseado. Era más frío, más desolado, y sólo se veía oscuridad más allá de la neblina que rodeaba la cascada. La informadora se apartó el pelo de las gafas, bajó la mascarilla empapada de su Manga y consideró el valle protegido que quizá no había visto nunca un visitante humano.

Excepto aquel cuyas huellas se alejaban sobre la arena.

La historia seemsiana es pródiga en mitos y leyendas, pero la historia de Tom Jackal ostenta un lugar único. Este reparador de origen galés adquirió fama cuando capturó a los Bandidos Time en «la Noche que robaron en el Banco de Memoria», y fue uno de los tres miembros de la Rotación elegidos para participar en «Manantiales de Esperanza Eternos», la misión clasificada en la que él, Lisa Simms y Jelani Blaque fueron enviados a En Medio de Ninguna Parte para devolver esperanza al Mundo. Pero casi once años después, su carrera había llegado a un brusco final.

—¿Te has enfrentado alguna vez con un fallo técnico, Drane?

Los reparadores Drane y Jackal estaban sentados frente al menguante fuego, mientras que en el exterior la nieve, que había estado cayendo a ráfagas, se iba intensificando.

—En el Departamento de Sueño, de hecho —confesó Becker—. En mi primera misión como reparador.

—Una forma peligrosa de mojarse los pies.

—Y que lo digas.

Jackal encendió una pipa de mazorca de maíz e inhaló hondo.

—En mi última misión me enfrenté con el Padre de todos los Fallos Técnicos... y no salió demasiado bien. —Jackal exhaló una espesa columna de humo y se reclinó en su asiento—. Seguramente lo emplean en el IAR como el perfecto ejemplo de qué NO hay que hacer en una misión.

Becker se sonrojó, lo cual no hizo más que delatar la verdad.

—¿No lo dirás en serio? —Jackal parecía mucho más divertido que molesto—. ¿Quién sugirió ESA lección?

—El reparador Blaque.

—¿Jelani Blaque? —Jackal se echó a reír de buena gana. Su amistad con el instructor jefe del IAR era también legendaria—. No me puedo creer que el viejo león me traicionara.

Becker también se rio, contento de ver que Jackal no se lo tomaba como algo personal.

—Sostiene que el motivo de que las cosas se torcieran ese día fue que no tenías una misión dentro de la misión.

—Jelani me conoce bien. —Una sombra inconfundible pasó sobre el rostro de Jackal—. Siempre lo hizo.

—Sin embargo, se arregló... —Becker trató de animar a Jackal—. Un reparador auxiliar encontró un modo de programar las cosas, y nadie en el Mundo llegó a darse cuenta de lo que había sucedido...

—Bien. Eso es bueno. A menudo me he preguntado qué... —Pero la voz de Jackal se apagó, y por primera vez desde que Becker le había conocido, sus ojos se tornaron tristes y cansados—. Echa unos cuantos troncos al fuego, ¿quieres?

—Claro.

Becker apartó la pantalla con cuidado y usó las tenazas de latón para reconstruir la pila. Los dos reparadores guardaron silencio durante algún tiempo, escuchando la crepitación de la madera ardiendo, el tintineo de los copos de nieve contra las ventanas. Pero el n.º 37 no pudo permanecer callado mucho rato...

—¿Qué te ocurrió, Tom? Quiero decir, las Autoridades permitieron que un grupo de rescate entrara en los Momentos Derretidos y te trajera de vuelta, pero no encontraron nada. —La única respuesta de Jackal consistió en mirar las llamas con más fijeza aún, de modo que Becker siguió insistiendo—. Finalmente se tomó la decisión de volver a congelarlos y devolverlos a la Caja de Ahorros Diurnos. Te declararon Perdido en el Tiempo.

—¿Y no M.E.C.?*

Becker sacudió la cabeza.

—De hecho, todavía eres el n.º 7 en la Rotación.

Si este honor provocó en Jackal alguna sensación tardía de orgullo, su semblante no lo demostró.

—Cuando caí en la charca, al principio creí que me ahogaba. —El n.º 7 salió por fin de su aturdimiento—. Pero entonces, de repente, me encontré en tierra firme. El científico de un laboratorio estaba a punto de hacer el descubrimiento de su vida, pero antes de que pudiera ver qué era, el Momento se desmoronó. Y con él...

—Eso es exactamente lo que nos sucedió a nosotros. —Una sensación de náusea se abrió paso en los intestinos de Becker, ya que por primera vez desde que había ido a parar a la cabaña de Jackal se acordó de Shan Mei-Lin—. Cada vez que un Momento Congelado estaba a punto de culminar, la realidad de la situación desaparecía y salíamos disparados hacia otro.

Becker quería preguntar a Jackal por qué creía que ESTE Momento no se había extinguido de un modo similar, pero algo le decía que no era la ocasión más propicia.

* Muerto en combate.

—No sé durante cuánto tiempo caí..., meses..., quizás incluso años..., tuve la sensación de que iba a volverme loco. Pero entonces... —Jackal levantó lentamente la vista hacia el cuadro colgado sobre el hogar— fui a parar aquí.

Los ojos de Becker siguieron los de Jackal hasta la pintura.

—¿Quién es?

—Mi esposa.

Casi a modo de respuesta, Becker oyó el sonido de voces fuera de la casa y un crujido de pasos en la nieve. Segundos después, la puerta se abrió y en el salón apareció una confusión de pelo, risitas y toboganes. Dos niños —un chico de nueve años y una chica que tendría unos siete— trataron de decir a su padre que no se iba a creer la excursión que habían hecho al fiordo del Hombre Muerto, pero se interrumpieron cuando vieron compañía en el salón.

—Sander, Katia, quiero presentaros a un amigo mío. —Jackal atrajo a sus dos hijos repentinamente tímidos hacia su silla—. Éste es Becker Drane.

—Encantado de conoceros.

Becker era sólo unos años mayor que ellos, pero tenía la sensación de serlo mucho más.

—Adelante, no pasa nada.

A instancias de su padre, los niños estrecharon obedientemente la mano vendada de Becker. Sander era clavado a su padre, hasta la mandíbula cuadrada y los ojos azules y cristalinos; pero Katia había salido indudablemente a su madre, con el mismo pelo oscuro y su misma belleza.

—¿Dónde están vuestra madre y el Error?

—Se están preguntando por qué alguien se olvidó de sacar los reciclables —dijo una voz femenina junto a la puerta.

Dejando de lado el hecho de que llevaba un bebé de mejillas sonrosadas en brazos, daba la impresión de que la esposa de Tom Jackal hubiera salido literalmente del cuadro sobre el fuego. Todavía llevaba el mismo jersey de lana y ninguna cana veteaba su pelo oscuro.

—Aún más importante. —La mujer dejó al bebé en una silla alta junto a la mesa del comedor—. Se están preguntando qué hay para cenar.

Si existía alguna diferencia entre un Momento Congelado y el Mundo real, Becker no llegaba a distinguir cuál era. La comida que Jackal puso sobre la mesa —una mezcla de ciervo, cordero y tres clases de pescado— era tan buena (si no mejor) como la que Becker había probado hasta entonces, la cerveza casera igual de fría (si no más) y la compañía igual de animada (si no más). A medida que las risas y el buen humor llenaban la estancia, Becker no pudo evitar pensar que, para alguien perdido en el Tiempo, Tom Jackal se las había arreglado muy bien.

Toda la familia había estado allí la víspera, cuando Tom regresó de su expedición de pesca trayendo a un chico casi congelado, y quiso conocer todos los sabrosos detalles. Puesto que Becker no sabía qué les había contado su colega acerca de Los Seems, si es que les había dicho algo, se apresuró a inventarse una mentira piadosa sobre cómo había ido de excursión con un grupo de turistas de Estados Unidos y se había desviado del camino para explorar lo que creía que eran unas antiguas ruinas vikingas. Los chicos se sintieron intrigados por esto, naturalmente, y le contaron a Becker todo sobre la vieja choza en el bosque donde se suponía que Eric *el Rojo* había pasado el verano, lo cual instó al reparador a profundizar más en su cuento chino.

—Desde que era un niño he estado esperando a que cambien el Día de Colón por el Día de Bjarni Herjolfsson. —Becker despachó su último trozo de tarta de ruibarbo—. Porque en realidad fue él quien descubrió América.

Jackal y Rhianna se miraron, se rieron y consultaron su reloj, casi exactamente al mismo tiempo.

—Muy bien, vosotros dos —anunció el hombre de la casa—. Es hora de acostarse.

Entre un coro de «Oh, papá, ¿tan pronto?», Jackal encabezó la tropa hacia el piso de arriba, pero no antes de que suplicaran a Becker:

—¡Prométenos que te quedarás lo suficiente para que te llevemos a la casa de Eric!

—Haré lo que pueda —respondió Becker, aunque sabía que las posibilidades eran limitadas.

Ya había transcurrido media jornada desde que había aterrizado en ese Momento, y Becker sabía que era la hora de regresar a la misión. Pero cuando Rhianna se puso a despejar la mesa, optó por esperar la hora propicia.

—Déjeme ayudarla. —Becker cogió con cuidado algunos de los platos más grandes y los llevó al fregadero. Resultaba difícil con las vendas, pero consiguió apilarlos en el pliegue del codo—. Tiene unos hijos formidables.

—Es cierto. —La mujer sonrió orgullosa—. Tú también lo eres.

Mientras el agua caliente del fregadero lavaba las fuentes, Becker recordó la primera vez que sirvió como informador para Lisa Simms, cuando había tartamudeado y se había sonrojado durante una misión entera. Le costó un minuto recuperarse de la belleza de Rhianna, pero era de trato tan fácil que Becker no tardó en sentirse completamente a gusto.

—Así pues, ¿cuándo va a venir a buscarte tu grupo? —preguntó ella—. Tus padres deben de estar muy preocupados.

—¿Cómo? —Becker olvidó por un momento a qué se refería, pero consiguió retomar el hilo—. Ah, sí, sí... Esto..., he hablado con mi profesor de historia, el señor Singer, hace unas horas e intentaremos dar con un punto de reencuentro mañana por la mañana.

—Entiendo.

Se hizo un silencio incómodo y Becker temió que se hubiera descubierto todo el pastel.

—¿Sabes, Becker? Cuando llevas diez años de matrimonio, te vuelves muy ducha en percibir cuándo le pasa algo a la persona con la que estás casada. Cuándo está molesta por algo..., cuándo se siente herida... —Rhianna pasó a Becker otro plato limpio— y, sobre todo, cuándo tiene miedo.

—Me lo imagino.

Becker secó el plato y lo colocó en el escurridor sin levantar la vista.

—Y por primera vez en muchos, muchos años, ahora mi marido parece tener miedo. —El fregadero estaba vacío, por lo que Rhianna cerró el grifo y se volvió hacia Becker—. ¿De qué crees que tiene miedo?

Becker podía sentir los ojos de la mujer clavados en su cuello, y supo que no tenía más remedio que mirarlos finalmente.

—No lo sé, señora —contestó el reparador, aunque se hacía una idea bastante buena de ello—. Quizá porque necesito su ayuda.

—¿Con qué?

Becker no estaba seguro de cómo responder a esa pregunta. Sabía por las discusiones ocasionales entre su mamá y su papá lo peligroso que era entrometerse entre marido y esposa, y, además, los detalles de su misión eran sumamente confidenciales.

—Algo muy importante.

—Supongo que el Mundo necesita otra reparación, ¿no? —Ahora Becker sí que no supo qué decir, pero afortunadamente ella lo dijo en su lugar—. Por supuesto que sé lo que hacía Tom..., no hay secretos entre nosotros.

—Lo siento. No sabía si...

Rhianna sonrió, pero le temblaba la voz.

—¿Has venido para alejar a mi marido de su familia?

Uf. Becker no podía negar que, desde el momento en que había conocido a Jackal, había estado esperando que la leyenda acudiera en su auxilio y le ayudara a reparar el daño causado por la bomba de tiempo. Pero lo último que quería era romper el corazón a esa mujer.

—Yo...

—¿De qué estáis hablando vosotros dos?

Becker y Rhianna se volvieron para ver al hombre al

que se referían de pie al final de la escalera, con un libro de cuentos todavía en la mano.

—De nada —mintió Rhianna, cerrando el grifo—. Estábamos terminando de lavar los platos.

—Excelente. —Jackal se percataba de que había algo embarazoso entre su esposa y el chico, pero tendría que mantenerse así—. Venía a ver si a nuestro invitado le apetece salir a dar un paseo para bajar la cena.

—Me encantaría —respondió Becker.

—Abrígate bien. —Rhianna colgó el paño de cocina sobre el frigorífico y, por un instante, la tristeza reflejada en la pintura estaba presente también en ella. Pero luego sonrió y besó a Becker en la mejilla—. Y no vuelvas demasiado tarde.

Tocó suavemente a su marido en el hombro y a continuación empezó a subir la escalera. Tom la siguió con la mirada y luego se volvió hacia Becker en silencio...

—¿Nos vamos?

El cielo nocturno sobre Groenlandia era transparente como el cristal, y Becker pensó que no había visto tantas estrellas en su vida. El viento y la nieve habían ido amainando en algún momento durante los postres y, mientras los dos reparadores se abrían paso a través de la fresca blancura, el bosque adoptaba el aspecto de un pan de jengibre.

—... de modo que mi plan consiste básicamente en volver a unir el segundo escindido antes de que convierta el Mundo en polvo. —Becker llevaba un chaquetón, guantes y botas prestados (medía más o menos lo mismo que Sander), y aunque tenía las manos calientes, todavía le dolían—. Sólo tengo que recuperar la pista e identificar el Momento en el que está rebotando.

—Es una estrategia adecuada —aseguró Jackal a su joven colega—. Desgraciadamente, no dará nunca resultado.

—¿Qué quieres decir?

Tom se encogió de hombros, como si la respuesta fuera evidente.

—Jamás capturarás el segundo si lo persigues. Tienes que hacer que venga a ti.

—Ah.

A pesar de su año entero de servicio activo, Becker tuvo la clara impresión de que estaba ahora fuera del nivel de su colega.

—Tu mejor opción consiste en montar un Campo de Contención, de un metro cuadrado, por ejemplo, y asegurarte de que el suelo sea de hierba, no de tierra, para que la Esencia de Tiempo no se filtre. Entonces coge un puñado de primeros y terceros y espárcelos dentro. El segundo escindido será atraído hacia él como un imán.

—¿Eso es todo?

—Capturarlo es la parte fácil. —Jackal soltó una risita y se inclinó para coger un palo—. El problema reside en cómo unir las dos mitades del segundo sin freírte. Ni siquiera sé si es posible.

Becker se daba cuenta de que al n.º 7 le había picado el gusanillo de la reparación, por lo que pensó que había llegado el momento idóneo para pedírselo.

—Ayúdame a reparar esto, Tom...

—¿Yo? —Jackal se echó a reír, pero con la misma tristeza con que su esposa había sonreído en la cocina—. Soy un caso aleccionador, ¿recuerdas?

—¡Eres el mejor que ha existido jamás!

—¿Qué me dices de Li Po? ¿O de la Septuagenaria?

—Ahora es la Octogenaria.

—¡Bien por ella! —Esta vez la risa de Jackal pareció un poco más auténtica—. Sin duda, ella o uno de los demás sería de mayor ayuda que un viejo galés acabado.

—Tal vez sí... —El n.º 37 se detuvo en seco—. Nunca creí que oiría a un reparador tratar de pasar la pelota a otro. Y mucho menos a Tom Jackal.

Fue un golpe bajo, y Becker lo sabía. Pero Jackal se limitó a arrojar el palo a la oscuridad de la noche y siguió andando...

—Cuando Jelani te ensčaba sobre el Día que el Tiempo se detuvo... ¿mencionó POR QUÉ no tenía ninguna misión dentro de mi misión?

Becker hizo memoria de la lección y negó con la cabeza.

—No es de extrañar. Puede que haya sido mi mejor amigo, pero hay cosas que todo hombre se reserva para sí...

El bosque se volvió más oscuro y espeso y el fino rastro de ciervo que habían estado siguiendo desapareció bajo la nieve acumulada. Sin embargo, Jackal parecía saber exactamente por dónde iban...

—Reparar... es el mejor empleo del Mundo, pero también puede ser el más solitario. La presión, el prestigio, las veinticinco horas los siete días de la semana... A veces no hay sitio para nadie más en ese mundo, y aunque lo hubiera ¿querrías llevarlos?

Becker se identificaba con eso, habiendo visto cómo muchas de sus amistades en Highland Park se habían distanciado, y la única persona a la que quería traer a su mundo —Jennifer Kaley— había sido excluida.

—Para cuando caí en esa charca de Momentos Derretidos... —confesó Jackal— no quedaba nada en mi corazón en torno a lo cual envolver una misión dentro de la misión.

Una ráfaga de viento agitó las agujas de los pinos y algunos carámbanos cayeron al suelo.

—Pero entonces fui a parar a este lugar... —Indicó el paisaje ondulado de Myggebungen, la provincia donde se había establecido la familia Jackal—. Y, por una vez, los agentes de S.U.E.R.T.E. estuvieron de mi parte.*

Incluso en el bosque cada vez más oscuro, Becker pudo ver que la cara de Tom se iluminaba con aquel recuerdo.

—Cuando Rhianna salió del bosque, fue la aparición más hermosa que había visto jamás. Y antes de decirnos una sola palabra, lo supe..., lo supe...

* La agencia responsable de repartir la sustancia Sin Una Explicación Racional, Terrenal o Espacial al Mundo.

De repente, la senda que Jackal abría a través de la nieve se inclinó, obligándoles a agarrarse a ramas y árboles mientras descendían a un claro cubierto de escarcha.

—Supongo que debí de interrumpir el Momento Congelado que ella estaba a punto de vivir... porque a diferencia de todos los demás en los que había estado, ése no se desmoronó nunca. —Jackal saltó los últimos metros de la ladera, como para demostrarse a sí mismo que el suelo era firme—. Y después de aquellos primeros años, en los que esperé que se derrumbara y me separara de todo aquello que quería... finalmente acepté que ésta era mi vida. Y que no había nada de malo en ser... feliz.

—Pero Tom —dijo Becker, sin querer ser él quien lo dijera—. Nada de esto es real.

—¿No lo es? —Jackal cogió un puñado de nieve y dejó que se filtrara a través de sus dedos—. Esta nieve está fría..., las risas de Sander y Katia resuenan en mis oídos... y cuando sale el sol y veo a mi esposa junto a mí, parece más real que todo lo que he conocido.

Becker no podía rebatir lo que Jackal decía, sobre todo con la comilona todavía llenándole el estómago y lo cerca que había estado de morir congelado.

—Nada... —susurró Jackal, y Becker oyó por fin el miedo que Rhianna había percibido en su marido—, ni siquiera la propia destrucción del Mundo, me hará dejar atrás todo esto.

El hombre más viejo se detuvo ante un montículo alto y cubierto de nieve y Becker comprendió que finalmente habían llegado a su destino.

—¿Dónde estamos?

Tom extendió un brazo y, cuando sacó la primera capa de nieve, Becker no pudo dar crédito a lo que veían sus ojos...

—¿UNA PUERTA?

En efecto, Jackal había dejado al descubierto una de las puertas que desde el principio del Tiempo (y hasta la ratificación de la Llave Esqueleto) habían hecho las veces de acceso entre el Mundo y Los Seems. Y como la de una fábrica de luces abandonada en Highland Park, Nueva Jersey, la puerta literalmente abierta en la ladera de una colina estaba estampada con el logo de Los Seems.

—Asombroso, ¿verdad? Cada Momento Congelado es como una foto de todo el Mundo. —Jackal señaló hacia el este—. Si anduviéramos trescientos kilómetros en esa dirección, llegaríamos a la ciudad de Nuuk. Y si cogiéramos un avión y voláramos hasta el pueblo donde vivías, seguramente habría allí otro tú. En diez años explorando este lugar, todavía no he encontrado el límite...

La mente de Becker giró lo más rápido que podía para comprender cómo era posible eso.

—Esta puerta está justo donde el Manual decía que estaría, y apostaría a que de alguna manera conduce directamente a Los Seems.

El reparador n.º 7 miró al n.º 37 y le dejó claro que había llegado la hora de marcharse. Pero Becker no estaba dispuesto a irse...

—Ayúdame a reparar el Tiempo y luego vuelve cuando haya terminado la misión.

—Ignoro qué sabes de los Momentos Congelados, pero sólo se puede entrar en ellos una vez. —Jackal bajó la cabeza, un gesto entre resignado y avergonzado—. Tan pronto como franquee esta puerta, ya jamás podré volver.

—¿Qué voy a hacer entonces?

Hubo un largo instante de silencio y Becker vio en el rostro de Jackal que una parte de él sí anhelaba la presión, el prestigio y las 25 horas los 7 días de la semana. A lo lejos, el grito de una lechuza resonó a través de los árboles.

—La única persona que se me ocurre que puede ayudarte a reparar el Tiempo... —la voz de Jackal delató que ni siquiera estaba seguro de que su idea fuese buena— es la persona que lo inventó.

Becker sacudió la cabeza, decepcionado de que eso fuera lo más que aquella leyenda viva pudiera hacer.

—Pero nadie sabe dónde está.

—Alguien tiene que saberlo. Un asistente social..., una de las Autoridades. Todo el mundo deja un rastro. —Jackal sonrió ante la ironía de su afirmación—. Yo lo hice.

Mientras el reparador Drane asentía con la cabeza y se disponía a marcharse, Jackal hurgó en el bolsillo de su abrigo y sacó una insignia de reparador cubierta de polvo. Le representaba llevando la chaqueta y el casco que había sacado del cofre de recuerdos, y cuando Tom la deslizó en el lector negro, se oyó un fuerte chasquido al otro lado...

—Despídeme de Rhianna. —Si bien Becker se sentía apesadumbrado, no podía negar que había sido un honor y un privilegio pasar aunque solo fuera una noche con los Jackal—. Y di a los chicos que lamento no haber podido ver la choza de Eric.

—Estarán desconsolados, pero les transmitiré el mensaje.

Jackal cedió a Becker sus Gafas de Transporte, porque él ya no volvería a necesitarlas.

—¿Quieres mandar algún mensaje a alguien? —Becker se colocó las Gafas sobre los ojos—. ¿Al reparador Blaque? ¿O a Lisa Simms?

—Diles... —Jackal meditó largamente—. Diles que nunca me encontraste.

Mientras Becker agarraba el pomo y abría la puerta, quiso decir «gracias por salvarme la vida, Tom», y Jackal quiso decir «te deseo suerte, chico», pero ninguno de los dos logró articular esas palabras...

Lo demás se perdió en medio del estruendo.

Entretanto

Bosque Alton, Caledon, Ontario

—Chicos, ¿creéis que hay un plan para todo lo que ocurre?

Jennifer Kaley miró las nubes desde el añadido recién terminado al cuartel general de Les Resistance.

—¿O bien todo ocurre por azar?

—JK, ¿tenemos que plantearnos el sentido de la vida ahora? —Al otro lado del mirador circular, Vikram Pemundi dormitaba y se despertaba, disfrutando de la panorámica sobre el Bosque Alton—. ¿Por qué no podemos relajarnos?

—Hablo en serio.

—Más vale que haya un plan —respondió Rachel Mandel, tomando un largo trago de limonada de una botella—. Si no lo hay, me pondré muy furiosa por no haber comido nunca bacón.

Aunque Jennifer y Vikram eran los fundadores originales de «la resistencia» (contra quién o qué resistían nunca llegó a expresarse del todo), su número había aumentado rápidamente hasta cinco. Rachel —una chica judía ortodoxa que siempre llevaba las mangas más abajo de los codos y la falda más abajo de las rodillas— era el tercer miembro, seguida al poco por los gemelos Moreau, Rob y Claudia. Todos ellos disfrutaban de la sensación de bienestar después de un trabajo de construcción bien hecho.

—Totalmente al azar —intervino Rob Moreau con desdén—. Cualquiera que crea que hay poesía o razón en el universo vive en un mundo de fantasía.

—Estoy de acuerdo con Moreau. —Claudia dio un mordisco a un melocotón grande y jugoso—. Nada me haría más feliz que creer que las cosas ocurren por un motivo, pero ¿para qué engañarse?

Los Moreau habían sido apodados *los Pimientos* por algunos de los matones debido a sus orígenes franco-canadienses, pero en realidad se anticipaban un poco demasiado a su época para encajar en ella. Los dos habían tenido Bluetooth antes de que nadie supiera qué era eso, los dos escuchaban a Kruder & Dorfmeister y los dos llevaban calcetines de rombos, esperando su tardío regreso. Pero a pesar de todo ello, no les gustaba hacer nada más que ver programas malos de televisión y comer ganchitos de queso (como Rob estaba haciendo ahora).

—No hay más que ver las noticias cualquier noche para saber que el mundo está completamente estropeado.

Claudia arrojó el hueso del melocotón al bosque que se extendía debajo.

—La vida es lo que piensas que es —sonrió Vikram, todavía con los ojos entrecerrados—. Si quieres ver azar, verás azar. Si quieres ver planificación, verás planificación.

—¡Oh, Dios mío! —exclamó Rachel, dando un susto de muerte a todos—. ¡No hay ninguna «K» u «OU» en esta botella! —Mostró la limonada para hacer saber a sus amigos que el zumo que bebía no era kosher, pero ellos se limitaron a reírse, porque Rachel siempre estaba infringiendo las normas, lamentándose de ello y luego encontrando una racionalización brillante por la cual no pasaba nada—. Pero bueno, estoy atrapada en el bosque y esto es mi único medio de subsistencia.

—¿Sabéis en qué estaba pensando? —Jennifer bajó bruscamente de las nubes—. ¿Y si existiera ese otro mundo responsable de hacer funcionar nuestro Mundo pero en vez de ser malo fuera guay, y hubiera toda esa gente trabajando para asegurarse de que todo marcha bien aquí?

138

—Por favor —replicó Moreau (Rob)—. ¿Has estado bebiendo también zumo no kosher?

—No —dijo Jennifer—. Pero una vez tuve un sueño muy extraño...

—Todo es un sueño, JK —prometió Vik—. Nuestro reto es despertar.

Jennifer se disponía a seguir hablando a Vik y los demás de lo que ocurrió en ese sueño, cuando...

—¡¡AY!!

—¿Qué te pasa? —preguntó Rachel, viendo que Jennifer se llevaba la mano a la nuca.

—No lo sé..., el cuello me ha estado fastidiando todo el día.

—¿Es muscular u óseo? —preguntó Vik, cuyo padre era médico.

—Primero eran sólo escalofríos, pero ahora me empieza a doler —explicó Jennifer—. Y os va a parecer extraño, pero tengo el terrible presentimiento de que algo va a ir..., no sé.., mal.

Los miembros de Les Resistance se troncharon de risa al principio, pero viendo que su amiga estaba muy seria, inmediatamente pusieron manos a la obra. Vik comprobó las vigas de apoyo de la fortaleza, los Moreau revisaron los cimientos y Rachel escudriñó el bosque en busca de algún rastro del babeante oso gris que siempre temía los acechara esperando el momento oportuno para comérselos. Pero después de comprobar que todo estaba en orden, suspiraron aliviados.

—No ha sido demasiado guay —farfulló Rachel, esperando a que su corazón recobrara su ritmo normal—. Me has dejado helada.

—Lo siento, yo sólo...

Jennifer trataba de justificar el hueco en su estómago que le decía que algo muy malo iba a acontecer. Pero entonces ese mismo hueco le ordenó que se dirigiera hacia el telescopio que habían instalado, lo orientara 35 grados al sur por 42 grados al oeste y echara un vistazo al...

¡CRAC!

—Oh, no —susurró, con el ojo pegado a la lente.

¡CRAC! ¡CRAC! ¡CRAC!

A través del telescopio, Jennifer vio que la base de un enorme árbol empezaba a tambalearse y sacudirse.

—¿Qué estás haciendo, JK? —preguntó Rob—. Estás actuando como una chiflada.

—Tenemos que salir de aquí... —Jennifer retrocedió, al tiempo que su corazón empezaba a palpitar—. ¡AHORA!

Pero antes de que pudiera reunir a la tropa, el chasquido volvió a resonar a través del bosque, tan fuerte que esta vez sus amigos pudieron identificar también de dónde venía...

—Ese árbol. —Rachel señaló hacia la sombra que se proyectaba cada vez más grande sobre sus cabezas—. Viene directamente hacia nosotros...

En efecto, el enorme roble que montaba guardia sobre Alton desde tiempos inmemoriales se había quebrado inexplicablemente y ahora emprendía su último viaje hacia el suelo del bosque. Aún peor, sin duda iba a hacer añicos la sede del club de Les Resistance. Por no hablar de sus propios miembros...

—¡¡¡AL POSTE DE INCENDIOS!!!

Moreau (Claudia) fue la primera en bajar por la trampilla de emergencia en la que afortunadamente su hermano había insistido para una crisis como ésa, seguida de cerca por Vik, Jennifer, Rachel y Moreau (Rob). Cuando el sonido de madera cayendo se convirtió en un fragor, pasaron todos por debajo del pino inclinado y accedieron a un pequeño almacén subterráneo que habían excavado para esconder un montón de revistas y latas de conservas...

—¡AGUANTAD! —gritó Vik, y eso fue exactamente lo que hicieron todos, abrazándose con fuerza y esperando que todo saliera bien. Pero en lugar del estrépito devastador que esperaban, o la explosión de ramas y hojas, lo único que oyeron en el momento del impacto fue una especie de frufrú... como si de repente hubieran vaciado un gigantesco saco de arena desde arriba.

Luego, silencio.

—¿Estáis todos bien? —preguntó Jennifer, y los demás asintieron con la cabeza, asustados pero extasiados al comprobar que estaban ilesos—. Vamos, salgamos a ver.

Cuando levantaron con vacilación la trampilla de bambú, los cinco amigos esperaban ver un montón de árboles derribados por el bosque como palillos gigantes, y su querida sede del club reducida a escombros. Pero cuando salieron a la luz, lo único que encontraron fue una columna de cenizas, elevándose en el aire como una humareda gris y espesa...

El enorme roble se había convertido literalmente en polvo.

—¿Chicos? —dijo Jennifer Kaley, con la mano todavía sobre su estómago, aun cuando el hueco había desaparecido—. ¿Qué diablos ha pasado?

Dirección de Tiempo, Departamento de Tiempo, Los Seems

—¡¿Qué diablos ha pasado!? —Tony *el Fontanero* sacó la cabeza a través del amasijo de bobinas térmicas y fusibles que eran responsables del control climático—. ¡Mi séptimo sentido está echando humo!

Mientras el reparador cogía su Blinker y tecleaba «Misiones en Curso», Permin Neverlåethe, administrador de Tiempo, miraba con preocupación. Ese día terrible estaba empeorando a marchas forzadas, y no podía evitar pensar que era enteramente culpa suya.

—Tenemos ataques de Esencia de Tiempo en cinco sectores... —El semblante de Tony se ensombreció mientras los datos se desplazaban por su pantalla—. El último parece en Canadá...

—Debe de ser escorrentía del segundo escindido... —murmuró Permin, ocultando el rostro entre las manos—. ¿Era una zona muy poblada?

—Negativo. Parece que ha afectado un bosque, reserva natural o algo así.

—Gracias al Plan.

—No des gracias al Plan —replicó el reparador con su arrogancia característica—. Da gracias a los agentes de S.U.E.R.T.E.

Aunque el reparador n.º 22 no había sido llamado en más de seis semanas, seguía ostentando la presencia moral para pedir que los agentes de S.U.E.R.T.E. rociaran el Tejido de la Realidad con su valioso bálsamo. Gracias a esos esfuerzos, los otros cuatro ataques habían eludido fortuitamente centros de población y en su lugar habían alcanzado el medio de los océanos Índico y Pacífico, el mar Caspio y la región antártica del monte Ellsworth.

—Muy bien, señor Termostato. —Tony *el Fontanero* devolvió su atención a las gélidas condiciones en Dirección de Tiempo—. Necesito que empieces a cocinar, o vamos a tener un problemilla.

Si las bobinas térmicas le oyeron, no dijeron nada como respuesta.

—Déjame expresarlo de otra manera. Ninguno de nosotros quiere que coja mi llave de cruz y empiece a hurgar en tus tripas, así pues, ¿por qué no convenimos unos fresquitos cuarenta y ocho?

Al parecer, estas condiciones eran aceptables, porque las bobinas adoptaron un resplandor anaranjado y la temperatura en la sala comenzó a subir.

—Esto es increíble —se maravilló Permin.

—Todo en un día de trabajo. —Tony arrojó sus guantes y se dirigió hacia la charca de Momentos Congelados, donde afortunadamente la fina capa de hielo que se había formado en la superficie ya se estaba arrugando. Mientras la charca siguiera estando derretida, el chico de Nueva Jersey todavía tenía una buena posibilidad—. Pero, Permin, debo decirte que aquí algo huele mal.

El administrador olfateó el aire antes de caer en la cuenta de que el Fontanero hablaba metafóricamente.

—¿Qué se supone que significa eso?

—Tiempo estaba blindado las 25 horas, ¿y aun así esos tipos se las arreglaron para colocar una bomba directamente entre los engranajes? —Tony miró al administrador a los ojos—. Creo que tiene que haber sido alguien de dentro.

—¿Cómo te atreves a acusar a mi gente en un día tan trágico como éste? —replicó Permin, ofendido—. ¡Mantener el Mundo según el horario previsto es su razón de ser!

—Lo único que digo es que quizás uno de ellos está navegando sobre la ola equivocada, si comprendes lo que quiero decir.

Permin salió de Dirección de Tiempo hecho una furia, pero no antes de murmurar entre dientes:

—Iré a consultar las tarjetas de registro horario... para ver quién estaba de servicio cuando colocaron la bomba.

—Hazlo. —Tom se subió los pantalones hasta su posición normal y luego gritó a alguien en la sala adyacente—: Tú, informador, tengo que hablar contigo un segun...

Todo reparador tiene su informador preferido, alguien en quien confía para que sea su brazo derecho por encima de todos los demás, y el reparador n.º 22 no era una excepción. La preferencia de Tony era un estudiante de medicina del sector de Baldwin Hills de South Central, Los Ángeles, que creció en el mismo barrio que él y compartía una afición parecida a la comida grasienta, los deportes profesionales y los automóviles de gama alta.

—¿Qué hay, T el F? —El informador Harold *Nota Do* Carmichael asomó la cabeza en Dirección de Tiempo—. Casi he terminado de engrasar los engranajes.

—Deja eso, Do, y coge tus Gafas de Transporte.

—Vaya, ¿adónde diablos voy a ir?

—No vas a ir al Mundo. —Tony sabía que si la Esencia de Tiempo se había derramado en el Mundo en una ocasión, probablemente volvería a ocurrir, y el único modo de impedirlo consistía en cerrarle el paso—. Vas a ir al Intermedio.

—Os estáis portando muy bien ahí detrás, chicos —anunció el profesor F. B. Drane, poniendo el disco 2 de su CD de Garrison Keillor—. Esto podría significar un cucurucho doble para todos cuando lleguemos a Sundae School.

Benjamin quiso gritar «¡genial!», pero todavía estaba acurrucado contra la ventanilla del asiento trasero, mirando a ratos a la derecha hacia su «hermano». Durante las últimas cuatro horas habían estado sentados juntos en absoluto silencio, Benjamin resistiendo el impulso de lanzarse adelante y decir a sus padres que había una réplica hinchable de Becker atrás. Pero el seguro y presente peligro de la promesa de subirle los calzoncillos le hizo callarse la boca.

—Un helado está muy bien, papá —dijo el Yo-2 con el mismo dejo de sarcasmo que el Becker Drane de verdad habría utilizado—. Pero si tengo que escuchar otro relato del lago Wobegon, voy a arrancarme las orejas.

Benjamin se tronchó de risa a su pesar y entonces se tapó la boca con la mano, porque sabía cuánto le gustaban a su padre aquellos viejos cuentos de confección casera.

—Ríete, media caña. Si me hubiesen dado una moneda de cinco centavos por cada canción de Rafi o Wiggles que he tenido que escuchar para apaciguaros, ahora estaríamos volando a Cape Cod en un reactor privado.

Como para refregárselo por las narices, el profesor Drane subió el volumen de «Un día en la vida de Clarence Bunsen» en los altavoces traseros, justo lo suficiente para torturar a sus hijos sin tener que despertar a su esposa, dormida en el asiento delantero.

—Oye, B —susurró el Yo-2, aprovechando aquella oportunidad de oro para hablar con Benjamin a cubierto—. Tengo que hablar contigo.

Todavía algo asustado, Benjamin se acercó unos milímetros.

—Escucha, ya sé que hemos tenido un comienzo inseguro. —El Yo-2 levantó la vista hacia delante, donde el profesor volvía a estar inmerso en su cinta—. Pero no debes tenerme miedo. Hemos pasado muchos ratos juntos.

—¿De veras?

—¿Recuerdas cuando fuimos a pescar con el abuelo y capturamos aquella trucha arco iris? ¿O aquella vez que ganamos la carrera a tres patas el Día de Ag Field?

—¿Ése eras tú?

El Yo-2 asintió, recordando con cariño la victoria y el lazo azul brillante.

—Dimos toda una lección a aquellos tipos.

Benjamin empezaba a comprender, pero en lugar de hacerle sentirse mejor, en realidad se sentía peor. Muchísimo peor.

—¿Qué me dices de aquella vez que tú y los Crozier me dijisteis que era un perdedor y no me dejasteis ir a montar en trineo con vosotros en el parque?

—¡Ése fue Becker! —El Yo-2 no estaba dispuesto a declararse culpable de algo que no había hecho..., pero escurrir el bulto no parecía animar a Benjamin—. ¿Qué pasa, colega?

—Pues que..., ¡ya ni siquiera sé quién es mi verdadero hermano!

El doble echó otra ojeada adelante, y luego dio una patada a Benjamin en el pie.

—Becker es tu verdadero hermano y, por lo que yo sé, te quiere muchísimo.

—¿Cómo lo sabes?

—Porque hablamos de eso continuamente. Cuando estuvo en Formación, siempre llamaba para saber cómo te iba. Y cada vez que regresa de una misión, tú eres la primera persona a la que quiere ver. —El Yo-2 le dio otro empujoncito fraternal—. El hecho de que tú y yo pasemos algunos ratos juntos no significa que haya cambiado nada de eso.

Benjamin pudo haber asentido... pero quería hacer que el Yo-2 se sintiera un poco más culpable, de modo que mantuvo la mirada fija en la esterilla.

—Esto... ¿no le ocurrirá nada a mi hermano?

El Yo-2 se volvió hacia el paisaje que pasaba, no queriendo revelar la expresión de sus ojos mecánicos. La verdad era que la cuenta del Banco de Memoria que compartía con Becker se había silenciado hacía más de dos horas, justo después de que hubiera saltado a la charca de Momentos Congelados. Al principio, el Yo-2 lo había atribuido a un retraso típico en la ventanilla de ingresos... pero ahora no estaba tan seguro.

—Está bien, B. —El Yo-2 se volvió hacia el niño, agradecido por haber sido tan bien programado para suplir a su reparador—. La misión marcha estupendamente.

Entretanto, Los Seems

Lejos, muy lejos de la autopista interestatal 95 o incluso del devastado pueblo de la Plaza del Tiempo, la informadora Shan Mei-Lin avanzaba dando traspiés en medio de la oscuridad y maldecía al asistente social que la había llevado hasta aquel lugar dejado de la mano del Plan.

—¿Pistas útiles? ¡Y un cuerno! —Shan se detuvo un momento para volver a encender su Flor de un Día, que era lo único que apenas le permitía verse las manos, y todavía menos hacia dónde iba. Por desgracia, se estaba quedando sin Flores—. ¿Qué tal lanzarme un Hueso o una Gran Idea de vez en cuando? ¡¡Y también podría utilizar ahora un Empujón en la Dirección Correcta!!

La única respuesta a las súplicas de ayuda por parte de Shan desde el Gran Edificio fue un silencio profundo y ensordecedor. Era como si sus palabras se hubieran atascado antes incluso de salir de sus labios, y pronto fue la propia informadora quien empezó a sentirse asfixiada por la negrura que la rodeaba.

—*Hun dan!* —blasfemó—. *Hun DAN!*

Cuando Shan encontró las huellas que salían de la cascada de Momentos Congelados, estaba convencida de que de alguna manera el reparador Drane había llegado allí antes que ella, y corrió a través del fango para procurar estar a su lado cuando el segundo escindido fuese capturado. Pero entonces se percató de que aquellas huellas habían sido dejadas por alguien que calzaba botas —en lugar de los Demonios Veloces del reparador n.º 37— y aminoró la marcha hasta un trote cauteloso. Cuando el rastro terminó bruscamente a media zancada, se vio obligada a detenerse.

—Informadora Shan a reparador Drane, ¡adelante, señor! —gritó a través de su Receptor, pero al igual que en sus intentos anteriores, no recibió más respuesta que estática. Aún más desconcertante era el hecho de que no parecía haber ninguna fuente natural de luz aparte de la revoltosa cascada, que había quedado reducida a un lejano fulgor a su espalda.

Lo más prudente habría sido regresar a la cascada y esperar que llegara ayuda, o por lo menos tratar de encontrar una manera de regresar a la cima. Pero Shan Mei-Lin había estado avanzando durante todo el tiempo que acertaba a recordar... ya desde que era una niña, cuando había obtenido una puntuación tan alta en sus pruebas de nivel que la habían sacado de su patria chica de Dunhuang y mandado a vivir con los demás «alumnos talentosos» en Pequín. Avanzar (por no hablar de ascender) la había llevado a convertirse en la estudiante con mejores calificaciones en todas las escuelas a las que había asistido y, después de ser reclutada por Recursos Humanos, había hecho lo mismo en el IAR. Avanzar era lo único que sabía hacer...

De modo que levantó su última Flor de un Día y se adentró en las tinieblas.

Horas después (¿o acaso fueron días?), Shan continuaba en medio de la oscuridad, pero esta palabra había llegado a perder su significado. La Flor había vacilado hasta apagarse y, cuando el tallo se le escapó de entre los dedos, no se molestó en recogerla. Sus Gafas Nocturnas™ no le ayudaban a ver nada (porque no había nada que ver) e incluso su codiciado séptimo sentido —la alimara que todo reparador e informador sigue— también flaqueaba. Ni un solo pelo erizado, ni una piel de gallina, ni un retortijón en su estómago anunciaban a Shan que iba por el buen camino.

En el *Compendio de mal funcionamiento y reparación* (alias *El Manual*) hay un apéndice conocido como «Lugares a los que no quieres ir», y Shan lo había estudiado a fondo. En esas páginas se habla de las Fauces de la Derrota, el Punto sin Retorno y, por supuesto, la aldea de Quién Sabe Dónde. Pero comprimido entre los mapas y las señales de advertencia figura la pequeña descripción de un lugar donde el Tiempo no existe. Una cárcel, sin entrada visible y sin salida conocida, cuyos muros determinan la mente de la infortunada alma que a veces accede a su interior. La informadora Shan sintió una fría debilidad cayendo sobre su cuerpo cuando, por primera vez, se vio obligada a afrontar la posibilidad real de que hubiese ido a parar al Entretanto.

—¡Mando Central, adelante! —llamó Shan, desesperada—. Informadora perdida. ¡Repito: informadora perdida! ¡¡Solicitando apoyo inmediato, por favor, responda, cambio!!

Pero incluso la estática que Shan había aborrecido anteriormente habría sido como música para sus oídos, a diferencia del turbador silencio.

—No temas nunca tener miedo —entonó Shan para sí—. No temas nunca tener...

Pero temía tener miedo, y nunca en su vida había estado tan asustada como lo estaba ahora. Ni siquiera aquella ocasión en que se había aventurado en las cuevas de Magao siendo niña y no se acordaba de qué pasillo la conduciría de regreso a la luz. Se había echado a llorar y a correr por otros pasadizos, pero sólo la habían adentrado más en el laberinto. Sólo pudo ser rescatada gracias al ingenio de su hermano mayor, cuyos golpes rítmicos en la pared de la cueva la sacaron tanto del pánico como del rincón húmedo en el que se había acurrucado. Pero hoy, Bohai no iba a acudir en su rescate. Nadie lo haría.

—¡¡¡¡¡SOCORROOOOOOOOO!!!!! —gritó con todas sus fuerzas, porque ALGUIEN había dejado esas huellas en la arena. Pero, que Shan supiera, las habían dejado años atrás y ese alguien estaba tan perdido en la oscuridad infinita como ella—. ¡¡¡¡¡SOCORROOOOOO!!!!!

Fue en ese momento cuando comprendió por fin la importancia del antiguo axioma del que siempre se había burlado como un ejercicio vano de autoengaño. Porque sólo con que ahora tuviera una misión dentro de la misión, contaría con algo pequeño en torno a lo cual envolver su corazón, algo que la ayudara a trascender su miedo. Pero en el lugar de aquella pequeña joya, lo único que quedaba era el propio miedo.

Su corazón empezó a palpitar, y tenía la sensación de que su boca se estaba llenando de arena. Shan se acurrucó en un ovillo, cerró los ojos e hizo todo lo posible por apartar de su mente el recuerdo de la última entrada en el Manual referente a ese lugar inhóspito y terrible. Pero las palabras seguían escribiéndose en la parte posterior de sus párpados...

AQUELLOS QUE ENTREN EN EL ENTRETANTO
NO VOLVERÁN A SER VISTOS.

El Conservador de Discos

Sala de Discos, Departamento de Historia, Los Seems

—¡¡VIENE ALGUIEN!! ¡¡VIENE ALGUIEN!!

Daniel J. Sullivan —o Sully, como era conocido por los pocos amigos que pasaban a verle de tarde en tarde— se quitó los cascos estereofónicos y dejó el papel y el bolígrafo.

—Perdona, *Linus*. ¿Decías algo?

—¡VIENE ALGUIEN! —Una voz que rechinaba como unas uñas sobre una pizarra resonó en la sala—. ¡VIENE ALGUIEN!

—No seas ridículo. No hemos tenido visitas desde que el revisionista pasó por aquí, y de eso hace una eternidad.

Sully no hablaba con un ayudante ni un colega, sino con el periquito canoso *(Agapornis Canus Seemsius)* que era su única compañía en aquel desolado rincón de Los Seems. El loro de plumas de vivos colores (un periquito canoso sólo tiene la cabeza de color gris) se hallaba en un estado de gran agitación, sacudiendo los barrotes de su jaula como un preso amotinado.

—¡Basta, ya está bien! —El hombre de pelo ensortijado y ojos llorosos volvió a ponerse los auriculares y subió el volumen—. No te recojas las plumas.

De todos los puestos en Los Seems, pocos eran menos codiciados que una asignación a la Sala de Discos. Este desvencijado almacén de piedra fue desfinanciado oficialmente por las Autoridades varios años atrás y tiene un solo empleado, un cargo detentado con el paso de los años por ex presidiarios de Seemsberia, un yerno torpe de alguna Autoridad, y un entusiasta de la Naturaleza descontento cuya insubordinación había enfurecido a más de un pez gordo. Pero de todas las personas que habían ejercido este puesto solitario y sin porvenir, se puede decir sin temor a equivocarse que sólo a una de ellas le gustaba de verdad.

—¡Por el Plan, tienes razón! —Los auriculares de Sully estaban conectados a un enorme gramófono, en el que un disco de vinilo de metro ochenta de diámetro giraba lentamente. Fuera lo que fuese aquello que escuchaba, parecía tener algo que ver con lo que estaba a punto de ocurrir—. Si conozco la Historia, y la conozco, ¡estará aquí en menos de cinco minutos!

El único miembro del personal de la sala se levantó de un salto y se puso manos a la obra. Volvió una pizarra y borró todas las ecuaciones del otro lado. Recogió del suelo hojas escritas a mano y las metió en los cajones del escritorio. Incluso se abrochó apresuradamente los dos botones que quedaban en su camisa blanca, lo que sólo servía para acentuar el carácter desaliñado de la corbata fijada con una aguja que colgaba mal anudada del cuello de Sully.

—¡¡HORA DE LOS GNOMOS!! —chilló *Linus* desde el interior de su jaula—. ¡¡HORA DE LOS GNOMOS!!

—¡Cállate, paloma estúpida! —Sully arrojó un borrador a las inmediaciones de la jaula—. ¡Nadie sabe en qué he estado trabajando y quiero que siga siendo así!

—¡¡HORA DE LOS GNOMOS!! ¡¡HORA DE LOS GNOMOS!!

—¡Está bien! —Sully se dirigió hacia el pequeño televisor en blanco y negro que estaba enchufado en la toma instalada sobre su estación de trabajo—. ¡Pero no te quejes si es una reposición!

Mientras Sully reanudaba su frenética limpieza, *Linus* centró su atención en el borroso monitor, donde acababa de empezar otro episodio de *Los Gnomos Gafes*. Basada en la popular tira cómica del mismo nombre, esta serie de dibujos animados de media hora describía las aventuras de la unidad de choque enviada al Mundo cada vez que una persona celebraba en exceso un poco de buena fortuna. Ahora era el programa más visto en Los Seems, y contaba entre sus muchos leales seguidores con cierto pájaro frustrado.

—¡¡REPOSICIÓN!! ¡¡REPOSICIÓN!!

—¡Manda una carta a la cadena! —Sully escudriñó la sala para cerciorarse de que había ocultado todos los indicios del trabajo de su vida, y luego echó una mirada al monitor—. ¿Es «Me alegro de que no haya tráfico»?

—«Día perfecto para una boda.» «Día perfecto para una boda.»

Pero el gozo de *Linus* al ver cómo la sonrojada novia se llevaba su merecido se interrumpió bruscamente cuando la puerta cerrada y cubierta de polvo que Sully siempre había creído que era un viejo ropero se abrió de repente. Luz azul y viento entraron a raudales, seguidos al poco por un muchacho de trece años con un chaquetón prestado y unas vendas deshilachadas cubriéndole las manos.

—¿Dónde estoy? —gritó el chico extrañamente vestido, levantándose con esfuerzo—. ¿He regresado a Los Seems?

—Por supuesto que estás en Los Seems. —Aunque hacía años que Sully no estaba en presencia de otro humano o seemsiano, no había olvidado sus modales—. Bienvenido a la Sala de Discos.

Becker Drane se quitó del rostro las Gafas de Transporte cubiertas de escarcha y miró a su nuevo alrededor. Se asemejaba mucho a la sala de lectura de una vieja biblioteca, con ventanas de vidrio esmerilado y estanterías extendiéndose desde el suelo de parquet hasta el techo abovedado. Sin embargo, lo que aquellas estanterías contenían no parecían libros, sino fundas de discos —como las que su padre guardaba en el rincón «NO TOCAR» del sótano de su casa—, sólo que mucho más grandes. Para hacer la situación todavía más extraña, los dos únicos habitantes de ese lugar parecían un chiflado de pelo ensortijado cubierto de harapos y un loro que miraba la televisión.

—¿La Sala de Discos? —Becker aún estaba rendido por el viaje más ajetreado a través del Intermedio que había protagonizado nunca—. Ni siquiera sabía que EXISTÍA una Sala de Discos.

—En realidad es técnicamente una sección de un subdepartamento del Departamento de Historia. —Sully ofreció al chico un taburete—. Ahora mismo estoy muy ocupado, pero si no te importa esperar, estaré encantado de darte...

¡BLINK! ¡BLINK! ¡BLINK! ¡BLINK! ¡BLINK!

Becker se quitó el pesado chaquetón y desenganchó su Blinker parpadeante del cinturón.

Tenía 196 LLAMADAS PERDIDAS.

Ajá. Alguien había estado tratando de ponerse en contacto con él durante bastante rato —muchos alguien— y, a juzgar por el «911» al lado de cada comunicación, no estaba seguro de querer oír lo que querían decirle. De hecho, todo aquello le estaba produciendo una terrible sensación de Déjà Vu de la peor pesadilla (beta) que había tenido nunca.

—¡Olvídate de dónde estoy! —Becker buscó con la mirada una Pieza de Tiempo o un reloj, pero no encontró ninguno—. ¿CUÁNDO ESTOY?

—¿Cuándo estás? No acabo de enten...

Pero el reparador ya se dirigía hacia el televisor en blanco y negro y hacía girar el dial a través de la banda de frecuencia llena de estática conocida como UHF.

—¡¡AGUAFIESTAS!! ¡¡AGUAFIESTAS!! —graznó *Linus*, defraudado porque Becker había quitado su programa favorito.

—*Linus*, si no cierras el pico, volveré a cubrir tu jaula. —Sully cogió una sábana vieja y la mostró al periquito—. Y todos recordamos lo que ocurrió la última vez...

Mientras *Linus* se tranquilizaba enseguida (al tiempo que anotaba mentalmente imitar la alarma de incendio tan pronto como Sully se durmiera esa noche), Becker localizó el Canal 64, más conocido como el Canal de Información Seemsiana. Para su profundo y duradero alivio, la marca de fecha y hora que pasaba por la cinta de teletipo del CIS reveló que, aunque había transcurrido lo que parecía varios días cayendo a través de los Momentos Congelados, sólo habían pasado seis horas de tiempo real desde que se había iniciado su misión.

—... hasta ahora todos los intentos de contactar con el reparador Drane han sido vanos —informó el reportaje continuo del CIS sobre la crisis—. Pero nuestras fuentes dentro del Gran Edificio confirman que, por lo menos de momento, el Mundo cumple con el horario previsto.

—Gracias al Plan. —El n.º 37 de la Rotación sintió que su corazón empezaba a palpitar otra vez—. Gracias al Plan.

Becker bajó el volumen y relató el extraño viaje que lo había llevado hasta allí. Primero había abierto una puerta dentro de un Momento Congelado. Segundo, se había precipitado por un tubo que daba la impresión de que la electricidad azul que lo había alimentado se hubiera extinguido hacía décadas. Y tercero, se había encontrado en una arteria tan estrecha que no había tenido más remedio que deslizarse por ella como una rata en una tubería. En todos sus viajes por aquella región, Becker no se había alegrado nunca tanto de ver el puntito de luz blanca que anunciaba la proximidad de Los Seems.

—Lo único que no comprendo es por qué no aparecí en la Aduana.

—Es perfectamente lógico —dijo Sully, desplegando un mapa de Los Seems que mostraba el trazado preseemsiano, el cual incluía departamentos extintos como los de Justicia, Misterio y Zapatos de Señora—. La Sala de Discos era antes el Departamento de Transporte, hasta que construyeron la nueva y elegante terminal. ¡Quién sabe cuántas viejas puertas vienen a parar aquí!

Mientras el reparador examinaba el rollo, el Conservador de Discos empezó a relajarse por fin. Cuando había confirmado la aseveración del loro de que «VENÍA ALGUIEN», a Sully le había preocupado que fuera una inspección aleatoria o, aún peor, el día largamente temido en que el VDI* decidiría convertir ese lugar en «condominios industriales». Pero ahora que alguien estaba allí, no podía evitar hincharse de orgullo.

—Personalmente, me alegro de que hicieran el cambio. —Indicó los montones de LPs gigantes—. Aquí, en la Sala de Discos, todo lo que ha acontecido jamás en el Mundo o en Los Seems se graba en cera y se pone a la disposición del gran públi...

—No te ofendas, tío. —Becker no quería ser grosero, pero en realidad no disponía de tiempo para tomar el té—. Estoy seguro de que éste es un departamento formidable, pero tengo que hacer una llamada.

Becker se metió en una cabina de audición abandonada y marcó el número del Mando Central.

—¡*Número 37!* —El despachador no trató de ocultar el alivio en su voz—. *¿Dónde diablos has estado?*

—Shan y yo nos separamos en los Momentos Congelados. —Becker se guardó para sí por qué había ocurrido eso—. ¿Se sabe algo de ella?

—*Negativo.*

Becker reprimió una punzada de culpabilidad y rezó para que Shan fuese tan buena como ella misma creía ser.

—Es una profesional. Encontrará la manera de salir. —Becker debía concentrarse en la tarea que tenía entre manos—. Mientras tanto, necesito que supervise la construcción inmediata de un Campo de Contención, de un metro cuadrado, con el suelo de hierba, no de tierra. Esparza en su interior un puñado de primeros y terceros, y el segundo será atraído hacia él como un imán.

Hubo una breve pausa al otro lado de la línea, y Becker se planteó por un instante atribuir su plan a Tom Jackal..., pero no podía negar la emoción de haber dejado al despachador sin habla.

* El Departamento de Vivienda y Desarrollo Inútil.

—*Encargaré al n.º 22 de ello enseguida.* —El despachador gritó a alguien que llamara a Tony *el Fontanero*—. *¿Dónde vas a estar?*

Becker tragó saliva porque sabía que aquello iba a caer como una bomba.

—Estaré buscando el Momento Presente.

—*Debes de estar bromeando.*

—Alguien tiene que saber dónde está. Una persona de esa magnitud no puede desaparecer en el Éter.

—*Ya hemos comprobado el Éter, varias veces, y no había ni rastro.*

Becker sabía que era verdad, porque buscar a la mujer conocida como el Momento Presente en Los Seems era como tratar de localizar a Amelia Earhart en el Mundo. Allá en el Día, había llevado la voz cantante en el equipo de diseño que había construido el Mundo desde cero, y se hizo famosa por su controvertida decisión de inyectar Tiempo en el propio Tejido de la Realidad. La popularidad de esa resolución en Los Seems propició su elección como la segundo de a bordo original, y siempre fue querida incluso después de presentar su dimisión. Pero desapareció sin dejar rastro más de cincuenta años atrás, y desde entonces no se la había visto...

—Disculpa... —interrumpió Sully, pero el reparador no le hizo caso.

—Bueno, quizá podamos hablar con uno de los miembros originarios de las Autoridades. —Becker rodeó su oído con una mano y habló más fuerte por el Receptor—. Lo único que sé de buena fuente es que no podremos cumplir esta misión a menos que...

—¡DISCULPA! —ahora Sully gritaba.

—¿¡QUÉ!? —gritó finalmente Becker, viendo que el Conservador de Discos aparecía sobre su hombro.

—No quiero molestar, pero ¿puedo interpretar a partir de tu conversación que te propones encontrar al Momento Presente?

—Esto... —Becker no sabía muy bien qué más añadir, de modo que dijo—: Es cierto.

Sully se alisó el pelo y se apretó el nudo de la corbata para ganar respetabilidad. En lo que a él concernía, la Sala de Discos tenía mucho que ofrecer, pero hasta ahora había tenido muy pocas o ninguna posibilidad de influir en el Mundo. Ahora que se presentaba la oportunidad, iba a aprovecharla con todos sus recursos.

—Bueno, ¿por qué no lo has dicho antes?

Monasterio de Gandan, provincia de Sühbaatar, Mongolia Exterior

A todo un Mundo de allí, dos figuras ataviadas con túnicas tradicionales de color rojo estaban sentadas en la postura del loto sobre una esterilla de papel de arroz. Mientras tañía una campana, las estatuas de los grandes guerreros de antaño parecían vigilar todos sus movimientos.

—DEVASYAAAA... —cantaron las voces de los demás monjes.

Pero el incomparable Li Po y su nuevo iniciado no se unieron a ellos.

Seis meses antes, el seemsiano joven y larguirucho había llegado a Gandan para estudiar bajo la tutela del reparador n.º 1 y, a instancias de Po, había renunciado a su nombre y adoptado el voto de silencio. El iniciado también se había afeitado la cabeza, vendado los ojos y cubierto los oídos, la lengua y las puntas de los dedos con cera de abeja, todo ello para intentar evitar el engaño de los cinco sentidos principales. Porque era el dominio del legendario séptimo sentido lo que ahora perseguía...

«¡Concéntrate! —se ordenó el iniciado con su voz interior—. ¡Busca esa sensación de que algo marcha mal!»

Los nacidos en Los Seems no poseen séptimo sentido, pero una fatídica noche en el Departamento de Sueño el informador convertido en buscador había experimentado el más sutil de los dolores. Ahora utilizaba los pelos erizados de la nuca, la piel de gallina y los escalofríos en el espinazo para seguir el rastro del segundo escindido, e incluso desde esa distancia tan grande, podía ver con su imaginación que éste había alcanzado el punto de lanzamiento desde el que pronto aniquilaría el Mundo.

—¿Lo nota, maestro? —preguntó el iniciado, aunque no con la ayuda de sus cuerdas vocales. Llevaba sujeta al cinturón una bolsita de tablillas, cada una grabada con caracteres en seemsiano antiguo que permitían a alguien versado en ellos decir muchas cosas sin pronunciar palabra. Pero el temblor en sus manos mientras ordenaba los cuadrados de marfil revelaba el miedo que manaba en su interior—. La Esencia del Tiempo anda suelta.

—Las Autoridades determinarán si somos necesarios y cuándo —respondió Li Po mediante su juego de tablillas—. Te sugiero encarecidamente que vuelvas a tus ejercicios hasta que llegue ese momento.

—¡Pero el Mundo corre un grave peligro!

—El Mundo siempre corre un grave peligro, joven. Porque su propia existencia depende de la hebra más fina del Tejido de la Realidad, y del Giro del Destino más simple. —Po había elevado el acto de la comunicación silenciosa a un arte, y ahora sus dedos ordenaban las tablillas con la agilidad de un pianista de fama mundial—. Sólo utilizando el poder de nuestro séptimo sentido, y liberando lo que no podemos controlar, podremos garantizar que siga estando a salvo.

Estas palabras rezumaban verdad, pero los oídos del iniciado no estaban listos para oír. En su corazón no anidaba la quietud del agua profunda, sino más bien la impaciencia de la juventud.

—Debo ir.

—Pero no estás preparado.

—Entonces fracasaré.

El iniciado juró respetar las lecciones que ya había aprendido y luego se encaminó hacia la antesala donde los viajeros dejaban sus zapatos y pertenencias. De un gancho en la pared colgaba un maletín lleno hasta arriba de herramientas nuevas y viejas. La mayoría de estos mecanismos habían sido un regalo de su querido abuelo, y una parte de él anhelaba descolgar su Receptor y marcar «Vista desde la Cima 1-2-2». Pero su séptimo sentido le decía que si el Mundo iba a salvarse aquella noche, la única ayuda que recibiría vendría de dentro...

El iniciado sacó las herramientas y, una tras otra, procedió a fijarlas sobre su cuerpo.

Sala de Discos, Departamento de Historia, Los Seems

Aunque el reportaje del CIS había presentado un panorama halagüeño de la situación en Tiempo, Becker sabía que la verdad era muy distinta. El Mundo había sido atacado por dos ráfagas más de Esencia y los agentes de S.U.E.R.T.E. sólo podrían dirigirlas hacia sectores deshabitados durante algún tiempo. Pero lo que realmente irritaba al joven reparador era el hecho de que Shan Mei-Lin aún no había regresado de la charca de Momentos Congelados y se temía que estuviera M.E.C. Esto era enteramente culpa suya —porque había abandonado a su informadora para estar con Amy Lannin por última vez— y rezó en voz baja para que Shan pudiera encontrar una puerta o cualquier otra escapatoria que la llevara de vuelta a casa.

El único acontecimiento positivo era que su llegada a Historia podía significar el golpe de suerte que la misión necesitaba. Según el Conservador, los discos que llenaban esa sala no contenían música, sino la mismísima sinfonía de la vida. Cada decisión que se tomaba en Los Seems y su efecto consiguiente en el Mundo se registraban en incrementos de diez años sobre su superficie lacada, y Daniel J. Sullivan afirmaba conocerlos todos como la palma de su mano.

Comenzó su búsqueda del Momento Presente preparando la pista adicional de un viejo álbum cubierto de polvo y titulado «El Principio del Tiempo», cuando la inventora había encendido el interruptor para activar su departamento particular. Una vez que Sully dio con su rastro de audio, era un proceso aparentemente sencillo aislar su «camino en la vida» en cualquier LP en el que apareciera luego.

—Puedes huir, querido... —El historiador de melena ensortijada cerró los ojos, se recostó en su silla favorita, rellena de bolitas de poliestireno, y subió el volumen—. Pero no puedes esconderte.

Mientras un disco titulado *Los Cincuenta* seguía girando, Becker rebuscó por entre los gigantescos álbumes de 33 y 45 rpm que estaban esparcidos por todo el suelo. Era incapaz de llegar a entender cómo todo lo que había sucedido jamás estaba contenido en aquellos discos, o cómo cualquiera podía elegir entre una Cadena de Acontecimientos aparentemente infinita para localizar el trayecto de la vida de una persona.

—¿Estás seguro de que esto va a funcionar? —preguntó el escéptico reparador.

—Confía en mí. Durante los últimos ocho años no he hecho otra cosa que escuchar el transcurso de la Historia. Todo el mundo en el Mundo o en Los Seems tiene su frecuencia única, y el Momento Presente es muy audible a 1.233.456.789,1703 seemsahertzios.

Becker notó que se formaba un agujero dentro de su estómago. Había visto muchas películas clásicas con su mamá en AMC, y el caballero de los auriculares guardaba un parecido alarmante con algunos de los pacientes de *Alguien voló sobre el nido del cuco*. Pero a falta de cualquier otra pista esperanzadora, el reparador tenía que depositar su fe en las manos de Sully.

—¡Aquí está en el 59! —El historiador descargó el puño y se quitó sus fieles auriculares AKG—. ¡Tráeme *Los Setenta*!

El reparador Drane se encaramó a lo alto de una escala de madera que rodaba por la sala sobre unas ruedecitas de latón y accedió a los estantes hechos a medida que estaban empotrados en la pared.

—¿Te refieres a los discos grandes?

—¡No! —gritó el Conservador—. ¡A los 1970!

Ese lote de álbumes se encontraba en la sección relativamente nueva de la biblioteca, donde las fundas acumulaban menos polvo y el Departamento de Arte había recibido algo más de rienda suelta en el diseño de las portadas. Becker sacó el disco del sitio que ocupaba entre los 1960 y los 1980 y se quedó pasmado ante la combinación de realismo enérgico y vibración suavizada que adornaba la portada.

—¿Estoy loco o el Momento Presente ha vivido algo así como un millón de años?

—Cualquiera que existiera antes del Principio del Tiempo nunca envejece, a menos que vaya a un huso horario o pase demasiado tiempo en el Mundo. —Sully trataba de hablar y escuchar a la vez—. Ahora ¿puedes bajar aquí y ponerlo? ¡Creo que esto va a ser justo lo que necesitamos!

Becker bajó la escala sin tocar ninguno de los peldaños y se encaminó hacia donde Sully estaba manejando los giradiscos. A diferencia de la mayor parte del material de la sala, éstos no presentaban polvo ni telarañas y resultaba evidente que se mantenían en excelentes condiciones. De hecho, a Becker le recordaban un poco los que el hermano de su amigo Seth Rockman, Matt, tenía en su dormitorio.*

—¿Por qué nos saltamos *Los Sesenta*? —preguntó Becker, sacando el voluminoso disco de su funda y colocándolo en el giradiscos libre.

—Por lo que yo sé, después de retirarse viajó mucho. Vivió en la Oscuridad durante algún tiempo, se escondió en el Quinto Pino e incluso pasó una temporada tratando de encontrarse a sí misma. —Sully subió la vía de agudos con uno de los innumerables selectores—. Pero cuando llegó la hora de establecerse, eligió un sitio en el que a nadie se le ocurriría mirar...

Becker pulsó *play* en la consola y la aguja se desplazó

---

* Puedes localizar a Matt Rockman pinchando discos todos los jueves por la noche de la 1 a las 4 de la madrugada en la WVHP, la emisora de radio administrada por los alumnos del Instituto de Highland Park.

sobre una palanca, hasta posarse con sumo cuidado sobre el disco giratorio.

—Estuvo coqueteando con mudarse allí durante todos los cuarenta y cincuenta. —Sully llevaba puestos dos auriculares para escuchar *Los Cincuenta* en un oído y *Los Setenta* en el otro—. ¡Pero algo me dice que no apretó el gatillo hasta alrededor del 73!

Bajó la aguja y, poniendo las manos sobre los dos discos, empezó a hacerlos avanzar y retroceder en el Tiempo. Era casi como si tratara de encontrar dónde una canción hacía una perfecta transición con la otra, y Becker tuvo que admitir que a pesar de su barba descuidada y sus gafas rotas (o debido a ellas), parecía un joven DJ rascando discos.

—¡Bingo! —exclamó Sully triunfalmente.

—¿Lo tienes?

—¡Claro que lo tengo! —El Conservador apagó el giradiscos y se bajó del taburete de un salto—. ¡Y te prometo que aún sigue allí!

Antes de que Becker pudiera escucharlo por sí mismo, Sully se abalanzaba como un poseso sobre la única otra máquina que funcionaba en la Sala de Discos: el anticuado gramófono, el cual no reproducía nada, sólo grababa.

—Esto es lo que está ocurriendo ahora mismo... —Señaló el punto en el que la aguja cortaba surcos microscópicos en la cara del disco—. A primera escucha, ha sido una década bastante dura, pero nunca se puede decir hasta que lo has oído unas cuantas veces.

En la parte trasera del gramófono había cables RCA con los símbolos de todos los departamentos y subdepartamentos de Los Seems. Había también un conector «audio out», y Sullivan colocó un adaptador de 1/8" a 1/4" y enchufó el cable.

—A ver si esto te suena.

Cuando Becker presionó el cuero almohadillado del auricular contra su oído, esperaba oír la respuesta al paradero del único Momento Presente. Pero lo único que asaltó sus oídos fue un clamor espantoso.

163

—¡Tío, es absolutamente confuso!

—Eso es porque no estás acostumbrado a cómo suena la vida cuando acontece toda al mismo tiempo. —Sully se subió las gafas sobre el puente de la nariz—. ¡Dame dos segundos más para aislar su pista!

El ver cómo el Conservador de Discos ajustaba furiosamente los controles de la parte delantera de la máquina infundió muy poca confianza en el reparador n.º 37, así como los montones de hojas blancas que estaban toscamente remetidas en todos los cajones, cajas y archivadores de la sala. Sully no dejaba de quitarse de encima las preguntas sobre aquellos papeles murmurando algo acerca de su «proyecto», lo que sólo sirvió para acrecentar el temor de Becker de estar metido en una búsqueda inútil.

—¿Estás seguro de que la has encontrado?

—¡UN SEGUNDO MÁS! —chilló *Linus* desde su jaula. Aunque a menudo él y Sully estaban reñidos, jamás mordía la mano que le daba de comer—. ¡UN SEGUNDO MÁS!

Ahora, Becker estaba convencido DEL TODO de que había ido a parar a un manicomio... hasta que de repente la «música» en sus oídos se sincronizó a la perfección. Oía claramente el sonido de cláxones bocinando, gente gritando en muchas lenguas distintas, incluso una sirena lejana. Y en el fondo de todo aquello, un zumbido estimulante que vibraba a través de todo su cuerpo y le hacía subir la adrenalina.

—Sé dónde está esto... —Becker oyó también el sonido de unos pasos quedos entre el bullicio, y tuvo la nítida sensación de estar escuchando a través de los oídos de otra persona—. ¡Sé perfectamente dónde está esto!

—La mitad de Los Seems lleva cincuenta años buscando a esa mujer —dijo Sully, contemplando con orgullo la expresión de reconocimiento reflejada en el rostro del reparador—. ¡Y todo ese tiempo ha estado justo delante de sus narices!

Becker dejó caer los auriculares alrededor de su cuello y formuló rápidamente una estrategia. Necesitaría cambiarse de ropa, seguramente algo negro, para no destacar como gallina en corral ajeno. Precisaría además otra caja de herramientas, de estilo bolsa de mensajero. Y, por último, tendría que conseguir una Metrocard totalmente cargada. Porque según ese disco, el Momento Presente no se ocultaba en ningún rincón recóndito de Los Seems...

Residía en la ciudad de Nueva York.

La Gran Manzana

Central Park, Nueva York, NY

Becker Drane y Daniel J. Sullivan salieron por una puerta marcada con una hoja —imitando perfectamente el sello del Departamento de Parques de la Ciudad de Nueva York— y aparecieron en las 340 hectáreas de césped ondulado conocido como Central Park. Sully trató enseguida de protegerse los ojos del intenso sol del Mundo, infundido como está de muchos más rayos ultravioletas e infrarrojos que el de Los Seems, pero ni siquiera con el codo sobre la frente pudo detener el torrente de imágenes y sonidos de la ciudad de Nueva York.

Un patinador pasó por su lado como una exhalación, utilizando alegremente al reparador y al Conservador de Discos como postes marcadores en su carrera de obstáculos. Altísimos edificios de piedra y cristal se alzaban sobre el parque por los cuatro costados, mientras que los sonidos de ambulancias, martillos neumáticos y dos hombres pregonando el precio de un *shish kebab* se mezclaban en un single pop digno de uno de los valiosos discos de Sully. En sus aventuras en el Mundo y Los Seems, el reparador n.º 37 había estado en muchos lugares extraños y poco comunes, pero ninguno saturaba sus doce sentidos como éste.*

---

* 1) Gusto; 2) tacto; 3) olfato; 4) oído; 5) vista; 6) humor; 7) el séptimo sentido; 8) orientación; 9) estilo; 10) percepción extrasensorial; 11) veo muertos; 12) común.

—Bienvenido a la Gran Manzana, Sully.

Sully estaba todavía algo aturdido, de modo que Becker le ayudó a instalarse en un banco del parque. Convencer al hombre mayor de ir al Mundo no había resultado fácil, porque el Conservador tenía intención de volver a su «proyecto» y, además, ¿quién iba a cuidar de *Linus*? Pero una rápida llamada al Mando Central había llevado a uno de los miembros del Equipo Esqueleto para que se hiciera cargo de Historia (y de la primera temporada entera de *Los Gnomos Gafes* para el obsesionado loro), y una vez que Becker hubo revelado algunos de los detalles de su misión, Sully accedió por fin.

—¿Estás bien, tío? —preguntó Becker, viendo que su acompañante temblaba de la cabeza a los pies—. ¿Quieres que te traiga agua o una Coca-Cola *light*?

—No, no. Estoy bien.

Cuando Sully volvió a abrir los ojos, Becker se dio cuenta de que su compañero no estaba en estado de *shock* y pavor, sino que más bien era presa de una auténtica emoción.

—Es sólo que... —Sully se enjugó una lágrima en la comisura de su ojo— había olvidado lo hermoso que es.

—¿Cuándo fue la última vez que viniste al Mundo?

—Por Y2K. Desde entonces he querido volver, pero he estado tan concentrado en mi proyecto que nunca he tenido tiempo.

—Tienes que pararte a oler las rosas, Sully.

Becker se ató los zapatos de ante Puma y dio una sola vuelta a las perneras de los Levi's de repuesto. El Departamento de Guardarropa le había suministrado también una camiseta negra Old Navy y unas bonitas gafas de sol Vuarnet, pero habían tenido que esforzarse para encontrar algo práctico para el conservador. Ahora éste iba ataviado con una camiseta blanca con la leyenda «I Love New York», un pantalón de chándal rojo Adidas y unas macizas Doc Martens, lo cual le hacía parecer una mezcla entre un paciente salido de un hospital psiquiátrico y un hombre sin hogar.

—¿Dónde dijiste que vivía? —preguntó el reparador.

—Déjame que vuelva a comprobarlo. —Sully subió el volumen del anticuado walkman Sony que llevaba sujeto a los pantalones. En el interior del aparato había una copia de los últimos tres años, y escuchó atentamente, cubriendo los auriculares de espuma naranja con las manos—. La he oído mencionar el n.º 374 de la calle 12 Oeste por lo menos en tres ocasiones.

—Entonces tendremos que coger el metro hacia el centro. —Becker oteó el parque en busca del transeúnte más cercano—. Espera, déjame preguntar cómo podemos llegar allí.

Un hombre con traje de calle y gafas de sol estaba a tiro de piedra.

—¡Disculpe, señor!

El hombre echó a Becker una moneda de 25 centavos y siguió andando. Las dos personas siguientes a las que abordó se limitaron a levantar las manos y decir: «Ya creo en Jesús», hasta que por fin un policía montado fue lo bastante amable como para explicarle:

—Tiene que tomar el tren n.º 1 o n.º 9 hasta la calle 14, jefe. —Señaló la entrada de la estación, que era visible sobre el muro de piedra que rodeaba Central Park—. Está allí.

La Calle 14 se hallaba a sólo dos manzanas de donde creían que el Momento Presente había estado escondiéndose durante los treinta y pico últimos años, y si tenían suerte la encontrarían en casa. Y si tenían MUCHA suerte, les podría explicar cómo volver a unir un segundo escindido. Pero si bien lo que había en juego en la misión seguía siendo mucho, Becker se sentía avergonzado por el aspecto andrajoso de su compañero de viaje.

—Sully.

—¿Sí?

—No quiero que la gente piense que somos puenteros y tuneleros;* así pues, procura ser guay.

* Término despectivo que los habitantes de Manhattan aplican a los visitantes procedentes de los barrios periféricos (y especialmente de Nueva Jersey).

—¿Guay? Ya soy guay. —Sully estaba muy ofendido—. Guay es mi segundo nombre.

Pero mientras el Conservador seguía a Becker hacia Columbus Circle, notó las miradas de hasta los neoyorquinos más hastiados puestas en él.

—Corrección. Mi segundo nombre es Jehosephat.

Entretanto, Los Seems

La informadora Shan Mei-Lin estaba sentada con las piernas cruzadas en la fría y desierta oscuridad. No había un sonido ni un punto de luz, ni siquiera un indicio de movimiento en las sombras (que eran inexistentes, por cuanto las sombras sólo pueden ser creadas por la presencia de luz). De hecho, las únicas cosas que confirmaban que existía eran el sonido de los latidos de su corazón —que controlaba mediante la técnica budista de Anapanasati o «conciencia de la respiración»— y el contacto del duro suelo debajo de ella.

Cuando había entrado por primera vez en el Entretanto, el pánico había amenazado con despedazar a Shan, pero la tutela del instructor del IAR Jelani Blaque le había resultado útil. El reparador rogaba a sus candidatos que consideraran incluso los terrores más turbadores como herramientas con las que diagramar y explorar las partes más íntimas de su propio ser. Sin embargo, cuando Shan miró en su interior para descubrir qué la aterrorizaba realmente, no era el hecho de que fuera a morir en aquella prisión negra, sino el hecho de que a nadie le importara que hubiese desaparecido.

—¿Cómo es posible? —se preguntó la muchacha, resistiendo al impulso de abrazarse las rodillas—. Siempre he hecho todo lo que he podido.

Eso era innegable: su vida había sido una larga sucesión de victorias y triunfos, todos los cuales habían sido conmemorados en placas y documentos en dos mundos distintos para que todos los vieran. Y, no obstante, la distancia que sentía de aquellos que la rodeaban era también innegable.

—Has sido la mejor en el juego equivocado.

Shan abrió los ojos sobresaltada. Decididamente, había oído una voz, pero no sabía si había resonado en la oscuridad o en los pasillos de su propia cabeza.

—¿Puedes repetirlo?

—He dicho que estás jugando a un juego equivocado.

Shan sabía que oír voces era uno de los síntomas reveladores de demencia, pero escuchar algo imaginario era mejor que nada, por lo que decidió seguir la corriente.

—Entonces, ¿cuál sería el juego correcto?

La voz guardó silencio y Shan temió haber formulado una pregunta demasiado directa, pero al cabo de una pausa momentánea volvió a dejarse oír:

—Un juego en el que juegues para algo más que tu alta puntuación.

Como siempre, a la informadora le molestó la insinuación de que hubiera fracasado o incluso tenido problemas con algo, pero dejó que el arranque de cólera la atravesara antes de contestar:

—Yo no he hecho las reglas.

—Pero sigues jugando de acuerdo con ellas, a costa de todo lo demás.

Shan trató de responder, pero no podía discutir que en su incesante empeño en triunfar y conseguir, aquellos que la rodeaban —sus condiscípulos, los candidatos del IAR, incluso los reparadores Chiappa y Drane— se habían convertido en competidores, si no enemigos, o estúpidos que se interponían en su camino. De hecho, no se le ocurría ni una sola persona en el Mundo o en Los Seems a la que pudiera considerar sinceramente amiga suya.

—¿Y cuándo fue la última vez que hablaste con tu hermano? ¿O con tus padres?

—Yo..., yo...

—¿O incluso con tu querida Ye Ye?

Fuera de quien fuese aquella voz, a Shan empezaba a caerle mal. La verdad era que la informadora no había hablado con su familia durante años. No desde que hicieron el largo viaje hasta Pequín para celebrar su graduación en la escuela de enseñanza secundaria. El orgullo se había reflejado en las caras de sus padres, pero en lugar de disfrutarlo, la joven estudiante se había sentido rodeada de extraños, cuyo atuendo y modales humildes la habían avergonzado.

—¿Qué sabes de mí o de mi familia? —Incluso ella podía percibir el tono defensivo de su voz—. ¡Fueron ellos los que me mandaron por este camino, para empezar!

Esto también era cierto. Quizá la marca más indeleble en la memoria de Shan era el día en que dos educadores del gobierno llegaron para llevarla a una escuela situada en la otra punta del país. Aquel día, ella había pataleado y llorado, suplicando a sus padres que no la separaran de todo cuanto quería, pero, aun así, ellos dejaron que sucediera.

—Sólo para que tú no tuvieras la dura vida que ellos tuvieron. Sólo por amor.

Por más que Shan sintiera el dolor y la cólera atravesándola, aquella voz había hablado sinceramente.

—Lo siento, florecilla. Sólo trato de ayudar.

—¡¿Cómo?! —Shan intentó tragarse las lágrimas—. ¿Haciéndome sentir mal?

—Mostrándote el mundo que has creado para ti misma.

La informadora tuvo que admitir que no era un mundo hermoso aquel en el que vivía. De hecho, reflejaba curiosamente el mundo en el que ahora residía: frío, oscuro y solitario. Y, sin embargo, si la voz tenía razón y ese mundo había sido creado por ella misma, entonces cabía la posibilidad de hacer otro distinto.

—Ahora empiezas a ver la luz...

—Sí, pero ¿de qué me servirá si estoy atrapada aquí, en el Entretanto?

—No —dijo la voz, y Shan casi tuvo la impresión de que alguien le hubiera dado una colleja—. Estás empezando a ver la luz DE VERDAD.

Tardó un momento en percatarse de que la voz no se refería a una luz metafórica, sino a la luz real que manaba de algún lugar a lo lejos. No era mucha —en realidad, sólo un cambio en la tonalidad de la negrura—, pero suponía el primer indicio de que podía existir una salida de aquel abismo.

—Bueno —dijo la voz, y si hubiera tenido ojos, éstos chispearían—. ¿A qué estás esperando?

No teniendo respuesta a esa pregunta, Shan se levantó del suelo y se cargó el maletín sobre el hombro. Estaba tentada de dar las gracias a la voz o preguntarle su nombre, pero todavía no estaba segura de que hubiera una voz. De modo que se encaminó con pasos pesados hacia la luz.

—¡De nada!

Shan se paró en seco, temerosa de haber ofendido al hablante (o a sí misma), pero una risa franca la saludó.

—Buen viaje, florecilla. Y no lo olvides: eres tú quien hizo las reglas del juego...

Tren n.º 1, Nueva York, NY

—¡PRÓXIMA PARADA, CALLE 28! —anunció la crepitación apenas audible a través del altavoz superior—. ¡POR FAVOR, APÁRTENSE DE LAS PUERTAS!

Sully y Becker se encontraban en un atestado vagón de metro y se agarraban a las correas metálicas como si les fuera la vida en ello. Una sucesión de grafitis, tuberías y mosaicos pasaban a toda velocidad por las ventanas, sólo igualados por el teatro del interior: pasajeros de todas las formas, tamaños y colores, todos ellos desmejorados por el cansancio después de una larga jornada de trabajo.

—Es asombroso, ¿verdad? —se maravilló Sully—. ¡Estar en presencia del Plan en acción, en lugar de oír hablar de él desde lejos!

—¿Cómo fuiste a parar a Historia? —preguntó Becker, haciendo caso omiso de la mujer en traje de calle que le empujaba por detrás—. Es un trabajo bastante aleatorio.

—De hecho, antes trabajaba en el Gran Edificio. —Sully decidió agarrarse a una de las barras de pasajeros—. Pero eso fue en otra vida.

—¿El Gran Edificio? —De repente, Becker cayó en la cuenta—. Espera un momento: tú no serás DANNY Sullivan, ¿verdad?

Una sonrisa melancólica apareció en el rostro del conservador...

—Ése era yo.

Todo el mundo en Los Seems conocía la historia de Danny Sullivan. Había sido uno de los principales asistentes sociales del Gran Edificio, y circulaban rumores de que aspiraba a ocupar un puesto en las Autoridades. Ese Danny Sullivan había manejado sin esfuerzo sectores enteros, y era célebre por dar pasos dulces, a veces durante años, que conducían sus casos hacia una mayor sensación de dicha. Pero su caída fue casi tan meteórica como su ascensión.

—Me encontraron mirando fijamente la pared de mi despacho, catatónico —confesó Sully por encima del hiphop metálico que salía del iPod de un chico—. El traslado a Historia fue algo más que una sugerencia compasiva..., para que pudiera conservar mis ventajas sin avergonzar a nadie. Pero resultó ser lo mejor que me ha pasado nunca.

La puerta que comunicaba con el vagón contiguo se abrió, y se oyeron los chirridos del monstruo metálico traqueteando sobre las vías. Se volvieron para ver a un hombre sin piernas con un sencillo cartel en cartulina que rezaba VETERANO: NECESITO DINERO PARA COMER entrando en el vagón en una silla de ruedas. La mayoría de la gente fingió que era invisible y despejó el pasillo central, aunque unos pocos dejaron caer monedas en su vaso de cartón. Becker hurgó en sus bolsillos y, al encontrar tan sólo la provisión de Slim Jims que había pedido al Mando Central, le ofreció tímidamente uno. El hombre de la silla de ruedas murmuró: «Gracias, hermano», y pasó al siguiente vagón...

—Cuesta trabajo creer en un Plan que permite esa clase de cosas, ¿verdad? —preguntó Sully.

—¡Qué me vas a contar!

Becker no sólo pensaba en el veterano sino también en la gente del andén del tren en la Plaza del Tiempo, en Amy

Lannin y Tom Jackal y en todos los momentos de angustia que todavía mantenía frescos en su memoria.

—Es por eso que me quemé, tío —explicó Sully—. Todos los días las decisiones que yo tomaba afectaban a miles, si no a decenas de miles, de vidas, y cuando salía bien, era todo un triunfo. Pero cuando no...

Sully bajó la mirada hacia el suelo y Becker no quiso preguntar qué medida o Cadena de Acontecimientos terrible había empujado al ex asistente social por el borde del precipicio. Cuando el tren llegó a la estación de la calle 18, la muchedumbre menguó un poco, y él y Sully pudieron encontrar asientos contiguos.

—Lo que nunca he logrado entender es por qué se incorporaron tantos golpes duros, malas noticias y desastres naturales al Plan. —Sully esperó a que el tren se adentrara en el túnel para continuar—: Pero en cuanto llegué a Historia, finalmente vi el cuadro general y empecé a comprender...

—¿Quieres decir que hay un cuadro muy grande en la pared de la Sala de Discos? —preguntó Becker, extrañado de no haber reparado en tal cosa.

—No, no, no, no. Me refiero a ver todo lo que ocurre desde el punto de vista apropiado...

¡¡RING!! ¡¡RING!! ¡¡RING!!

De repente, el Receptor sujeto al cinturón de Becker —que había escondido debajo de su camiseta negra— empezó a sonar con insistencia.

—Conserva esa idea.

Cuando Becker se llevó el auricular naranja al oído, todos los pasajeros del tren se preguntaron: a) de dónde había sacado ese chico un teléfono móvil tan aparatoso y anticuado, y b) cómo podía tener cobertura en el metro.

—Tío, ahora no puedo hablar —susurró Becker a través del teléfono, tratando de no ser grosero—. Estoy en el metro.

—*Sólo quería que supieras que el Campo de Contención está cerrado y cargado.* —El acento de Staten Island de Tony *el Fontanero* habría pasado completamente desapercibido en aquel vagón—. *Lo único que esperamos ahora es que el segundo escindido venga con papá.*

—Buen trabajo, n.º 22 —felicitó Becker al otro único reparador de la zona de Tri-State—. ¿Tienes idea de cuándo llegará?

—*Más vale que pronto. Tenemos una escorrentía de Esencia esparciéndose por el Mundo como una tubería con fugas.*

—Me ha parecido notar algo. —A Becker le había estado molestando el estómago desde su llegada a la Sala de Discos, pero había confiado en que fuera la combinación de la cena con la familia Jackal y el andar perdido en el Tiempo—. ¿Nos hemos planteado mandar a alguien al Intermedio para desviar las futuras escorrentías?

—*Nota Do va de camino.*

—Genial. Mantenme informado cada media hora.

—*Sí, sí, n.º 37. Y tráeme una hamburguesa del Corner Bistro, ¿quieres?*

—Eso está hecho, T.

El reparador colgó el teléfono sintiéndose casi optimista.

—¿Buenas noticias? —preguntó Sully.

—Eso espero. —Becker trató de tranquilizarse tanto a sí mismo como a su compañero de viaje—. Presta oído al Momento Presente, ¿de acuerdo?

—¡PRÓXIMA PARADA, CALLE 14! ¡POR FAVOR, TENGAN CUIDADO CON EL ESCALÓN AL BAJAR DEL TREN!

Entretanto, Los Seems

Cuanto más se acercaba a la luz, más tenía la sensación la informadora Shan de que el peso opresivo del Entretanto se levantaba de sus hombros. Lo que al principio había sido sólo el indicio de un claro en la oscuridad, se había convertido en un resplandor saludable al cabo de unos minutos de marcha, y ahora que trotaba (si no corría) hacia él, ese resplandor se había tornado lo que parecía un rectángulo de luz amarilla intensa.

—¡Debe de ser la puerta de salida! —gritó Shan en voz alta, y redobló el paso—. ¡Voy a conseguirlo! ¡Voy a conseguirlo de verdad!

Pero era algo más que la perspectiva de escapar de aquel espantoso lugar lo que provocó una sonrisa frívola en su rostro. Si bien anteriormente se habría regocijado con ser uno de los pocos en huir del Entretanto, ahora los pensamientos se centraron en su hermano, Bohai, y el resto de su familia, y en la posibilidad de volver a verlos algún día.

Pero Shan sabía también que esa reunión nunca podría tener lugar si la bomba de tiempo colocada por La Marea ya había destruido el Mundo. Su séptimo sentido se había reactivado de repente al ver aquella luz inesperada, y a juzgar por los escalofríos que le recorrían la espalda, debía suponer que seguía habiendo un fallo terrible en Los Seems. Su única esperanza era que quedara tiempo suficiente para...

—Espera un segundo. —Los pies de Shan se detuvieron—. Eso no es una puerta de salida...

En efecto, ahora que su loca carrera la había acercado lo suficiente a la fuente de luz, la informadora cayó en la cuenta de que se había equivocado. Lo que había tomado por un portal al mundo que se extendía fuera del Entretanto era en realidad una gran vitrina —de unos tres metros de ancho, alto y fondo— que contenía la intensa luz amarilla dentro de sus paredes transparentes. También podía detectar un sonido tenue y agudo que manaba del interior. Shan volvió a sacar sus Gafas Nocturnas, esta vez porque a sus ojos les costaba trabajo adaptarse a la intensidad lumínica, y se acercó a la misteriosa estructura.

El cristal del que estaba hecha era grueso, como el hielo de una charca en pleno invierno, y el suelo del interior estaba revestido de arcilla roja y tierra. Esparcidas por el suelo había una serie de piedras perfectamente esféricas, tan plateadas y brillantes como la cáscara del segundo escindido que llevaba en su maletín. Sabía que las pequeñas eran terceros, y las grandes como cantos rodados, primeros —dos de los tres elementos esenciales del Tiempo—, pero no tenía idea de qué hacían allí dentro, o qué había dentro de la vitrina para provocar aquella iluminación tan intensa.

—¿Dónde estás? —preguntó en voz alta, esperando que la voz que la había guiado fuera de la oscuridad le diera la respuesta.

Como no oyó a nadie, se inclinó hacia delante y aplicó el oído al cristal. El zumbido de dentro no era uniforme sino rítmico, y podía sentir por las vibraciones en su mejilla que en realidad era causado por algo que golpeaba las paredes. Algo que se movía tan deprisa que ni siquiera podía verse...

—Es un Campo de Contención para un segundo escindido. —Una voz sí dio la respuesta, pero en esa ocasión era una voz de hombre, resonando ronca desde el otro lado de la vitrina—. ¡Esos malditos estúpidos van a destruir el Mundo!

Aunque era evidente que aquel hombre estaba furioso, sus palabras sonaban amortiguadas, como pronunciadas a través de unos dientes apretados o una mandíbula tensa. Pero no fue la cualidad de esa nueva voz o ni siquiera su aparición totalmente inesperada lo que hizo que a Shan le diera un vuelco el corazón. Fue el hecho de que identificó a su dueño.

Poco a poco dio la vuelta al recinto, resuelta a mantenerse firme por si aquél era uno más de los ataques físicos del Entretanto. Pero la persona que encontró al otro lado —amordazada y con las manos y los pies atados a una silla de madera— era indudablemente real.

—¿Señor Chiappa?

Greenwich Village, Nueva York, NY

El n.º 374 de la calle 12 Oeste era una casa de piedra construida con piedra caliza de color rojizo y situada en la manzana difícil de encontrar entre la calle 4 Oeste y la avenida Greenwich (que no debe confundirse con la calle Greenwich). Como todos los edificios de esa calle, el n.º 374 tenía un pórtico, pero a diferencia de sus vecinos ostentaba además dos leones de granito que miraban fijamente a la calle, como si montaran guardia.

—¿Qué hacemos ahora? —preguntó Sully.

—Supongo que ver si está en casa.

Los dos visitantes subieron los peldaños de hormigón y se inclinaron para leer la lista de nombres colocada en el intercomunicador.

«Al Jelpert, n.º 1» estaba escrito de forma enérgica con bolígrafo en la parte inferior, seguido a continuación por «Funkytown Productions, n.º 2», rotulado con una etiquetadora. El n.º 3 y el n.º 4 no eran más que garabatos de metal, pero fue la pequeña etiqueta escrita a mano del último piso lo que inyectó un chorro de adrenalina en el cuerpo de Becker.

—Aquí está.

Señaló las caligráficas letras en cursiva rematadas por un elegante dibujo de una flor. No había nombre ni apellido, sólo una sencilla declaración que conducía directamente al timbre n.º 5:

«Por el Momento...»

Los dos se quedaron allí plantados, sin saber qué hacer.

—¿No vas a llamar? —preguntó finalmente Sully, incapaz de seguir soportando la presión.

—Llama tú —respondió Becker.

—¡Tú eres el reparador!

—¡Tú eres el conservador de discos!

Este tipo de discusión era sin duda inapropiada, sobre todo con el destino del Mundo en juego, de modo que antes de que pudiera preocuparse por ello más tiempo, Becker pulsó el botón negro y mandó una señal eléctrica a través de las paredes del edificio. Con vacilación, esperaron una respuesta —sin saber cómo sonaría la voz del Momento Presente o si les dejaría entrar—, pero sólo regresó silencio a través de la línea. Una segunda presión sobre el botón activó el mismo timbre, pero el resultado fue idéntico.

—No contesta —se inquietó Sully.

—O tal vez no está en casa... —especuló Becker—. Vamos, busquemos un buen sitio desde el que vigilar el edificio.

Al otro lado de la calle se encontraba el célebre Corner Bistro —la hamburguesería que Tony *el Fontanero* había recomendado—, pero viendo una cola que llegaba hasta la puerta, optaron por la pequeña cafetería italiana que acababa de abrir al lado. Mientras Becker y Sully pedían cafés con leche y se sentaban entre los demás bohemios que llamaban el West Village su hogar, el reparador se dijo que fuera paciente, que todo aquello discurría de acuerdo con el Plan. Pero dadas las circunstancias presentes, no le servía de mucho consuelo.

—Volvamos al tren. —Becker removió el azúcar con un palillo—. Estabas hablando de ver el cuadro general.

Sully se animó al oír hablar de su tema favorito.

—Ah, sí. Por supuesto.

—¿Te importa ampliarlo un poco más?

—Como he dicho antes... en cuanto empecé a hurgar entre los discos comencé a darme cuenta de que todas aquellas cosas que creía eran tan terribles (desde que alguien se rompa un brazo hasta la guerra o el hambre) adquieren una dimensión distinta cuando se miran a través del prisma de la Historia.

—¿Qué clase de dimensión?

—La mayoría de nosotros miramos las cosas en una relación de causa-efecto. «Me ha tocado la lotería, por lo tanto, la vida es buena.» «Mi hijo ha sido atropellado por un coche, por lo tanto, la vida es mala.» Pero lo que no vemos son las Cadenas de Acontecimientos que están relacionadas con esas cosas.

Sully tomó otro sorbo de café y continuó:

—A no lleva a B, Drane. A lleva a B, que lleva a C, que lleva a D, E, F, G y no puedes saber si A era algo bueno o malo hasta que ves cómo tiene un efecto dominó en el resto del alfabeto (¡por no hablar de todas las letras que vienen antes de A!). En consecuencia, puede decirse que la propia idea de causa es una ilusión...

—Yo no lo creo —dijo Becker, y si bien todas las cosas que tenía por seguras habían sido sacudidas por aquel día, verdaderamente no lo creía.

—Yo tampoco. —Sully sonrió, contento de que el chico le hubiera superado por completo—. De hecho, después de estudiar la Historia del Mundo desde el Día, he llegado a creer que sólo había una cosa detrás del Plan el día en que se puso en práctica, y que sólo hay una cosa detrás del Plan mientras hablamos...

—¿Cuál es?

Sully se reclinó en su silla y se puso las manos detrás de la cabeza.

—Tendrás que leer mi libro.

Becker recordó las pilas de papel que sobresalían de hasta el último rincón de la Sala de Discos (junto con un sinfín de ecuaciones, cálculos y gráficas que habían sido medio borrados de múltiples pizarras negras y blancas). Por entonces había pensado que Sully había perdido la chaveta, y aunque el reparador aún no estaba convencido de que no estuviera chiflado, quería oír más. Pero antes de que Becker pudiera seguir fisgoneando, vio algo al otro lado de la calle.

—Tío, ¿no es ésa...?

La mujer que subía la escalera del n.º 374 tenía el pelo plateado —como el que sólo resulta al cabo de muchos años de ser rubia— y llevaba una simple blusa blanca y sandalias. Tenía las muñecas cubiertas de brazaletes y llevaba una bolsa de panadería, pero lo único en que Becker y Sully se fijaban era su cara.

—Creo que lo es, Drane —susurró Sully, incrédulo—. Creo que lo es.

Ambos identificaron aquel rostro de los cuadros en Los Seems, muy en particular la obra maestra conocida como

La decimotercera silla, que representaba a los miembros fundadores de las Autoridades congregados en torno a su mesa de reuniones. Sentada junto al asiento simbólicamente vacío de la cabecera se hallaba la segundo de a bordo original: la misma mujer que ahora forcejeaba con un manojo de llaves y abría la puerta de la calle del edificio de piedra caliza de color rojizo.

—¡Disculpe! —Becker se puso en pie y gritó al otro lado de la calle—. ¿Podemos hablar con usted un segundo?

Mientras un reparador de trece años y un conservador de discos melenudo abordaban con vacilación a la persona que creían era el Momento Presente, no se fijaron en una figura que salía del Corner Bistro con una bolsa de papel en las manos. Era un hombre alto, delgado y barbudo; sus vaqueros desteñidos y su chaqueta de ante encajando perfectamente con los entusiastas del jazz del centro. De hecho, lo único que le distinguía del gentío era el extraño colgante que pendía de su cuello, hecho de peltre negro y con la imagen de una ola crestada.

El desconocido se sentó en el bordillo y empezó a comerse una hamburguesa con queso, sin dejar de prestar gran atención a la conversación en la acera de enfrente. Tras intercambiar algunas palabras más, la mujer mayor abrió la puerta y el trío desapareció en el interior.

—*Très bien, Draniac* —dijo Thibadeau Freck, lamiéndose los dedos y poniéndose unas gafas de sol Serengeti—. *Très bien.*

Por el Momento...

*Huso horario de Montaña, Departamento
de Tiempo, Los Seems*

Tony *el Fontanero* se quitó el casco de Fontanería y Reparaciones Iovino y se enjugó el sudor de la arrugada frente. Sobre las montañas, el sol brillaba y se reflejaba en el Río Hablador, un afluente del Río de Conciencia que discurría directamente a través de este huso horario.

—¿Dónde diablos está esa cosa? —Tony escupió al suelo y tomó un trago muy necesario de Inspiración *light* de su termo—. ¡Creía que habíais dicho que estaría aquí en un abrir y cerrar de ojos!

Tony se dirigía al grupo de moscas del Tiempo que le habían ayudado a construir el Campo de Contención a la orilla del río. Finalmente, la vitrina de tres metros de ancho, alto y fondo estaba terminada, con una membrana semipermeable en el techo para dejar entrar (pero no salir) el segundo escindido, y primeros y terceros esparcidos en un suelo de hierba recién segada. Con todo, había requerido mucho trabajo, y cuando los miembros del equipo dejaron sus palas y cortadores de cristal, estaban manchados de sudor y tierra.

—Paciencia, hermano —dijo el capataz con el pelo rizado al estilo rastafari en su acento cantarín—. El cazo que se vigila nunca hierve.

185

—¡Sí, pero el Mundo va a asarse como la bresaola de mi mamá si ese segundo escindido no entra por la puerta ahora mismo!

—El hombre propone... —respondió el capataz con una sonrisa llena de dientes— y el Plan se ríe.

Un coro de *iries* se elevó del equipo de trabajo, y alguien subió el volumen del pastoso reggae que sonaba en su radio. Como todos los obreros de la construcción cariñosamente conocidos como Moscas del Tiempo, aquel grupo se había criado en las Islas del Río, donde los atardeceres perfectos, las sabrosas olas y la brisa terral contribuían a una disposición decididamente afable. Eran además prácticamente inmunes a la Esencia de Tiempo (seguramente porque las Moscas del Tiempo estaban siempre divirtiéndose) y por lo tanto los únicos responsables de extraer primeros, segundos y terceros de los tres husos horarios autóctonos de Los Seems.

—¿Estás seguro de que este astroturf no lo está estropeando todo? —Tony señaló el suelo del Campo de Contención, que se había hecho con la hierba de vainilla que crecía en la orilla del río—. Quizá deberíamos haber utilizado tierra en su lugar.

—Confía en mí, Tony *el Fontanero*. Hacemos esto todos los días... —El capataz sacó un segundo de una carretilla—. Cada vez que uno de éstos se rompe o se estropea, lo envolvemos en la hierba para que no haya escorrentía. En el fango, o en la tierra, la Esencia se filtra.

Tony trató de creerle, pero cuanto más se hundía el sol detrás de las montañas, más se alejaba su estómago en la dirección contraria. En parte se debía seguramente a las albóndigas con parmesano que había engullido antes de empezar el Campo de Contención, pero por otra parte tenía que ver, sin duda, con algún problema en Los Seems. Algo muy, muy...

¡¡MOC!! ¡¡MOC!! ¡¡MOC!!

Tony y las moscas se volvieron para ver un carrito de golf blanco que daba tumbos por la pista de tierra que llevaba a su lugar de trabajo. Era Permin Neverlåethe, que tenía un aspecto casi tan pálido como su vehículo.

—¿Qué noticias hay, Permin? —preguntó Tony cuando el carrito se detuvo.

—He comprobado las hojas de control, como prometí —contestó el administrador con voz temblorosa—. Y parece que hubo un minutero que hoy no vino a trabajar.

—¿Quién es?

—Ejem..., se llama Ben Lum.

—¿*Big* Ben? —Un murmullo recorrió las Moscas del Tiempo, pero esta vez no era risueño—. ¡Ese chico está loco!

—Por no decir que mide dos metros cuarenta —farfulló otro.

Tony *el Fontanero* bajó una mano hacia su Receptor y levantó la otra para frotarse la nuca quemada por el sol. El n.º 22 conocía la sensación de una misión empezando a tomar forma..., pero ésta parecía más bien una misión que fracasaba.

—¡Tú, informador! ¿Cómo te va por ahí?

El Intermedio

—Helado hasta los huesos —gritó Harold *Nota Do* Carmichael sobre el estruendo del Intermedio.

Pero, para ser sincero, «helado» no se correspondía exactamente con cómo se sentía ahora mismo el informador. Seguramente haría más justicia decir «aguantando por los pelos».

Nota Do se encontraba de pie sobre uno de los incontables tubos que transportaban artículos y servicios entre el Mundo y Los Seems. Unas Gafas le protegían los ojos de la escarcha y la luz, mientras que llevaba los pies enfundados tanto en Suelas de Goma™ (para impedir que la energía electroestática lo chamuscara) como en Chanclos de Hormigón™ (para evitar que se perdiera en el azul infinito).

—*Mi Blinker dice que la Esencia acaba de ahumar una*

isla frente a la costa de Moldavia. —La voz de Tony *el Fontanero* graznó a través del Receptor del informador—. *¿Tienes controlado de dónde viene?*

—Sí, T. ¡Lo estoy viendo directamente!

El informador había sido enviado al Intermedio para seguir el rastro de la escorrentía del segundo escindido que se derramaba en el Mundo. Usando su séptimo sentido como un radiofaro direccional, había comprobado sobre el terreno treinta y seis de los tubos antes de tener éxito en el reservado para Asuntos Animales.*

—Acabo de llamar a la administradora Hoofe y dice que allí no ha ocurrido nada. ¡Tiene que venir de otra fuente!

Nota Do observó un haz de rayas de cebra que pasaban bajo sus pies.

—¿Quieres que siga buscando?

—*Negativo. ¡Enciende la Espira Q lo antes posible!*

Nota Do metió la mano en su maletín y sacó la pesada herramienta en forma de Q. Cualquier cosa que entraba por su boca giraba automáticamente 360 grados y era expulsada directamente del «garabato», pero normalmente se empleaba para desviar Jugos Creativos. La corazonada de Tony era que si su informador instalaba la Espira Q en medio del tubo, cualquier fuga futura de Esencia podría ser desviada antes de alcanzar el Mundo.

—No lo sé, T. ¡La Esencia podría convertir esta Q en una R!

No era que Nota Do temiera ensuciarse las manos. Además de su empleo de informador, tenía otros dos trabajos a tiempo parcial para costearse los estudios de medicina: como repartidor de pizzas y como chapuzas en Slick Willie's, la enceradora más puntera de South Central. Pero

---

* El departamento de Los Seems responsable de manchas de leopardo, rugidos de león, mapas para palomas mensajeras, actualizaciones del plan secreto entre las ardillas para derrocar a la humanidad y obligar a todas las demás formas de vida a trabajos forzados en las minas de nueces, etc.

limpiar las llantas de un turismo Bugatti era algo muy distinto a la Esencia de Tiempo.

—¿Tienes alguna sugerencia?

—*Sí, tengo una muy buena.*

A Nota Do casi le pareció oír la sonrisa diabólica en el rostro de Tony.

—*¡Emplea tu imaginación!*

Entretanto, Los Seems

Shan Mci-Lin corrió en auxilio del señor Chiappa y rápidamente procedió a desatar las correas que le sujetaban los brazos y las piernas a la silla. Las ataduras habían dejado profundos moratones en las muñecas del profesor de inglés, y su rostro y su cuerpo presentaban marcas de haber sido golpeado con severidad.

—¿Quién le ha hecho esto, señor?

—¿A ti qué te parece? —tosió el reparador n.º 12, escupiendo la mordaza de la boca—. Los mismos *scioccos* que colocaron la bomba en primer lugar.

Si bien el señor Chiappa estaba tan magullado como furioso, Shan se extrañó al ver que no presentaba ninguna señal visible de envejecimiento. Todo lo demás en el radio de la explosión inicial se había convertido en polvo.

—¿Cómo es posible, señor? Todos le dábamos por muerto.

—Yo también. —Lucien Chiappa se frotó los brazos y esbozó una sonrisa—. Cuando el segundo escindido estalló a través de los Momentos Congelados, en lugar de envejecer me vi arrastrado en su viaje.

Shan ofreció a su reparador una botella de Inspiración de su maletín, y el corso la vació de un solo trago.

—Me arrastró a través de docenas de Momentos..., quizás incluso cientos... No lo sé, era todo una confusión de color y sonido... hasta que caí al fondo de una especie de cascada...

—Así es como también yo llegué aquí...

La informadora se apresuró a contar el relato de lo que había ocurrido después de que ella y el reparador Drane se hubieran sumergido en la charca de Momentos Congelados. Shan supuso que eran las huellas de Chiappa las que había seguido hasta el centro del Entretanto, pero cómo había terminado amordazado y atado era harina de otro costal.

—Ahora sabemos por qué La Marea ha sido tan imposible de localizar —dijo el reparador n.º 12, reclinándose en la silla—. Están utilizando sitios como el Entretanto como su cuartel general.

Además del Campo de Contención había esparcidos por todo el lugar pertrechos, armas y Calor Enlatado. Había también proyectos del Departamento de Tiempo clavados con chinchetas en un tablero de corcho, junto con horarios de empleados, actas de una reunión de directores de Tiempo e incluso el diseño de la bomba de tiempo original construida por el señor Chiappa y Permin Neverlåethe. Pero lo que Shan no veía entre todo aquel desorden era alguna puerta de entrada o salida.

—¿Cómo encontraron este sitio? —preguntó.

—Parece cosa de John Booby otra vez. —Chiappa señaló un esquema de lo que era visiblemente una Llave Esqueleto, salvo con unas muescas de más añadidas al final—. Quién sabe adónde podrán entrar ahora nuestros amigos...

Shan supo que Chiappa se refería a la célula de La Marea que se había instalado en aquella madriguera tenebrosa.

—¿Cuántos hay, señor?

—Hasta ahora he visto cinco, y creo que hay un sexto dirigiendo operaciones desde un paradero lejano. Y déjame decirte que no deberíamos estar aquí cuando regresen. —Chiappa se acercó al cristal del Campo de Contención—. Pero antes tenemos que resolver qué hacer con este segundo escindido.

—¿Segundo escindido? —preguntó Shan, sus ojos reflejando la luz que vibraba en el interior—. No veo ningún segundo escindido ahí dentro.

—Eso es porque se mueve demasiado deprisa.

Chiappa hurgó en su bolsillo y sacó lo que parecía unas gafas bifocales rotas con montura de alambre.

—La Marea me quitó la caja de herramientas. —Hizo una mueca y pasó la doblada montura a la informadora—. Pero no sabían que éstas eran mis Gafas Horarias™.

Durante la comprobación beta del Mundo, las Gafas Horarias habían sido utilizadas por los comprobadores de Realidad para ayudar a calcular el ritmo al que debía viajar el Tiempo. Permitían al usuario ajustar la velocidad de todo cuanto veía, pero una vez tomada la decisión de que «las cosas deben discurrir a su ritmo», la herramienta se volvió obsoleta. Ahora sólo perduraban como baratijas y recuerdos de los Tiempos de Antaño.*

Shan unió con cinta adhesiva las piezas rotas, se las colocó sobre la nariz tal como le indicó el reparador n.º 12 y luego puso la velocidad en «lenta». Tan pronto como las lentes se reconfiguraron, quedó meridianamente claro qué causaba la vibrante luz amarilla que había atraído a la informadora desde la oscuridad como una mariposa nocturna a la llama...

—*Wuh de mah.*

Contra las paredes del Campo de Contención rebotaba lo que parecía la mitad de un huevo, salvo que ese huevo era metálico y del tamaño de una pelota de voleibol. Allí donde debería estar la yema había una especie de sustancia líquida, que impulsaba el extraño objeto en un patrón aleatorio hacia las paredes, el techo y el suelo. Cada vez que tocaba el suelo, dejaba atrás un par de gotitas.

—Creo que la Esencia de Tiempo está empezando a escapar del Campo —comentó Chiappa, observando cómo la sustancia se filtraba en el barro—. ¿Se han recibido noti-

---

* Antaño Alvayez Ontim, el sociable administrador de Tiempo, cuyo reinado siguió inmediatamente al del Momento Presente. Si bien se registraron pocos adelantos durante esa época, se sabe que fue un período en el que nadie tenía prisa y todo el mundo disfrutaba de buenos ratos.

cias de sectores en el Mundo que hayan empezado a envejecer?

—No lo sé, señor. He estado fuera de servicio desde que perdí contacto con el reparador Drane.

—Permin y yo estábamos convencidos de que bastaba con tierra para contener un segundo escindido, pero nos equivocamos. —La furia de Chiappa se había convertido en un guisado que hervía a fuego lento—. Y ahora también se ha equivocado La Marea.

—Pero mire, señor. —Shan sacó la otra mitad del «huevo», que había llevado con suma vigilancia desde que ella y Becker habían encontrado los restos de la bomba—. ¿Podríamos volver a unirlo?

Chiappa sonrió, admirando la tenacidad de su informadora.

—Es una buena idea. Pero ni siquiera una Mosca del Tiempo podría soportar tanta Esencia pura.

—¡Tenemos que intentarlo, señor! El destino del Mundo está en juego.

El reparador Chiappa volvió a mirar a Shan, y por primera vez vio reflejada en su rostro una pasión por algo ajeno a sí misma.

—Muy bien, Shan Mei-Lin. Si tú estás dispuesta a eso, yo también...

Pero antes de que pudieran concebir un plan, un círculo de luz azul —lo bastante grande como para dejar pasar un cuerpo a su través— empezó a dibujarse en el suelo. La señal reveladora de una Llave Esqueleto en acción...

—¡Son ellos! —Chiappa palideció de miedo, y luego recogió del suelo las cuerdas y la mordaza—. ¡Rápido..., vuelve a atarme!

Con el corazón palpitando, Shan volvió a atar al hombre de la isla de Córcega a la silla y luego se ocultó entre las sombras detrás del tablero de corcho. Además justo a tiempo, porque tan pronto como el círculo azul se hubo cerrado, se abrió como una escotilla y cinco figuras salieron de él. Llevaban bodis negros con las caras ocultas por máscaras, y empezaron a recoger sus provisiones con muchísima determinación. Pero si la informadora albergaba alguna esperanza de que La Marea se retiraría tan deprisa como había llegado, se frustró cuando el miembro más fornido del grupo agarró al señor Chiappa por el cuello y lo levantó del suelo, con silla y todo.

—Es la hora de dar un paseo, viejo.

Calle 12 Oeste n.º 374, Nueva York, NY

Para llegar al apartamento n.º 5 del 374 de la calle 12 Oeste había que subir cinco pisos a pie, pero a pesar de la aparentemente interminable sucesión de escalones, merecía la pena el esfuerzo. Aquella peculiar buhardilla tenía el suelo de madera y las paredes de yeso blanco y se extendía a lo largo de toda la última planta del edificio. Flores frescas estaban colocadas a intervalos en repisas y hornacinas, la luz era tenue y perfecta, y debido a su altura sobre la mayoría de los edificios vecinos, el ruido de la calle era sustituido por el canto de los pájaros.

—Poneos cómodos, chicos —exclamó la mujer de pelo plateado—. Enseguida estoy con vosotros.

Becker y Sully se hundieron en los cojines de terciopelo del sofá de la sala de estar. En la pared de ladrillo descubierto que tenían enfrente había una fotografía original de Topher Dawson, que mostraba el perfil de Manhattan al atardecer, con siluetas de arcaicos depósitos de agua de madera asomando sobre los edificios.

—¿Es el Departamento de Clima? —preguntó Sully, identificando sin duda el diseño característico del depósito que contenía toda la lluvia del Mundo.

—Han estado utilizando estas cosas en la ciudad durante cien años —explicó Becker—. Muchas de las Grandes Ideas de Los Seems llegan hasta el Mundo.

—¿Es por eso que el Machu Picchu se parece al Gran Edificio?

193

—En realidad, el Gran Edificio tuvo más influencia en la Torre de Babel —llegó la voz desde la cocina, acompañada del sonido de platos—. Aunque hay algunos elementos de la sala de reuniones de la junta directiva que se filtraron en la cultura inca.

Becker miró nervioso a su compañero de viaje, y luego a su Pieza de Tiempo. No estaba allí para hacer una visita social, y en parte todavía le preocupaba que aquélla no fuese el Momento Presente. Quizá la mujer que tanto se parecía a la ex segundo de a bordo no era más que una actriz en el paro o una vagabunda excéntrica, dos perfiles que abundaban mucho más en Manhattan que los emigrantes de Los Seems.

—El Plan nos ha traído hasta aquí... —Sully observó que a Becker le temblaba la pierna como si estuviera aquejado de SPI—.* El Plan proveerá.

El reparador estaba poniendo los ojos en blanco —porque la línea entre creer en el Plan y pasarse todo el día en el sofá sin hacer nada era muy delgada— cuando la persona a la que habían estado buscando reapareció por fin.

—Siento haber tardado tanto, pero TENÉIS que probar estos pastelitos.

Sophie Temporale, alias *el Momento Presente*, sirvió una bandeja con un surtido de pastelitos escarchados de vainilla, chocolate y rosa que no parecían de este Mundo y se dejó caer en una tumbona de mimbre. Aunque Becker calculaba su edad en los setenta y algo (y sabía que contaba por lo menos un millón de años más), la mujer tenía un fulgor en los ojos y una agilidad en sus andares que le recordaban más a las alumnas de las clases de su padre que a su abuela Ethel.

Mientras Becker se servía un pastelito de chocolate sobre chocolate, su inquietud se aplacó al ver un engranaje de latón en la cara de la bandeja. Cuando abordaron por primera vez a la mujer en el portal, había respondido a la pre-

* Síndrome de Pierna Inquieta.

gunta un tanto violenta: «Esto, disculpe, señora, pero ¿es usted por casualidad el Tiempo Presente?», con una afirmación extrañamente informal: «Desde luego que sí», y luego se disculpó por llegar tarde a su cita. Era evidente que la reparadora no había programado esa cita, pero les había prometido suministrarles todos los detalles arriba.

—Es un pastelito muy bueno, señora Temporale —admitió Sully, que primero se había comido la parte inferior y se había reservado la escarcha para el final—. Y es todavía más un honor conocerla.

—Por favor, llámame Sophie, y sí, soy completamente adicta a ellos. —Se zampó el que tenía caramelos de color rojo por encima y se volvió hacia Becker—. ¿Y tú qué, jovencito?

—¿Cómo dice?

—¿Qué te parece tu pastelito?

Pese a sus años de Formación (y respeto a sus mayores), Becker ya no pudo soportarlo más.

—¡BASTA DE PASTELITOS!

Se hizo un silencio largo e incómodo y Sully se limitó a encogerse de hombros como diciendo: «Yo no conozco a este chico. ¡No es más que un vagabundo que lleva siguiéndome todo el día!» Pero el Momento Presente se quedó como si nada y sonrió al reparador compasivamente.

—Lo siento, señora. No pretendía ser grosero, pero ahora mismo no tengo tiempo para charloteos.

—Desde luego que no. —El Momento Presente vertió té caliente en una taza y tomó un sorbo con cautela—. Necesitas que vuelva contigo a Los Seems y repare ese segundo escindido.

Una oleada de alivio invadió al reparador.

—Gracias al Plan que la he encontrado —dijo Becker, buscando ya un sitio en la pared donde introducir su Llave Esqueleto y abrir un camino de regreso adonde era de esperar que Tony *el Fontanero* hubiese recogido la mitad que faltaba del segundo escindido—. Con un poco de S.U.E.R.T.E., podemos terminar esta misión y estar en El

Otro Lado a tiempo para la segunda sesión de Los Aplazadores.*

El Momento Presente asintió, se levantó de la mesa y abrió una ventana para dejar entrar una brisa tibia. Mientras los sonidos de la ciudad se precipitaban suavemente al interior, cerró los ojos, como si escuchara la misma banda sonora de vida de la que Sully se había enamorado.

—No he estado en Los Seems durante más de cincuenta años. Y habiendo vivido en este apartamento durante los últimos treinta, mis sentimientos hacia el Mundo son incluso más intensos ahora que cuando empecé a ayudar a realizarse.

—Entiendo lo que quiere decir —dijo Sully, cogiendo con disimulo un segundo pastelito—. El solo hecho de estar aquí durante la última hora ha vuelto a inspirar del todo mi trabajo en Historia.

El Momento Presente no respondió, ni tan siquiera abrió los ojos, lo cual empezó a preocupar al joven reparador.

—Todo lo que necesite, seño…, quiero decir, Sophie: herramientas, un alojamiento, lo que sea… es suyo. Y créame, si está preocupada por el anonimato o los *paparazzi*, nadie tiene que enterarse de que estuvo allí…

Pero sus súplicas, aun siendo fervientes, parecieron caer en oídos sordos. Y Becker no estaba exactamente contento con la expresión en el rostro de la mujer.

—Quiero el Mundo tanto como el que más, jovencito. A fin de cuentas fui una de las personas que ayudaron a hacerlo en primera instancia. Pero, en lo que respecta al segundo escindido…

Finalmente, el Momento Presente abrió los ojos y, cuando miró fijamente al reparador, éste supo lo que iba a decir mucho antes de que lo dijera…

—Me temo que no puedo ayudarte.

* Una banda de rock clásica formada por tipos del Departamento de Tiempo que de vez en cuando toca en El Otro Lado, La Fiesta del Sueño y en bodas y *bar-mitzvahs* de categoría.

Macizo de Tavanbogd, cordillera de los Altai, Mongolia

A medio Mundo de distancia, un alpinista solitario dejó caer su piolet y se desplomó sobre un peñasco helado. La nieve azotaba sin piedad la cara de la montaña y, aunque iba envuelto de la cabeza a los pies en el suave y blanco pelo del íbice siberiano, a esa altitud apenas le protegía del aire enrarecido o el frío.

Por qué la única puerta en toda Mongolia estaba situada en un lugar tan inaccesible era un misterio, pero no competía al iniciado cuestionar las Autoridades. Tampoco lamentaba la ausencia de una Llave Esqueleto, porque este invento se había reservado sólo a los reparadores. Su única preocupación era el terrible dolor que atormentaba todos sus músculos —síntomas de un séptimo sentido que era más fuerte que su capacidad para controlarlo— y la espantosa premonición que generaba en su mente. La visión de un muchacho de trece años, su amigo y compañero, reducido a un montón de polvo.

No se podía permitir que esto sucediera —el iniciado no lo permitiría—, pero la furia de la ventisca amenazaba con quebrar su propio espíritu. Fue sólo el mantra favorito de su maestro —el incomparable Li Po— lo que finalmente le hizo volver a levantarse.

—Por más que aúlle el viento... ¡la montaña no se inclinará!

El iniciado hundió profundamente su piolet en el hielo y se impulsó hacia la cima.

Maremoto

Calle 12 Oeste n.º 374, Nueva York, NY

En lo alto del n.º 374 de la calle 12 Oeste había una azotea accesible sólo a la afortunada residente del apartamento n.º 5. Sophie había aprovechado al máximo este privilegio y procedido a amueblar la azotea como si fuera un invernadero. Helechos, girasoles y espuelas de caballero brotaban como rascacielos en todas direcciones, y Becker estaba seguro de haber visto algunos seemsadendros trepando por las patas del mobiliario de madera de cedro. Pero las aptitudes de la mujer como jardinera eran lo último en lo que pensaba el reparador...

—Cinco ataques más de Esencia acaban de alcanzar el Mundo —declaró Becker, estampando su Blinker contra la mesa entre una colección de macetas viejas y vacías—. ¡Y es un milagro que no haya muerto nadie!

—Lamento oír eso. —El Tiempo Presente llevaba guantes de jardinería y estaba podando un arbusto—. Resulta siempre desconcertante cuando gente inocente se interpone en el camino del mal.

—¿¡Desconcertante!? —Las últimas noticias en la pantalla de Becker le enfurecieron todavía más—. ¡Un niño de tres años de la Patagonia a punto de quedar hecho polvo!

—El Tiempo es relativo. Una mosca vive una vida entera en un solo día.

Después de la negativa de Sophie a ayudar en la misión, Becker lo había intentado todo para convencerla de lo contrario. Había razonado con ella, apelado a su amor por el Mundo, gritado a pleno pulmón, llorado e incluso amenazado con revelar su paradero actual a un equipo de realizadores de documentales de Los Seems que llevaban años buscándola infructuosamente. Pero a cada estratagema que empleaba, el Momento Presente se limitaba a sonreír y responder: «Haz lo que debas.» Por último, había invitado a sus visitantes a acompañarla a la azotea, pues había llegado la hora de cuidar de su jardín.

—Debo admitir, señora Momento Presente..., quiero decir, Sophie... —Daniel J. Sullivan apareció repentinamente de detrás de una espesa mata de hiedra—. ¡Su gusto por la horticultura es excelente!

—Gracias, Daniel. —Sophie miró detenidamente su atuendo único—. Debería decir lo mismo de la elección de tu vestuario.

—¡Sully! —gritó Becker, furioso—. Coopera conmigo en esto.

El Conservador bajó la mirada hacia sus zapatos, avergonzado del cadete espacial en el que se había convertido.

—Sin embargo, estoy un tanto perplejo por su decisión de eximirse de toda responsabilidad en este asunto. Con el debido respeto, claro.

—Tú mismo lo has dicho, Daniel: el Plan proveerá.

—¡Pero esto no formaba parte del Plan! —Becker ya había probado este argumento varias veces, pero en balde—. La bomba de tiempo fue colocada por La Marea.

—La Marea FORMA parte del Plan, Becker. Eso es lo que estoy tratando de decirte. —Ni impaciente ni alterada para nada, el Momento Presente se quitó los guantes de jardinería—. Daniel, ¿puedes hacerme un favor?

—Desde luego.

—Abajo, sobre mi mesita de noche, hay un montón de libros, y uno en concreto se titula *El Gran Plan de las Cosas*. ¿Puedes traerlo?

—¿¡*El Gran Plan de las Cosas*!? —chilló Sully de inmediato—. ¿¡Tiene un ejemplar de *El Gran Plan de las Cosas*!?

—Es el original. —Sophie se enjugó el sudor de la frente y tomó un sorbo de un vaso de té helado—. El resto no son más que mimeógrafos.

Sully estuvo a punto de tropezarse en su prisa por alcanzar la puerta, y Becker le oyó bajar ruidosamente la escalera de caracol. El reparador estaba tan frustrado y decepcionado que tenía miedo de volver a echarse a llorar. Todos sus huevos habían sido colocados en aquel endeble cesto, y no sólo se habían roto, sino que el propio cesto era pasto de las llamas.

—Siéntate, Becker. —La calma de Sophie ante lo que estaba ocurriendo enfureció al muchacho, y se negó a hacerle caso—. Hay muchas cosas que no entiendes.

Le indicó que se sentara una vez más, y como no iba a ganar nada con ser testarudo (por lo menos todavía no), finalmente el reparador se dejó caer en una silla de hierro forjado. Pero ni siquiera se sintió con el valor suficiente para mirar a la mujer, que deambulaba por su jardín como si ésa fuera una tarde corriente...

—Antes de que el Mundo fuera siquiera una idea, sólo había los que vivíamos en Los Seems. Y no me malinterpretes, no era una mala vida. —Mientras hablaba, Sophie recogió unas cuantas moras de uno de sus árboles—. De hecho, era un paraíso. La Alegría podía cosecharse, el Amor flotaba en el ambiente y el Tiempo podía evitarse fácilmente.

Se metió unas cuantas bayas en la boca para recalcar.

—Pero cuando te lo proporcionan todo, y sabes que durará para siempre, hasta el paraíso pierde su encanto.

Becker no pedía el paraíso..., se contentaba sólo con mantener el Mundo tal y como era. Pero escuchar era la única estrategia que no había probado hasta ahora.

—Fue esa complacencia, ese... aburrimiento... lo que nos impulsó a buscar algo en lo que pudiéramos creer más allá de nuestros propios placeres y gratificación. —Sophie sonrió al recordar aquellos días excitantes—. Cuando nació la idea del Mundo, volvimos a sentirnos vivos. Y cuando tratamos de concebir un plan en base al cual funcionara ese Mundo, lo único que nos preocupaba era cómo hacer las cosas Allí mejores de como eran Aquí.*

El Momento Presente hizo un gesto con la mano hacia la agitada metrópolis de abajo.

—Nunca hubo la intención de que este lugar fuese perfecto... e hicimos todo lo posible para cerciorarnos de que siguiera siendo así. Se crearon Reglas y limitaciones en todos los departamentos, se introdujo azar en Naturaleza; Clima, el propio Tejido de la Realidad. No porque quisiéramos que los habitantes del Mundo sufrieran... ¡sino porque queríamos que saborearan la experiencia de vivir! De un modo que nosotros, en Los Seems, no lo habíamos hecho jamás.

Becker no pudo evitar pensar que decididamente podría saborear la experiencia de vivir sin aguanieve, la gripe y una posible Tercera Guerra Mundial, pero volvió a morderse la lengua. De todos modos daba la impresión de que Sophie sabía qué estaba pensando...

—¿Había determinadas cosas que se incluyeron en el Plan con las que yo no estaba de acuerdo al cien por cien? Desde luego. —El Momento Presente se volvió para mirar a Becker y la sabiduría de quién sabe cuántos años se marcó en las arrugas de su rostro—. Pero el día de la ceremonia del corte de cinta del Mundo, los diseñadores hicimos el juramento de que nunca nos entrometeríamos en su despliegue. Y por más veces que alguien ha entrado por mi puerta y me ha dicho que HABÍA que cambiar esto o aquello o de lo contrario se estropearía todo, no lo he roto nunca.

Los mecanismos de la mente de Becker giraban. Si aquello hubiera sido una discusión filosófica, se habría sentido más a gusto: a fin de cuentas, había sacado una R (de repara-

---

* En la terminología del seemsiano antiguo, «Aquí» se refiere a Los Seems mientras que «Allí» se refiere al Mundo. Véase también el apéndice B de «Los Seems: Fallo técnico».

dor) en Planología 201 en el IAR e incluso había empatado con Jesse Parelius en las pruebas para el equipo de debate de la Escuela Lafayette. Pero costaba trabajo refutar un compromiso personal.

—Si todo forma parte del Plan —su única posibilidad era abrir una trampilla trasera—, entonces faltar a su compromiso sólo por esta vez para ayudarme en esta misión también formaría parte del Plan, ¿no?

—Qué curioso que digas eso. —El Momento Presente sonrió con verdadero afecto—. Jayson* probó este mismo argumento conmigo.

—¿Funcionó?

—No. Nunca pudo entender que ocurran cosas malas a la gente buena (lo llamaba un «fallo de diseño») pero, una vez más, Jayson quería repararlo todo, aunque no estuviera roto.

—¡Eso es porque Jayson sabía que el Mundo no es un experimento de laboratorio! —Becker señaló las calles de abajo—. Es un lugar con personas reales que tienen ilusiones, sueños y vidas de verdad, ¡todo lo cual está a punto de terminar!

—Eso es lo que tiene de bueno el Tiempo, ¿no? Cuanto menos dispones de él, más empiezas a apreciar el Mundo que te rodea. —Sophie extendió sus manos, en las cuales se marcaban las venas y las arrugas—. Por primera vez me enfrento a la posibilidad de mi propia muerte, y hasta ahora la vida no había tenido un sabor tan dulce.

El Momento Presente sonrió, volvió a ponerse los guantes y empezó a arrancar las hojas secas de algunos de sus girasoles más grandes.

—Por favor, Sophie. No le pido que repare el segundo escindido. —La voz de Becker volvió a temblar de emoción—. Sólo le pido que me diga cómo hacerlo.

Pero si hubo un instante en el que el Momento Presente había considerado las súplicas de Becker, estaba claro que

---

* Fundador de los reparadores.

ya había pasado, porque la mujer se limitó a coger el extremo moribundo de otro girasol y dijo:

—¿Puedes pasarme ese rociador, por favor? La Madre Naturaleza jamás me perdonaría si supiera que trato así a sus hijos...

Los niños que crecen en la casa de los Drane han aprendido desde una edad temprana que el uso de cierta lista de palabrotas es inaceptable en público (o en cualquier otro sitio), y Becker estuvo tentado de soltarlas todas en un intento de describir lo que la dueña del mencionado rociador podía hacer con él. Pero antes de que su furia se desbordara...

—Relájate, Draniac —sonó una voz desde algún lugar a su espalda—. Estás gastando saliva.

Becker y el Momento Presente se volvieron para ver a Daniel J. Sullivan de pie en la sinuosa entrada a la azotea, sosteniendo una vitrina con un viejo libro dentro. Pero la voz que había venido de la dirección de Sully no era la del conservador de discos...

—¿Qué pasa, Daniel? —preguntó Sophie, protegiéndose los ojos del sol que se ponía lentamente.

Pero Sully avanzó de un tirón, como si lo hubiesen empujado por detrás, y estuvo a punto de dejar caer la valiosa vitrina cuando dio un traspié en el suelo de madera.

—Lo siento, Becker. Me han pillado desprevenido.

A su espalda franqueó la puerta un joven alto y barbudo, que llevaba las mismas gafas de sol y la andrajosa chaqueta de ante que Becker Drane había admirado por su aspecto informal el día en que se habían conocido.

—Thibadeau —susurró el reparador, y su corazón empezó a palpitar. No por la ira que había sentido desde que su viejo amigo se había unido a La Marea. Y no de frustración por el hecho de que su misión de reparar la bomba de tiempo hubiese descarrilado oficialmente. En los términos más sencillos, la adrenalina que ahora corría a través de su cuerpo era una reacción física normal a la emoción humana conocida como miedo...

Porque Thibadeau Freck no estaba solo.

Cuando Shan Mei-Lin vio cómo La Marea se llevaba al señor Chiappa y la mayor parte de su material a través del portal que habían abierto en el Entretanto, había sentido una extraña combinación de impotencia y alivio. Impotencia ante el hecho de que había sido incapaz de ayudar a su reparador, y alivio por haber pasado inadvertida ocultándose en los límites exteriores de su cuartel general secreto. Pero entonces la informadora se percató de que, una vez más, estaba condenada a un confinamiento solitario en aquel lugar desolado y horrible.

Afortunadamente, la misión que tenía entre manos no le permitía el lujo de dejarse llevar por el pánico.

—Recuerda, Shan —murmuró en voz alta para asegurarse de que era ella quien hablaba—. ¡El Mundo cuenta contigo!

La informadora se acercó a la vitrina resistente al Tiempo de tres metros por tres metros que era la única fuente de luz del Entretanto. Las Gafas Horarias del señor Chiappa revelaron que el segundo escindido seguía reflejándose entre las paredes del Campo de Contención, dejando más y más gotitas de sustancia líquida cada vez que rebotaba en el suelo. Pero allí dentro vio otra cosa que la preocupó todavía más...

No sólo el Campo estaba húmedo y empapado de Esencia de Tiempo, sino que además la tierra parecía teñida de un azul luminiscente. Tras un examen más minucioso, Shan pudo ver que no era abono ni cualquier otra cosa SOBRE el suelo, sino unos agujeritos de luz que brillaban desde abajo. Y puesto que había transcurrido los últimos años de su vida desplazándose de un lado a otro a través de un lugar que presentaba exactamente el mismo sombreado y tonalidad, el color de ese resplandor le era familiar...

—El Intermedio. —A Shan le cayó el alma a los pies—. Que el Plan me ayude.

De alguna manera, la Esencia de Tiempo había disuelto un agujero a través del Entretanto hacia el Intermedio, y la informadora tan sólo podía conjeturar cuánta de ella se había abierto paso ya hasta el Mundo. Lo que sabía sin el menor asomo de duda era que había que detenerla, y allí no había nadie más para ocuparse de ello.

Shan metió la mano en su maletín para coger la mitad vacía del segundo escindido, como si de algún modo ésta pudiera decirle cómo reunirse con su gemela, pero lo único que hizo la cáscara fue descansar en silencio sobre la palma de su mano. Si entraba en el Campo de Contención, su Manga podría protegerla de la Esencia durante unos minutos, pero la exposición prolongada la convertiría en un montón de polvo, como aquellos pobres diablos recogidos del andén de la Plaza del Tiempo.

La informadora quería salvar el Mundo, lo quería de veras, pero a sus sólo diecinueve años había aún demasiadas cosas en la vida que deseaba experimentar. Nunca había estado en América. Nunca había recorrido la Gran Muralla de su propio país. Y nunca se había enamorado. Pero ninguna de estas cosas sucedería si hacía el sacrificio máximo que todos los informadores (y reparadores) se preguntaban si eran capaces de hacer.

—Puedes hacerlo, Shan. La muerte es sólo una parte de la vida.

Si estas palabras pretendían moverla a actuar, no lograron su objetivo. Se notaba los pies como si fuesen de plomo y no podía dejar de pensar en las cartas sin respuesta que su familia le había mandado en el transcurso de los años. Sin duda existía otra manera o más tiempo...

—Oh, no. No, no, no, no, no.

En el centro del Campo de Contención, uno de los agujeritos de luz azul se había dilatado hasta convertirse en un punto ligeramente más grande. Peor aún, daba más la impresión de que aparecía inesperadamente a través de la tierra. Pronto se formarían charcos, creando aberturas por las cuales la esfera que rebotaba se escaparía sin remedio. Así pues, tanto si iba a ocurrir ahora o media hora más tarde, la elección era inevitable: reparar el segundo escindido, o quedarse de brazos cruzados presenciando cómo destruía el Mundo.

—Que los espíritus de los antiguos me protejan.

Shan se puso la Manga y procedió a entrar.

Calle 12 Oeste, n.º 374, Nueva York, NY

—¿Has tenido suficiente, Draniac? —Thibadeau Freck se irguió sobre el amoratado y ensangrentado reparador, con los puños cerrados—. No me avergüences delante de todo el mundo.

Becker respiró hondo y con dolor, se incorporó del suelo y escupió una muela rota directamente a su antiguo amigo.

—Eres tú el que va a avergonzarse.

Un coro de gritos y risas se elevó de entre la multitud congregada alrededor de los dos combatientes. Sólo unos momentos antes, seis miembros de La Marea habían irrumpido en aquella azotea y el primer instinto de Becker había sido sacar sus Palos y Piedras™ y plantarse entre los insurgentes y el Momento Presente. Pero Thibadeau había apartado a sus secuaces con un gesto con la mano y desafiado a Becker a enfrentarse con él a solas.

—Por favor, caballeros —intervino el Momento Presente con calma—, estoy segura de que podemos encontrar un modo mejor de resolver nuestras diferencias.

La propietaria de la azotea estaba sentada en un banco, custodiada por dos miembros de La Marea: un minero de Sabor y un poeta desempleado que Becker identificó como los mismos que trataron de darle una paliza aquella noche en La Fiesta del Sueño, cuando descubrió que Thibadeau se había unido a La Marea.

—¡Yo tengo un modo mejor! —rio el fornido minero. Se quitó la parte superior del body para dejar al descubierto unos brazos musculosos, junto con el guardapolvo manchado de sabor característico de su oficio—. ¡Echémoslo abajo con la cosa uno y la cosa dos!

La cosa uno y la cosa dos era una alusión a un par de empleados de Los Seems atados y amordazados: el Conservador de Discos —que presentaba un ojo recién amoratado— y, para asombro del reparador n.º 37, el inconsciente Lucien Chiappa. Pero Becker no tenía tiempo para preguntarse cómo y por qué su colega seguía con vida; estaba demasiado preocupado por mantenerse en el mismo estado.

—La mitad de la Lista de Turnos está ahora mismo camino de Nueva York... —Becker se limpió el sudor y un trozo de labio de la comisura de su boca—. De manera que os sugiero que desmontéis este puesto de tacos antes de que termine mi juego A.

—Mientes muy mal, Draniac. —Thibadeau golpeó a Becker justo en el coco, haciendo que volviera a ver las estrellas—. Nadie viene a Nueva York a salvarte, porque todas tus transmisiones han sido pinchadas. Y no olvides que te pateé el *derrière* tantas veces en Lucha o Huida, que empezaba a dolerme el pie.

Había un átomo de verdad en lo que Thibadeau decía. «Lucha o Huida» requería trabajos para clase en el IAR, y ambos se habían enfrentado en un sinfín de ocasiones bajo los auspicios del reparador Jelani Blaque. Pero en todos sus combates en el recinto con paredes de goma, Becker nunca había conseguido superar a Thib ni una sola vez.

—Hablar es barato —amenazó el reparador—. He aprendido mucho desde entonces.

—También yo.

Thibadeau lanzó un puntapié, pero esta vez su antiguo compañero de clase se echó al suelo, se encogió, rodó y se abalanzó contra el francés, alcanzándole de lleno en la mandíbula con un codo y haciéndole retroceder tambaleándose hacia el alero del tejado. Esto provocó una segunda ronda de carcajadas en La Marea.

—¿Necesitas ayuda, jefe? —preguntó el minero de Sabor, haciendo crujir sus nudillos cubiertos de cicatrices.

—*Non, merci.* —Thib escupió un grumo de sangre del

labio, y después levantó los puños delante de su cara—. Ha llegado la hora del *coup de grace*.

Con agilidad felina, Thibadeau se escurrió por la espalda del reparador y le inmovilizó el cuello con la fuerza de una pitón. Durante un segundo reinó el silencio en la azotea, sólo interrumpido por la respiración dificultosa de los combatientes y algún que otro bocinazo de un taxi en la calle. Becker notó el cálido aliento de Thib contra su oído, y estaba convencido de que iba a soltar un último insulto. Pero en lugar de eso...

—Deja de luchar, Draniac —susurró Thibadeau—. Estoy tratando de protegerte.

—Gracias... por... nada...

—Créeme, mi gente te matará si se interpones en su camino. Tu única oportunidad de salir con vida es rendirte, y hacerlo ahora.

Becker dejó de luchar y torció el cuello para mirar directamente el rostro de su viejo amigo. Detrás de la barba, detrás del collar de la ola crestada, detrás incluso de la traición de colocar la bomba de tiempo, el reparador vio auténtica preocupación. Y supo que, de una manera morbosa y perversa, Thib trataba realmente de protegerle.

—Me rindo.

Lucien Chiappa abrió los ojos despacio y observó la extraña escena que se desarrollaba delante de él. Sabía que le habían administrado alguna clase de sedante antes de sacarlo del Entretanto —el sabor afrutado en sus labios le decía que era seguramente Ponche Aplastante—, pero el último lugar del mundo en el que esperaba encontrarse cuando recobró el conocimiento era en una azotea de Manhattan.

—Por favor, tenga paciencia, *mademoiselle* —dijo un joven francés barbudo con aspecto de acabar de librar una pelea a puñetazos—. Tengo todo el Tiempo del Mundo.

Chiappa identificó al francés como Thibadeau Freck, pero la visión de la mujer mayor lo dejó atónito. Como experto en Tiempo, Chiappa había estudiado con avidez la vida y obra de Sophie Temporale, y aunque siempre había soñado con conocerla (incluso pasó un año buscando su paradero de manera informal), no estaba preparado para las emociones que lo asaltaron sólo con ver al Momento Presente.

—¿Qué están haciendo?

Sophie observaba a un chico enjuto y fuerte con gafas y una joven de pelo negro extendiendo cuerdas desde una bandeja metálica de forma cuadrada en el suelo.

—Estamos montando una Tarjeta de Visita —contestó Thibadeau—. Hay alguien que desea hablar con usted.

—¿Por qué ese alguien no viene a verme personalmente?

—Es un hombre muy reservado, tanto, que oculta su identidad incluso a nosotros. Y también podría agregar que usted no es precisamente la persona más fácil de localizar.

El Momento Presente miró a su izquierda, donde Becker Drane y un tipo que daba la impresión de haberse pillado los dedos en un enchufe eléctrico estaban atados y amordazados.

—No sabía que era tan famosa.

—Estoy seguro de que el reparador Drane le ha informado de lo que ha ocurrido hoy en el Departamento de Tiempo.

—Así es.

—A pesar de lo que pueda haberle contado, nuestra intención no fue nunca causar daño al Mundo (ni en realidad a nadie más); sencillamente necesitábamos un modo de sacarla de su escondrijo.

Una vez más, al señor Chiappa le hirvió la sangre al ver que La Marea jugaba con el Mundo sólo para conseguir sus fines políticos, pero no servía de nada revelar que había recobrado el conocimiento. De modo que permaneció inmóvil mientras Freck continuaba...

—Nos preocupamos cuando usted no apareció después de la explosión inicial, pero gracias al ingenio de mi viejo amigo, nuestro plan ha empezado a tomar forma a pesar de todo.

Chiappa observó en silencio cómo el Momento Presente sacudía la cabeza y luego desviaba tristemente la mirada hacia el sol poniente.

—Siempre ha habido diferencias en Los Seems sobre la mejor manera de administrar el Mundo. Pero no debería haber llegado a esto.

Thibadeau tardó en responder, pero el poeta estaba más que dispuesto a convencer de la línea del partido:

—Las Autoridades se han negado a atender a razones y no están dispuestas a aceptar ningún ajuste del Plan. Alguien tenía que tomar cartas en el asunto.

—Arg... napn... eklc... —El reparador Drane intentaba hablar y, después de sacudir furiosamente la cabeza adelante y atrás varias veces, finalmente consiguió liberarse de la mordaza—. ¿¡Todo sólo para encontrarla!? ¿Planeabais también envejecer el Mundo hasta reducirlo a polvo?

Los miembros de La Marea prorrumpieron en sonrisas y risitas.

—No temas, Draniac —le tranquilizó Thibadeau—. El segundo escindido está encerrado en lugar seguro.

—Entonces, ¿cómo explicas que la Esencia de Tiempo haya alcanzado Cape Cod no hace ni veinte minutos? ¿O Alaska? ¿O la isla de Madagascar?

Esto pareció coger a Thibadeau completamente por sorpresa, y no de un modo agradable.

—Mientes.

—Entonces, ¿por qué tiemblas? —Becker sabía que, al igual que él, el séptimo sentido de Thibadeau se estaba empleando a fondo. Ambos se habían formado en este arte, y ambos sentían la amenaza inminente del segundo escindido de un modo SUPERLATIVO—. O ¿por qué no echas un vistazo a mi Blinker y lo compruebas por ti mismo?

Thibadeau extendió el brazo y descolgó el aparato de comunicaciones del cinturón de Becker. Aunque hacía más de un año que no utilizaba ninguno, sólo le llevó un momento colocar el conmutador en Misiones en Curso y confirmar lo que el reparador había dicho.

—Bonita manera de salvar el Mundo, hermano. —La sonrisa de Becker era todavía más cáustica con un incisivo menos—. Con amigos como tú, ¿quién necesita ene...?

—¡Cierra la boca! —gritó el minero de Sabor, quien abofeteó a Becker en la cara con el dorso de una mano extendida.

Thibadeau indicó con la cabeza el alero del tejado, y su secuaz se llevó bruscamente al chico a rastras, con silla y todo...

El señor Chiappa tuvo que hacer acopio de toda su serenidad para no acudir en ayuda de su colega, pero tenía su propio plan, y ya estaba en marcha. Además, Thibadeau Freck parecía avergonzado por la noticia que acababa de recibir.

—No te desconciertes, *mon cher*. —La muchacha de pelo negro que hasta entonces había dejado que hablara su belleza se levantó y se acercó al francés—. Aunque haya habido algún daño colateral, ninguna revolución ha triunfado nunca sin un precio.

—Éste es demasiado caro, Lena.

—Si te hace sentir mejor —la chica acarició la parte posterior del pelo de Thibadeau—, enviemos a Ben de vuelta para que compruebe el Campo de Contención.

El único miembro de La Marea que había permanecido oculto en las sombras, cada vez más alargadas, salió a la luz. Como los demás, llevaba un body negro y un colgante con una ola, pero aún no se había quitado la máscara. También era distinto en otro aspecto: *Big* Ben medía literalmente dos metros y cuarenta centímetros.

—No pasa nada, señor. —La suavidad de la voz del gigante contradecía su colosal tamaño—. Además, siempre prefiero estar cerca de la Esencia.

Lena volvió a pasar su mano por el pelo castaño y ondulado de Thibadeau.

—¿Satisfecho?

—Cuando sepa que el segundo escindido es seguro. —Thibadeau se volvió hacia su enorme compañero—. *Allez!*

Big Ben saludó y acto seguido sacó una Llave Esqueleto modificada de un cordel que llevaba en torno al cuello. La introdujo en una parte del tejado y un círculo azul se dibujó a través de los ladrillos y el mortero. Segundos después, el monstruo enmascarado había desaparecido.

¡BIP...! ¡BIP...!

—Tenemos señal, jefe.

Todo el mundo se volvió para ver al muchacho enjuto y fuerte con gafas inclinándose sobre la Tarjeta de Visita. Por su pendiente de aro y sus tatuajes de marinero, Chiappa pensó que podía ser un vagabundo.

—Dame sólo un segundo para arreglar la sincronización vertical.

El chico hizo un ligero ajuste en un dial y, con una subida de tensión, la imagen de una figura que ahora sabían era un hombre se materializó en la azotea. Casi parecía que estuviera allí de pie entre ellos, salvo por el hecho de que el rostro y el cuerpo aparecían ocultados por un borrón digital. Fuera quien fuese, se volvió directamente hacia el Momento Presente e hizo una leve pero cortés reverencia...

—Permítame que me presente, señora Temporale... —La voz del hablante era tan confusa y distorsionada como la imagen—. Me llamo Triton.

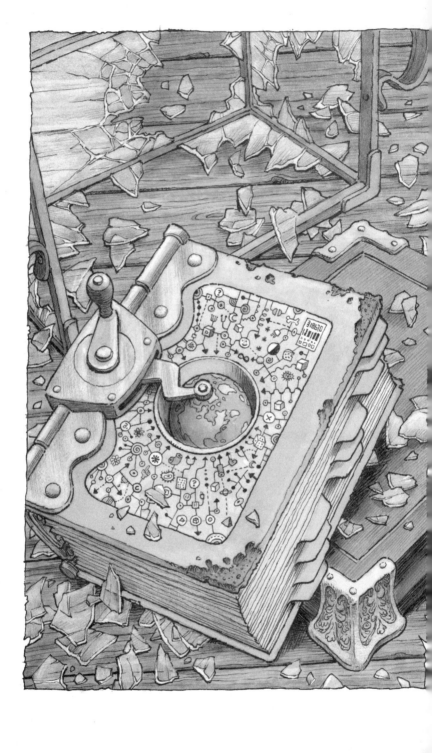

Todos dieron algo...

Desde su posición al borde de la azotea, Becker Drane estiró el cuello para oír las palabras del líder de La Marea, pero la distancia y el ruido de la calle lo hacían casi imposible. Tampoco era de mucha ayuda que el minero de Sabor que había sido asignado para vigilarle no dejara de susurrarle lindezas al oído.

—Debe de sacarte de quicio, ¿eh, nene reparador? —El minero hedía a sudor y a aliño rancio—. Que todo lo que has hecho hoy formara parte de NUESTRO plan.

—Tú procura no dejarme alcanzar mi caja de herramientas, pacana de mantequilla. —Becker indicó su Toolmaster 3001 de repuesto, que había sido desplazada por algunos sacos de alpiste—. Allí dentro tengo una Lata de Azotaculos que lleva escrito tu nombre.

—Palabras grandes para un hombre tan pequeño.

—Palabras pequeñas para un hombre tan grande.

Becker sabía que, aunque el minero tenía un tamaño impresionante, no había recibido una formación tan buena como Thibadeau Freck, y si el reparador conseguía incitarle a actuar, podía haber una posibilidad de huir.

—Oye, tengo una idea. ¿Por qué no me quitas estas cuerdas y resolvemos esto como hombres de verdad?

Tal como esperaba, el bruto sonrió satisfecho y procedió a desatar las manos de Becker.

—Yo tengo una idea mejor. —El líder de la célula se interpuso entre los dos—. Ve a tomarte un descanso y vigila al viejo.

Un largo momento de contacto visual se extendió entre Thibadeau y el minero de Sabor como una cuerda tensada, pero finalmente el hombre más corpulento se echó atrás.

—Veo que no has perdido tu habilidad —reprendió el francés a Becker, a solas con él por primera vez desde la llegada de La Marea—. El reparador Blaque decía siempre que tenías que entrar en la mente de tu enemigo para comprenderlo del todo.

—Por lo menos uno de nosotros prestaba atención.

Becker estaba contrariado porque, si bien las cuerdas se habían aflojado, aún no podía liberar las manos.

—Quizá prestaba demasiada atención.

Thibadeau dio un codazo amistoso a su prisionero y se dejó caer junto a él. Por un segundo, a Becker le recordó cuando los dos candidatos eran casi como hermanos, y conversaciones como ésa giraban en torno a conseguir sus insignias o a cómo conocer chicas. Pero este recuerdo fue fugaz, y la verdad se acercaba más a lo que Thibadeau había pronosticado cuando se habían separado en La Fiesta del Sueño. «La próxima vez que nos veamos... no será lo mismo», había dicho. Y no lo era.

—Sólo quiero que sepas... que *Big* Ben es el mejor minutero de Tiempo. El segundo escindido está en buenas manos.

—Lo que sea que te ayude a dormir por la noche.

Becker apartó la vista y miró al edificio al otro lado de la calle, donde un neoyorquino cualquiera desempaquetaba sus compras, ajeno a todo.

—Créeme, Draniac. No sabía que llegaría a esto. —Thib parecía auténticamente atormentado por lo que había ocurrido—. Me dieron garantías de que nadie resultaría herido. En el Mundo o en Los Seems.

—Entonces vives en un mundo fantástico.

—No, vivo en el mundo real... donde las cosas son un poco más complicadas que blanco y negro.

Thibadeau negó con la cabeza, casi como si hubiera algo que deseaba poder decirle a Becker, pero no podía.

—No te entiendo. —La voz de Becker se suavizó, pero tenía los músculos del estómago hechos un nudo—. ¿Cómo puedes intentar hacerte amigo mío después de todo lo que ha pasado?

—Porque SOY tu amigo.

—Hazme un favor... —El reparador sacudió la cabeza, incrédulo—. Vuelve a ponerme la mordaza.

Thibadeau obedeció enfadado y luego se encaminó hacia donde Triton estaba enfrascado en una conversación con el Momento Presente. Pero se detuvo a medio camino...

—Por cierto... ¿estuvo bien volver a ver a Amy?

Becker sintió que su cara se sonrojaba de vergüenza y rabia. ¿Cómo podía saber él acerca de ese Momento Congelado, a menos que...?

Pero Thibadeau ya se había vuelto.

Bosque Alton, Caledon, Ontario

Los cinco miembros fundadores de Les Resistance desanduvieron el sendero hasta el aparcamiento para bicicletas que se hallaba a la entrada del bosque Alton. El día había estado lleno de incidentes no sólo por el objetivo previsto de completar la construcción principal del fuerte, sino también debido a lo que ya había llegado a conocerse como «el extraño incidente del árbol caído».

—Creo firmemente que el tronco estaba infestado de termitas y a punto de ceder en cualquier momento —anunció Vikram, liberando su bicicleta del candado—. Es la única conclusión lógica.

—Yo creo que es magia —declaró Rachel, fijando una serie de clips y agujas a sus mangas y su falda para evitar que se enredaran en la cadena de la bici—. Todos los días ocurren cosas que la ciencia moderna no puede explicar.

Fuera lo que fuese lo sucedido, Jennifer sabía que los miembros de Les Resistance probablemente iban a hablar de ello toda la noche. Suponía que eso formaba parte de resistir, y jamás se interponía en su diversión. Todo a su alrededor, los grillos habían empezado a chirriar y la hora mágica del crepúsculo bañaba el bosque en un resplandor morado y azul.

—Marchaos, chicos... —JK fingió desencadenar también su bici—. Yo iré en dirección contraria, porque esta noche ceno en casa de mi tío.

Todos unieron sus manos en el centro de un círculo y, a la cuenta de tres, emitieron el mismo grito que aplazaba cada reunión de la orden secreta que habían llegado a conocer y querer.

—¡LES RESISTANCE NUNCA ES INÚTIL!

Después de entrechocarse las palmas de las manos y abrazarse, Jennifer se quedó mirando cómo la pandilla de inadaptados se perdía pedaleando en la noche.

—Oye, Moreau. ¿Crees que forma parte del plan si te hago caer de la bici de un puntapié? —oyó al siempre incisivo Rob reírse y gritarle a su hermana.

—¡Sólo si también forma parte del plan que yo te dé una patada en la espinilla! —replicó Claudia, y Jennifer se tronchó de risa.

Pero tan pronto como hubieron desaparecido en la penumbra, dejó la cadena alrededor de su Schwinn y marcó el número del teléfono móvil de su papá. Sonó dos veces antes de que contestara.

—¿*Jenny?*

—Ése es mi nombre, no lo gastes.

—¿*Ha terminado la construcción por hoy?*

—Sí, ¡hemos conseguido instalar la plataforma del segundo piso y el dormitorio principal!

—¿*Significa eso que vas a tener tu propio programa en HGTV?*

—Muy gracioso. —Jennifer oyó voces de fondo, y supo que eso significaba que la fiesta de su padre seguía en curso—. Escucha, esto..., la mamá de Vikram nos ha invitado a cenar a todos y... me preguntaba si...

—*No lo sé, cariño. Llevas fuera de casa desde primera hora de la mañana.*

—Porfaaaaa, papá. Van a ir todos.

—*Con una condición.*

—¿Cuál?

—*Que me traigas un poco de ese flan que hace siempre.*

—¡Querrás decir *naan!*

—*Un poco de eso también.*

Jennifer pudo comprobar que su padre estaba de buen humor y supo que su día importante de zumo de naranja recién exprimido y grandes negocios debía de haber ido bien.

—*Y ten cuidado. Hay mucho loco suelto por ahí.*

—Lo tendré. Te quiero, papá.

—*Yo también te quiero.*

Jennifer colgó el teléfono y entró a hurtadillas en el bosque antes de que alguno de los guardas forestales que cerraban el parque la viera. Se alegraba de estar sola y libre porque aquella sensación que había tenido justo antes de que el árbol cayera aún persistía en la base de su estómago. Ya había experimentado esa sensación otras veces, como cuando estaba sola en su habitación a altas horas de la noche o antes de una tormenta. Pero en esta ocasión le hablaba directamente, y no podía dejar de pensar en lo que decía.

Algo iba de camino hacia el Bosque Alton, algo gordo, y no quería perdérselo por nada del mundo.

Calle 12 Oeste, n.º 374, Nueva York, NY

Daniel J. Sullivan, alias *el Conservador de Discos*, había quedado en buena parte olvidado entre los sucesos acontecidos en el jardín en la azotea del Momento Presente. Al igual que Becker Drane, lo habían atado y amordazado, pero en medio de tanto disparate nadie le había hecho el menor caso. Sin embargo, Sully había escuchado con atención, porque ése había sido siempre su fuerte y porque le picaba la curiosidad intelectual, sobre todo, una vez que se encendió la Tarjeta de Visita y apareció Triton.

—No tiene que contestarme ahora —imploró el jefe de los seemsianos clandestinos—. Sólo le pido que considere la oferta.

Triton y el Momento Presente habían estado comunicándose durante más de diez minutos y Sully había asimilado todas y cada una de las palabras de su conversación. «La oferta», por así decirlo, era la afirmación por parte de Triton de que ya se había firmado un verdadero elenco de personajes importantes en Los Seems para formar parte del comité que ayudaría a La Marea a modelar un Mundo nuevo. La única advertencia era que no se comprometerían del todo a menos que la respetadísima Sophie Temporale se echara también al ruedo.

—Con usted a bordo, nuestra causa adquiriría mucha credibilidad entre el pueblo seemsiano. —El carismático portavoz resultaba mucho menos siniestro en persona de lo que Sully se había imaginado—. Y también sería una oportunidad para llevar a la práctica sus propuestas del Proyecto Mundo original que en su momento fueron tan desconsideradamente rechazadas.

Sully bajó la mirada al suelo, donde un libro titulado *El Gran Plan de las Cosas* descansaba en la vitrina hecha añicos a sus pies. Sus tapas blancas encerraban el documento del diseño original del Mundo. El conservador había estado buscando un ejemplar durante la mayor parte de su vida adulta, pues creía que su teoría de lo que se ocultaba detrás del Plan podía ser confirmada por el contenido de aquellas páginas. Pero si Sophie aceptaba la propuesta de Triton, esa cuestión —y su sufrido proyecto— serían repentinamente discutibles.

—Todo cambio en Tiempo estará sometido a su aprobación, por supuesto. —La imagen confusa de Triton vaciló por un momento antes de recobrar su intensidad original—.

Pero confiaba de veras en que nos ayudaría a investigar un descubrimiento reciente que he hecho sobre Lo Más Asombroso de Todo.

Lo Más Asombroso de Todo consistía en lo que muchos creían era la solución a un antiguo acertijo —«Si Los Seems construye el Mundo, entonces, ¿quién construye Los Seems?»—, y Sully no era el único que aguzaba el oído.

—¿Y podría seguir teniendo mi apartamento en la ciudad?

—Naturalmente.

—¿Qué hay del viejo Mundo? —preguntó el Momento Presente, manifestando su interés en el proceso—. ¿Tiene intención de aplicar esos cambios paulatinamente, o debe echarse todo abajo de una vez?

Todos los que se encontraban lo bastante cerca para oír observaron fascinados cómo Triton meditaba este punto.

—Está abierto a discusión.

Miró bruscamente a su izquierda, como si se acercara alguien, no aquí sino dondequiera que estuviera emitiendo. Cuando se volvió hacia el Momento Presente, su voz se había convertido en un susurro.

—Si está interesada en esta oferta, tome el último tren al Final de la Línea mañana por la noche, donde la estaré esperando para mostrarle lo que he descubierto. Si no, gracias por esta oportunidad, y le deseo la mejor de las suertes en sus esfuerzos futuros.

Mientras su imagen empezaba a desvanecerse, Triton hizo otra elegante reverencia.

—Hasta que volvamos a vernos.

Dicho esto, la Tarjeta de Visita se oscureció y el vagabundo enjuto y fuerte desconectó la antena de cuernos de la parte posterior.

—Eso es todo, jefe.

—*Bon.* —Thibadeau chasqueó los dedos—. Entonces, también nosotros debemos largarnos.

Como una máquina perfectamente engrasada, los demás miembros de la célula recogieron su material, y, de hecho,

Sully se permitió pensar que aún podría sobrevivir a aquel desastre. Temía que eso fuese un error terrible, porque algo le decía que esa misma idea dentro de su cabeza ya estaba mandando una señal a cierto parque de bomberos en el pueblo de Jinxville, donde sonaban las alarmas y un equipo de gnomos con gorros puntiagudos y botas apuntadas hacia arriba se congregaban alrededor de su mesa de reuniones de alta tecnología para organizar alegremente una desagradable Cadena de Acon...

—¿No olvidamos algo? —El poeta se detuvo a la entrada de la escalera y señaló a todos los presentes en la azotea que no eran un Momento Presente o un miembro de La Marea—. Esos tipos saben quiénes somos.

—Smithy tiene razón. —Una sonrisa malévola se extendió lentamente por el rostro del minero de Sabor, y se fijó en Becker Drane—. Es la hora de limpiar un poco la azotea.

—¿Para qué? —Thibadeau se encogió de hombros—. Nuestra identidad ya está comprometida.

—La tuya, quizás. —El vagabundo guardó la Tarjeta de Visita en su estuche—. Pero los demás no somos lo bastante estúpidos para desenmascararnos.

—¿No creéis que el Mando Central comprobó las fichas de Tiempo? —replicó Thibadeau—. ¿O que escudriñó la grabación de esa cámara de seguridad hasta el último detalle? —La expresión en la cara de sus hombres decía que no habían considerado esas desagradables posibilidades—. Ahora mismo, un reparador o un informador está registrando vuestros despachos y cómodas..., vuestros amigos y familiares están siendo interrogados... y vuestras carreras en Los Seems están acabadas.

—A menos que ganemos —exclamó Lena desde detrás de un pequeño árbol banyan.

—*Oui,* a menos que ganemos. —Thibadeau se volvió hacia quien Sully suponía era su novia—. Pero no soy un asesino.

—Y es por eso que no eres tú quien debe decidirlo.

Lena salió de las sombras y extendió un brazo hacia el francés, pero éste dio un paso reflejo hacia atrás.

—*Madame* Temporale. —Thib suplicaba al Momento Presente tanto con la mirada como con la voz—. No permitirá usted que eso ocurra en su propia casa...

Sin embargo, la cara de Sophie permaneció impasible.

—Siento curiosidad por ver cómo una organización que pretende hacer un Mundo nuevo maneja semejante situación —dijo, tomando asiento y cruzando las piernas—. Decisiones como ésta estarán a la orden del día si VOSOTROS llegáis a ser las Autoridades.

Sully deseó que no hubiera dicho eso, porque la expresión de Lena se volvió todavía más fría al tiempo que se dirigía al minero de Sabor:

—Hazlo.

—Con mucho gusto.

Ante la perspectiva de su inminente fin, el Conservador de Discos halló cierto consuelo en el hecho de que seguramente sería el último de los tres cautivos en ser arrojado desde la azotea. Esto quizá le concedería treinta segundos para lanzarse al suelo, romper lo que quedaba de la vitrina con su frente y luego usar la barbilla para abrir *El Gran Plan de las Cosas* y averiguar si el prólogo decía lo que se rumoreaba que decía. Pero mientras el minero de Sabor se enfundaba pacientemente un par de guantes negros, la atención de Sully fue atraída por algo situado junto a la escalera...

Era la silueta de un hombre, agazapado en los escalones que conducían al apartamento de Sophie. La oscuridad caída le ocultaba la mayor parte del rostro, pero Sully pudo distinguir un índice que se posaba sobre unos labios barbudos. Fuera quien fuese, el Conservador tuvo la impresión de ser invitado a un estupendo juego del escondite, siempre y cuando mantuviera la boca cerrada.

—Entonces, no me queda elección. —Thibadeau Freck se interpuso entre el minero y el reparador de trece años—. No puedo permitir que hagas esto.

—Como quieras. —El minero hizo un gesto a los demás

para que se unieran a él—. Siempre he pensado que eres un cobarde.

El poeta cogió una de las palas de Sophie; el vagabundo, una lezna, y se unieron a su compañero enfrentándose con el francés. Esto los sacó de la trayectoria de la luz de la luna, que ahora incidió de lleno sobre la figura agazapada en la escalera. Sully no identificó su cara en absoluto, pero había algo en el extraño atuendo del hombre que llamaba la atención. Si bien ya había olvidado la mayor parte de sus años como asistente social, el Conservador estaba seguro de que había visto el mismo casco de aviador y la misma chaqueta de bombero marrón en una estatua emplazada delante del Gran Edificio.

—¡Esperaunmomento! —farfulló Sully en voz alta, aunque ninguno de los presentes en la azotea pudo entender lo que decía. No hasta que apartó la mordaza con la lengua y gritó a pleno pulmón—: ¡YO SÉ QUIÉN ERES!

«No es posible», pensó Becker Drane al ver exactamente lo mismo que hacía que Daniel J. Sullivan pegara botes de alegría en su silla. Pero lo era.

El reparador n.º 7 —cuyo nombre se había mantenido en la Lista de Turnos durante más de diez años para honrar tanto sus logros como la esperanza de que quizás estuviera vivo— irrumpió en la azotea con una sonrisa irónica en el rostro y una vieja Toolmaster '44 cubierta de polvo sobre el hombro. Becker se dio cuenta de que estaba algo molesto porque Sully lo había desenmascarado, pero por otra parte su aproximación directa no iba tan mal.

—Tú eres..., tú eres...

La voz del poeta se quebró antes de franquear sus labios.

—Tom Jackal —dijo Thibadeau, atrapado entre la conmoción y la admiración—. ¿No estaba usted perdido en el Tiempo?

—Los rumores sobre mi fallecimiento se han exagerado

mucho. —Los ojos del galés brillaban con tal intensidad que Becker los veía chispear desde la otra punta del tejado—. He estado viviendo en un lugar mucho mejor.

Las caras del poeta y el vagabundo habían palidecido, y el tormento de Becker, el minero de Sabor, temblaba literalmente dentro de sus botas. Sólo la mujer llamada Lena parecía conservar la calma...

—¿Usted es Tom Jackal? Vaya..., parecía mucho más alto en las fotografías.

—No es el tamaño del hombre. —Jackal salió de detrás de un terrón de la azotea y resultó que sí era tan alto como parecía—. Es la magia que contiene.

—¿Quiere que llame al Museo de Historia Natural? —Lena se rio un poco demasiado fuerte—. Porque parece que Chiappa no es el único dinosaurio que hay en este tejado.

Jackal hizo ademán de quitarse el sombrero, como si apreciara aquella puya, y luego se volvió hacia el reparador en cuestión.

—Tienes buen aspecto, Lucien. Ombretta debe de darte bien de comer.

Desde detrás de las cuerdas y la mordaza, el señor Chiappa se encogió de hombros como si aquél fuese un día de trabajo como tantos otros.

—No te preocupes, habrás vuelto a su mesa en cuestión de...

Jackal se interrumpió, y las bromas y los juegos cesaron bruscamente. En ese momento, el inesperado visitante se encontraba lo bastante cerca para advertir las señales de la paliza que La Marea había propinado a Becker Drane. Hacía sólo unas horas, el chico de Nueva Jersey había estado compartiendo cena y mentiras piadosas con sus propios hijos, y el padre que anidaba en Tom Jackal estaba profundamente decepcionado.

—¿Cuál de vosotros ha hecho eso al chico?

El minero y el poeta se apartaron de Thibadeau tan rápido, que uno habría podido pensar que quemaba.

—Le he ganado con todas las de la ley —postuló el francés, pero el tono de su voz era de derrota—. Pregúnteselo.

—Tengo una idea mejor, amigo. —Jackal dejó caer su caja de herramientas y su casco al suelo y empezó a quitarse la ilustre chaqueta—. ¿Qué tal si tú y yo nos enzarzamos en una pelea también justa?

Curiosamente, mientras Jackal estiraba el cuello y aflojaba los hombros, Thibadeau ni siquiera se molestó en reclutar la ayuda de sus compañeros de La Marea. Fuera cual fuese el vínculo que habían compartido, quedaba claro que se había emponzoñado por los acontecimientos de aquella noche...

—¿Es realmente necesario, *monsieur*?

—No. —Jackal se quitó un jersey grueso para dejar al descubierto la camiseta sin mangas blanca que llevaba debajo—. Pero podría ser divertido.

Thibadeau agachó la cabeza y adoptó la misma postura *kiba dachi* que había desconcertado a Becker Drane desde su época en Formación.

—Entonces, *combattons!*

Su oponente levantó los puños, como si hubiese tomado parte en más de una reyerta en las calles humildes de Cardiff.

—Tú primero.

En el cine y en la televisión, cuando uno ve un combate llegando a su punto álgido, a menudo aparece como un ballet de artes marciales, saltos ejecutados a la perfección y puñetazos descargados con furia. Pero en el mundo real, pelear es una acción mucho más fea y torpe. Y fue algo muy feo y torpe lo que Tom Jackal le hizo a Thibadeau Freck, mientras sometía al francés a base de golpes.

—En cuanto a vosotros —Jackal hizo crujir sus nudillos amoratados y se volvió hacia La Marea, que se retiraba presurosamente—, ¿por qué no me ahorráis la molestia y os entregáis?

Los otros tres miembros masculinos de la célula pusieron cara de plantearse aquella oferta, pero Lena no quiso saber nada.

—No sé vosotros, ¡pero yo no tengo ningún deseo de pasar el resto de mi vida en Seemsberia! —Sacó un temible juego de palillos que llevaba escondido en una de sus botas—. ¡¡Somos cuatro contra uno!!

—Corrección. —El señor Chiappa se levantó de la silla, las cuerdas que lo habían inmovilizado deslizándose por su cuerpo como espaguetis húmedos—. ¡Cuatro contra dos!

Mientras La Marea se quedaba boquiabierta ante la huida del reparador, digna de Houdini, las risas de Jackal resonaron por toda la azotea.

—¿Sabéis una cosa? Si tenéis que atar a un reparador, ¡más vale que os aseguréis de que no lleva Grasa de Codo™ escondida en la manga!

Chiappa se limpió la sustancia aceitosa de los antebrazos y se arrancó la mordaza de la boca.

—¡Podría utilizar un Segundo Viento™, Tomas!

Jackal lanzó su Toolmaster '44 hacia su viejo amigo y colega.

—Lo que es mío es tuyo.

Cuando el corso se sirvió, la suerte estuvo echada, y nadie lo vio más claro que el minero de Sabor. Ya había cumplido unos años en Seemsberia por pasar de contrabando Dulce de Leche desde el Monte Caramelo, y en lo que a él concernía, si no puedes cumplir la condena, no cometas el delito. Pero si tenía que cumplirla esta vez, no sería sólo por secuestro, ni siquiera por ser cómplice en la detonación de una bomba de tiempo...

Sería por arrojar a aquel mocoso desde la azotea.

—¿Me buscabas?

El minero se giró hacia el sonido de la voz de Becker, esperando ver al chico todavía atado y amordazado, pero lo único que vio sobre la silla fue un montón de cuerdas sueltas. El reparador, por otro lado, estaba agazapado junto a unos sacos de alpiste, donde alguien había tenido la falta de previsión de dejar una Toolmaster 3001 completamente cargada. Gracias a todo el espacio suplementario de su interior, había literalmente docenas de posibles armas que eran idóneas para la ocasión, pero ya hacía rato que el n.º 37 había hecho su elección. Sacó una lata nueva de Azotaculos™ de su bolsillo refrigerado y desenroscó con cuidado la parte superior...

—Te lo dije.

Aun cuando el reparador Drane estaba barriendo el tejado con el minero de Sabor, tenía la cabeza en un lugar completamente distinto. Estaba, de hecho, en una pequeña cabaña en los bosques de Groenlandia, donde una hermosa madre y sus hijos pequeños se encontraban, sin duda, apiñados junto al fuego, preguntándose si su marido y padre regresaría a casa. Becker ni siquiera sabía si aquella gente todavía existía, dado que el dueño de aquel Momento Congelado lo había dejado atrás. Pero fuera lo que fuese lo que había llevado a Tom Jackal a alejarse de todo cuanto quería, había ocurrido justo a tiempo...

—¿Cómo nos has localizado, Tom? —Becker colocó al inconsciente minero de Sabor junto a Thibadeau y los demás, que estaban esposados y sentados en fila. El único miembro femenino de la célula había conseguido zafarse durante la refriega (bajando por la escalera de incendios hasta las calles de Manhattan), pero tuvieron que dejarla escapar porque había peces más gordos para freír—. Quiero decir, ¿cómo llegaste a averiguar dónde estábamos?

—Podéis dar gracias a *Linus* de eso. —Por supuesto, Jackal se refería al gruñón «compañero de habitación» de Sully, y se apresuró a relatar cómo el viaje más loco que había realizado jamás a través del Intermedio le había llevado hasta la desarreglada Sala de Discos—. Por cierto, Daniel, he puesto un DVD nuevo y he limpiado su jaula, pero es posible que tengas que alisar unas cuantas plumas erizadas cuando vuelvas.

El Conservador levantó una mano en un gesto afirmativo, pero estaba demasiado enfrascado en la lectura de *El Gran Plan de las Cosas* para preocuparse de nada más. Lucien Chiappa, por otra parte, empezaba a enfrentarse con el hecho de que un hombre a cuyo funeral había asistido con pesar, aparentemente había regresado de la tumba. Los ojos del profesor de inglés se anegaron de lágrimas y, habiéndose quedado sin palabras, optó por besar a Jackal en ambas mejillas, siguiendo la tradición corsa.

—Yo también me alegro de verte, viejo amigo.

—Pero... ¿cómo? —fue todo lo que Chiappa pudo balbucear.

—Puedes dar gracias a este condenado chico. —Jackal dio a Becker un empujón amistoso (que estuvo a punto de mandarlo al suelo)—. Él fue quien me llamó la atención para salvar el Mundo.

Becker trató de seguir el hilo de las bromas, pero no lograba sacudirse el sentimiento de culpabilidad porque, por buena que fuera la causa, era él quien había destrozado una familia feliz y afectuosa.

—Ya recuperaremos el tiempo perdido, chico. —Tom sabía que el muchacho al que había salvado de la hipotermia aún tenía que formular la más urgente de sus preguntas—. Ahora mismo, mi séptimo sentido me está dando escalofríos.

El reparador Chiappa coincidió.

—La informadora Shan y yo seguimos la pista del segundo escindido hasta el cuartel general de La Marea en el Entretanto. —Becker y Jackal quedaron igualmente desconcertados por el comentario de su colega: el n.º 37 por el hecho de que Shan Mei-Lin siguiera con vida, y el n.º 7 porque Chiappa había vivido para contar su experiencia en el Entretanto—. El único problema es que el Campo de Contención en el que lo guardan está a punto de romperse.

—No se preocupe, *Monsieur* Chiappa —dijo Thibadeau Freck, con las manos atadas a la espalda—. Estoy seguro de que *Big* Ben ha solventado la situación.

—Te equivocas —respondió el reparador—. El propio diseño presenta fallos que lo condenan al fracaso.

—¿Cómo lo sabe?

—Porque fui yo quien lo diseñó.

El último vestigio de valor abandonó los ojos de Thibadeau, unos ojos que se alzaron hacia Becker Drane. Seguramente, su relación estaba rota sin remedio, y lo mismo podía decirse de sus compañeros de La Marea. Sin nada más a lo que recurrir, el francés acudió a sí mismo y encontró una decisión sencilla...

—Llevo alrededor del cuello una Llave Esqueleto modificada. —Cuando Thibadeau se inclinó a un lado, se hizo visible un cordón de cuero marrón—. Les llevará directamente al Entretanto.

—Traidor.

El vagabundo derrotado escupió a Thibadeau a los ojos.

Mientras Jackal arrancaba la Llave Esqueleto del cordel, Becker sacó un pañuelo y limpió el escupitajo en el rostro de su adversario.

—Esto no cambia nada.

—Lo sé. —Thibadeau miró a Becker por última vez—. No dejes que se destruya el Mundo.

El reparador Drane asintió sombríamente y luego se reunió con sus colegas en un encuentro de inteligencias.

—Aunque podamos acceder al segundo escindido, todavía no sabemos cómo repararlo. —Becker miró con desprecio al Momento Presente, quien trataba de restablecer el orden en su jardín—. Porque a ELLA no le apetece entrometerse en el despliegue del Plan.

La dueña de la azotea barrió unas cuantas macetas rotas, nada alterada por los acontecimientos de aquel día ni por el tono de voz de Becker. De hecho, Sophie parecía tan encariñada con el muchacho como en el momento en que lo había conocido, cuando habían compartido un pastelito antes de que se desatara la locura.

—¿No te he dicho que el Plan proveería? —Señaló al reparador Jackal, como si su providencial llegada hubiese formado parte de una intrincada Cadena de Acontecimientos que había estado esperando—. Y seguirá haciéndolo si tienes un poco de fe.

—Por favor, disculpe la temeridad del chico. —Aunque Jackal y el Momento Presente no se habían visto nunca, transcurrió un intervalo de respeto entre ambas leyendas vivas—. Nueva York lo ha confundido.

—A veces la ciudad causa este efecto.

—La ciudad nunca duerme. Ahora, si nos disculpa un momento...

Jackal inclinó su casco de aviador como un caballero y seguidamente se llevó aparte a los dos reparadores.

—No os preocupéis, chicos: que ella nos ayude o no... no viene al caso.

¿Cómo pudes decir eso? —preguntó Becker, electrizado por la seguridad del galés, pero sin hacerse ilusiones.

Jackal subió la cremallera de su chaqueta de bombero —como si se dispusiera a adentrarse en las fuertes nevadas de Myggebungen—, se cargó la caja de herramientas sobre el hombro y metió la mano dentro.

—Porque tengo una de éstas.

... Algunos lo dieron todo

Entretanto, Los Seems

—Admiro su valor, señorita. —*Big* Ben miraba asombrado a la joven que estaba dentro del Campo de Contención—. En todos los años que llevo trabajando en Tiempo, nunca he tenido el privilegio de tocar Esencia pura con mis propias manos.

—Agradezco tu amabilidad. —La informadora Shan se limpió el sudor de los ojos y miró a la figura enmascarada que se hallaba al otro lado del cristal—. Pero ahora, si me concedes unos momentos para concentrarme...

Ahora, Shan Mei-Lin estaba de pie sobre una pequeña parcela de tierra en la que sólo cabía su pie izquierdo. Tenía el derecho apoyado en el costado de la rodilla en la posición de yoga conocida como «el árbol», porque la mayor parte del Campo circundante no era lo bastante sólida como para soportar su peso. A su alrededor resplandecían agujeritos de luz azul a través del suelo, y abajo el bramido del Intermedio se acrecentaba a cada minuto que transcurría.

—Disculpe. —*Big* Ben encontró un taburete entre el

---

* Aunque se cree que Superstición, un subdepartamento del Departamento de Todo lo que No Tiene Departamento, está a punto de levantar la opresión sobre el n.º 13, todavía no se recomienda el uso del entero maldito.

material de La Marea que quedaba y dejó caer sus doscientos cuarenta centímetros de estatura sobre él—. Continúe, por favor.

Durante quién sabe cuánto tiempo, Shan se había agachado sobre el Campo de Contención, examinando el segundo escindido a través de sus Gafas Horarias. Si bien rebotaba contra las paredes como una Superball invisible, la arcaica herramienta del señor Chiappa lo hacía parecer moverse a cámara lenta, y pronto detectó una simetría en su trayectoria. No sólo salía rebotado de los mismos puntos una y otra vez, sino que además parecía existir un espacio en el centro de su pauta que era lo bastante grande como para dar cabida a una persona. Quizás incluso a dos...

Bajar a través de la abertura en el techo fue con mucho la experiencia más aterradora en la vida de la informadora. Sus ojos veían un proyectil desplazándose despacio a través de las lentes, pero su mente conocía la realidad de la situación: que si cualquier parte de su cuerpo entraba en contacto con ese proyectil, sería arrancada de cuajo. Confiando en una combinación de control de la respiración, gimnasia y Seems Chi, Shan arqueó su cuerpo por encima, por debajo y alrededor del segundo escindido como un contorsionista y, contra todos los pronósticos, alcanzó la desgastada tierra del suelo de una sola pieza.

—¿Puede notarla? —La mano de Ben acarició el cristal, como si tratara de responder a su propia pregunta—. Tengo entendido que la Esencia es como una salpicadura de agua tibia, pero sin humedad...

—Ésa es una descripción apropiada. —La informadora recordó aquel momento terrible en la Plaza del Tiempo, donde sus manos y su pelo habían envejecido como los de una anciana—. Pero, afortunadamente, parece que mi Manga se mantiene seca.

—Me alegra oír eso, señorita. Pero debería saber... que, tarde o temprano, su ropa estará empapada. A partir de entonces, sólo es cuestión de..., bueno, ya sabe.

—Procuraré tenerlo en cuenta.

Con su vida pendiente del hilo más fino, Shan hallaba un extraño consuelo en esa conversación. El enorme minutero había accedido al Entretanto sólo unos momentos después de que ella hubiese entrado en el Campo, pero en lugar de intentar sabotear su misión, se había mostrado embelesado por la misma.

—Que yo sepa, la reparación de un segundo completamente escindido no se ha intentado nunca. —*Big* Ben cruzó sus alargadas piernas—. ¿Puedo preguntar cuál es su estrategia?

—La clave consiste en evitar que esta cosa entre en el Intermedio. Fuera quien fuese quien construyó este Campo de Contención, es evidente que no tenía idea de lo que hacía.

Este comentario pareció golpear a Ben allí donde dolía, porque ocultó la cabeza entre las manos y del otro lado de su máscara salió algo parecido a un sollozo.

—Ya sé que cree que es culpa mía..., ¡SÉ QUE LO CREE! ¡Pero juro que seguí las instrucciones de su diseño hasta el último detalle!

La mano de Shan, que se había estado moviendo hacia la solapa de su maletín, se detuvo bruscamente junto a su cintura.

—¿Qué instrucciones?

—Nunca habría hecho esto si él no me hubiera prometido que no había peligro. —Perdido en un remolino de emoción, el minutero no pareció oír su pregunta—. ¡Mantener el Tiempo para el Mundo es mi única razón de ser!

Ben se levantó y dio un manotazo al cristal en un arrebato de ira, haciendo temblar todo el Campo de Contención. La informadora sabía que si se producía incluso la desviación más leve en la trayectoria del segundo escindido, le llegaría la hora, por lo que se apresuró a volver a captar su atención.

—Por suerte, resulta que poseo la mejor mitad del segundo. —Shan sacó con esmero la cáscara plateada vacía de su maletín y la sostuvo con fuerza contra su pecho—. Lo único que tengo que hacer es agarrar la alborotadora.

—¿Ha pensado en usar un guante de béisbol? —preguntó el minutero.

—Sí, pero me arrancaría el brazo. —Shan volvió a introducir una mano en su maletín—. No, estaba pensando en utilizar un Atrapa-Todo™.

—¡Sí..., sí..., eso es genial! —El deseo de Ben de compensar el desastre que había ayudado a crear era más que evidente—. Pero lo que usted sugiere es un trabajo para dos personas.

—No seas ridículo, Ben... —La alarma de Shan se acrecentó al verle apoyar dos manos deformes en el techo de cristal y auparse sin esfuerzo—. Sin una Manga ¡estarás muerto antes incluso de que estés dentro!

Ahora el cuerpo descomunal de Ben estaba tendido sobre la parte superior de la vitrina.

—He trabajado con la Esencia desde que era un niño, cuando mi padre era tercera rueda en el Huso Horario Subterráneo. Nunca me hizo daño.

—¡¡A la Esencia le trae sin cuidado quién seas, Ben!! ¡La Esencia simplemente es!

—En esto se equivoca, señorita. Y voy a demostrarle lo equivocada que está...

Pero justo cuando trataba de bajar a través de la membrana, un círculo de luz azul volvió a dibujarse en la oscuridad del Entretanto...

—¿Thibadeau? —Ben se protegió los ojos hasta que el círculo se hubo completado—. ¿Eres tú?

—No exactamente —dijo la voz de un adolescente, y a Shan le dio un vuelco el corazón.

Por el portal de la Llave Esqueleto salieron dos caras conocidas: una de una famosa simulación de misión, y la otra la había visto por última vez en un hospital en un Momento Congelado.

—¡Reparador Drane! —La informadora apenas podía contener su alegría—. ¡Gracias al Plan!

—Yo también me alegro de verte, Shan. —Becker sonrió y dejó caer su caja de herramientas al suelo—. Siento haber tardado tanto en encontrarte.

—¿Qué estás haciendo ahí arriba, grandullón?

El hombre barbudo con casco de aviador salió a la luz del Campo de Contención y echó un vistazo a *Big* Ben.

—Es la única manera de hacerlo bien —susurró Ben—. La única manera.

—¡Ha perdido la chaveta, señores! —exclamó Shan—. ¡Está intentando entrar!

Los dos reparadores se miraron, y uno tomó la iniciativa.

—Ahora el reparador Jackal y yo estamos aquí, Ben, y hemos recibido formación para ocuparnos de esto. —Becker podía percibir la vehemencia del hombretón, y trató de mantener la voz serena—. Así pues, baja de ahí y déjanos hacer nuestro trabajo.

—El chico tiene razón, grandullón. —Jackal puso un pie sobre el taburete de Ben y procedió a atarse la bota, como si aquél no fuera un momento preñado de peligro—. No tienes que hacer eso para nada.

Suspirando profundamente, *Big* Ben levantó las manos y se quitó la máscara, dejando al descubierto un rostro curiosamente juvenil tratándose de alguien tan corpulento. Tenía los ojos enrojecidos, las mejillas surcadas de lágrimas... y su expresión reveló a ambos reparadores que ya era demasiado tarde para detenerlo.

—Sí, lo haré.

Con una triste sonrisa, Ben estiró el pie derecho. Pero Shan ya estaba gritando antes incluso de que tuviera ocasión de usar el izquierdo...

Dirección de Tiempo, Departamento de Tiempo,
Los Seems

Permin Neverlåethe estaba sentado solo en su despacho, mirando aturdido los dibujos de la alfombra. Todas las demás mesas y cubículos estaban desiertos, y el único sonido audible en lo que había sido el ajetreo de Dirección de Tiempo era el tictac de un metrónomo sobre la repisa de la chimenea. Este antiguo aparato de cuerda había sido un regalo de su predecesor, Joan Tissot, quien lo entregó al nuevo administrador como símbolo de todo lo que tenía que ser su departamento. Rítmico. Puntual. Y, por encima de todo, coherente.

Y, sin embargo, allí estaba, pilotando la nave de Tiempo el día de su naufragio. Y como aquel capitán de barco proverbial, la única satisfacción que le quedaba era que, si todo se iba a pique, por lo menos también él se hundiría. Pero ni siquiera eso servía de mucho consuelo, porque Permin sabía que la destrucción de todo aquello en lo que creía y por lo que había luchado no había sido un accidente, como un fallo del motor o un iceberg. Alguien había sido el responsable directo.

¡DING!

El administrador oyó abrirse las puertas del ascensor fuera de su despacho, y unos pasos que se encaminaban pausadamente hacia él.

—¿Hola? —preguntó, sorprendido por lo débil y patética que sonaba su voz.

—Hola, Permin.

De pie en el umbral de su puerta estaba un hombre muerto.

—¿Lu..., Lucien? —Neverlåethe experimentó la alegría que sólo puede acompañar un milagro cien por cien—. Pero..., pero... ¿cómo?

El administrador se levantó de un salto de su silla y se dispuso a abrazar al mejor amigo que tenía en el Mundo, pero...

—No lo hagas, Permin. —El agotamiento en la voz de su viejo amigo era palpable. Pero, más que eso, el reparador Chiappa parecía increíblemente triste—. Lo sé todo.

—¿Sobre qué?

—Fuiste tú quien ayudó a La Marea a robar los Momentos Congelados e introducirse en los engranajes. —El señor Chiappa tomó asiento en la silla situada frente a la mesa de Permin y giró para no tener que mirar al administrador a los ojos—. Y fuiste tú quien construyó la bomba de tiempo.

Neverlåethe se notó la boca reseca, pero, aun así, logró decir con voz ronca:

—Pero eso es..., eso es... ¡No he oído jamás semejante locura!

—He estado en el Entretanto, Permin..., he visto los proyectos y las hojas de Tiempo que sólo podían haber salido de un sitio. —Aunque Chiappa no levantó la voz ni un ápice, Neverlåethe no había oído nunca al reparador tan enfadado—. Así pues, por favor, ¡no deshonres el recuerdo de nuestra amistad contándome una MENTIRA descarada!

Las lágrimas ya resbalaban por las mejillas del administrador, pues por fin podía dejar de evadir la verguenza de su traición.

—Yo... Lucien, tú no lo entiendes. Triton prometió que podía retrasar el Tiempo, permitir que la gente tuviera una vida más larga...

—Ya habrá tiempo para justificarte más tarde, cuando hayas dimitido y te hayas entregado a las Autoridades.

Permin asintió con la cabeza, tratando de hacer ver a Chiappa que haría cualquier cosa para arreglarlo. Pero el reparador aún no había terminado...

—Ahora mismo, dos reparadores y una informadora están intentando reparar el segundo escindido antes de que destruya el Mundo... y seguramente todos ellos perderán la vida en la empresa. Si conoces algún modo, por modesto que sea, de ayudarles en su misión, ahora es el momento.

—No hay ningún modo de ayudar, Lucien. —El que era posiblemente el administrador más condecorado de todos los departamentos se limpió los enrojecidos ojos con la manga de la camisa y volvió a mirar el metrónomo que presidía su mesa—. Porque no puede hacerse.

Entretanto, Los Seems

—¡Conserva la calma, Shan! —gritó el reparador Drane—. Hagas lo que hagas, ¡no te muevas!

La informadora se quedó temblando donde estaba, todavía conmocionada por lo que acababa de suceder. Tan pronto como la enorme pierna de *Big* Ben Lum había entrado en el Campo de Contención, todo el cuerpo del gigante juvenil había quedado reducido a cenizas al instante. Sus restos habían caído sobre la cabeza de Shan y se habían acumulado sobre el tejido de su Manga como una nieve gris y terrible.

—Así es como quiso marcharse —susurró Becker, y en el fondo, Shan sabía que era verdad—. Todos deberíamos tener esa suerte.

—Por cierto, ¿qué estás haciendo ahí dentro? —preguntó Jackal, pasando las manos sobre el cristal como en busca de defectos—. ¿Completamente sola?

—Disponerme a usar un Atrapa-Todo™ para agarrar el segundo escindido.

A Shan empezaban a acalambrársele las piernas, por lo que cambió de postura con cautela.

—Un buen plan. Pero ¿cómo ibas a unir las dos partes?

—Pues... en realidad no había llegado tan lejos —confesó Shan Mei-Lin—. Pero estaba pensando en... ¿quizá Cola Loca?

—No es lo bastante fuerte. —Jackal hurgó en su Toolmaster '44—. Lo que necesitas es algo un poco más incisivo.

El reparador n.º 7 sacó un trozo de nailon blanco que parecía el cordón de un balón de fútbol, salvo que medía varios palmos de longitud y no había balón.

—¿Una Sutura? —La informadora Shan estaba completamente confusa. Sabía que las Suturas eran utilizadas por el Departamento de Diversión para impedir que la gente del Mundo se partiera durante los ataques de Risa, pero nunca había oído decir que alguien las hubiera empleado para este fin—. ¿Cómo va a ayudarnos?

—Es el cohesivo más fuerte que se haya fabricado jamás en Los Seems. ¿Y sabes qué dicen sobre las Suturas y el Tiempo?*

---

* «Una sutura a tiempo salva a ciento.»

240

El fulgor en el ojo de Jackal revelaba que ni siquiera él sabía si funcionaría, pero cualquier duda que Becker y Shan pudieran albergar quedó despejada por la bravata del veterano reparador. Por no hablar del hecho de que nadie (ni siquiera el dueño de *Rufus*, el perro) había estallado nunca por reírse demasiado.

—Sin embargo, Ben tenía razón en una cosa. —El n.º 37 examinó el interior del Campo de Contención y puso en marcha mentalmente su simulador de misión—. Éste es un trabajo para dos personas.

Los reparadores se miraron, y se hizo patente que ambos tenían intención de ser esa segunda persona dentro.

—¿Ro Sham Bo? —preguntó el más joven de los dos.

—Es la única manera.

En la experiencia vital de Becker, el sencillo juego de manos, también conocido como Piedra, Papel o Tijeras, había sido el método más efectivo de resolver disputas en la escuela o en el patio. Con los años había concebido una estrategia —«juega la persona, no la mano»—, y comoquiera que Jackal venía a ser el hombre más viril que había conocido nunca, se imaginó que no podía mostrar nada que no fuera piedra. De modo que eligió papel...

—Lo siento, Ferdinand. —La mano derecha de Jackal cortó el papel de Becker por la mitad—. Siempre he preferido las tijeras.

Mientras Becker quería darse de tortas por haber elegido la opción obvia (y por haber revelado su espantoso primer nombre), el reparador n.º 7 trepó apresuradamente por la pared del Campo de Contención. Una vez arriba, se puso su Manga —que estaba cubierta de polvo y olía a bolas de naftalina, pero aun así seguía siendo eminentemente protectora— y se pasó la máscara sobre la cabeza.

—¿No necesita Gafas Horarias, señor? —Shan se dio cuenta, consternada, de que era imposible pasarle las suyas al reparador—. No podrá ver el segundo escindido sin ellas.

—El quinto sentido te engaña, informadora Shan. —Detrás de las gafas de su Manga, Jackal cerró los ojos con fuerza—. Pero tu séptimo sentido siempre dice la verdad.

Cuando Shan Mei-Lin había bajado a través de la letal carrera de obstáculos presentada por el Campo de Contención, había necesitado más de diez minutos angustiosos para alcanzar la seguridad del suelo. Para su asombro y el de Becker Drane, el reparador Jackal se deslizó a ciegas por la membrana del techo —que había sido concebida para dejar entrar cosas, pero no salir—, luego se apoyó contra una de las paredes, retrocedió hacia el lado contrario, ejecutó un salto mortal sobre la tierra del suelo y cayó de pie directamente delante de la informadora. Todo con los ojos cerrados. Y todo sin un solo rasguño.

—Increíble. —Ahora la cara de Shan y la de Jackal estaban separadas tan sólo por dos centímetros, y ella le vio abrir sus ojos azul cristalino—. Totalmente increíble.

—Gracias, informadora. —Jackal hizo girar el hombro derecho, como si el salto mortal se lo hubiera desencajado un poco—. Pero aún estoy algo oxidado.

—Deja de presumir ahí dentro, Tom. —Becker forzó a hablar su boca muda de asombro—. ¿Cómo está el suelo?

—Aguantará durante diez minutos más..., tal vez doce. —Tom guiñó el ojo a Shan, para hacerle saber que el Tiempo estaba de su parte—. Pero mi séptimo sentido dice que tenemos un problema con el propio Campo de Contención.

—Yo me encargo.

Becker puso sus manos desnudas sobre el frío cristal, luego cerró los ojos y extendió su formidable conciencia. En lugar de sentirse intimidado por la exhibición que Jackal acababa de hacer, estaba absolutamente inspirado para alcanzar con su séptimo sentido más lejos que nunca.

—Tienes razón, Tom. —Becker abrió los ojos de golpe y extendió el brazo hacia la solapa de su caja de herramientas—. Un problema gordo.

El joven reparador sacó su Ojo Eléctrico™ y lo aplicó en el punto donde había detectado un fallo. Como un joyero buscando una imperfección en una piedra preciosa, escudriñó el núcleo de la pared transparente, y no tardó mucho en dar con lo que andaba buscando. Extendiéndose como los filamentos de una telaraña o las ramas de un roble, había unas finas grietas en el cristal, que revelaron a Becker precisamente lo que no quería oír:

El Campo de Contención estaba a punto de hacerse añicos.

—Un día de éstos, Drane... —se burló el reparador Jackal—. No rejuvenecemos aquí dentro.

—Tampoco os volvéis más graciosos —contraatacó el reparador Drane, luchando por separar las piezas de Esto, Aquello y Lo Otro™.

Este aparato de tres piezas estaba concebido para tareas con máquinas o material a punto de estallar —un suceso desgraciadamente común teniendo en cuenta el carácter arcaico de la mayor parte de la tecnología seemsiana—, y Becker comenzó precipitadamente la instalación.

Envolvió Esto alrededor de las cinco superficies del Campo de Contención como si fuera papel de aluminio transparente. Ató Aquello alrededor de Esto como si estuviera atando un regalo de cumpleaños con bramante. Y sujetó Lo Otro a los cabos sueltos de Aquello, para poder apretar fuertemente todo el aparato contra el cristal y evitar que éste se rompiera en un millón de añicos.

—Creo que estamos... —las manos congeladas de Becker gritaban de dolor mientras hacía girar la herramienta con todo lo que tenía— todos bien.

Jackal asintió, y luego dirigió una mirada preocupada a la joven cuyo rostro se apretaba contra el suyo.

—¿Cuánto llevas aquí dentro, Shan?

—No sé, tal vez quince o veinte minutos hasta que llegaron.

—Entonces, no tenemos tiempo que perder.

Jackal metió la mano en el maletín de Shan para poner en marcha su plan. La herramienta que utilizarían para atrapar el segundo escindido fugitivo se parecía mucho a la parte superior de una cama elástica —una tela negra y fina extendida dentro de un aro circular—, salvo que funcionaba exactamente por el principio opuesto. Los objetos que entraban en contacto con su cara elástica no salían rebotados hacia arriba, sino que perdían por completo la fuerza que los impulsaba.

—Tú ocúpate de atraparlo. Yo pondré la Sutura.

—Sí, señor.

Shan asió el Atrapa-Todo con fuerza y se concentró en la mitad del segundo escindido que rebotaba entre ellos. Pero como se movía a mucha más velocidad de la que sus Gafas Horarias insinuaban, no acertaba a imaginar cómo sincronizaría el momento en el que extendería la herramienta en su camino.

—Cierra los ojos, Shan. —El reparador parecía saber exactamente lo que estaba pensando—. Deja que el séptimo sentido te haga el trabajo.

La informadora hizo lo que Jackal sugería, quitándose las Gafas Horarias y cerrando los ojos con fuerza. Había practicado esta técnica sin parar en el IAR, en los simuladores de misión y en el último nivel del Escollo, pero nunca había habido tanto en juego.

—No sé si podré hacer esto, señor.

—Yo sí.

—Pero tengo miedo.

—Yo también. —Jackal miró a su informadora a los ojos por última vez y le permitió ver la verdad de su proclamación—. Para eso sirve mi misión dentro de la misión.

En misiones anteriores, Shan Mei-Lin habría dicho: «La M.D.M. no me sirve de mucho, señor», como había hecho con el reparador Chiappa unas horas antes de ese día fatídico. Pero la oscuridad del Entretanto la había conducido a un sitio distinto dentro de sí misma, y la utilidad de la misión dentro de la misión era muy manifiesta. Al igual que su propia identidad...

—Bohai —susurró en voz alta.

Entonces volvió a cerrar los ojos y extendió su séptimo sentido. Esta vez, el miedo que embotaba su percepción desapareció ante el amor que sentía por su hermano perdido hacía mucho tiempo y, tal como Jackal había insinuado, el camino quedó claro. Las propias yemas de los dedos que sujetaban el Atrapa-Todo parecían medir el salto del segundo escindido y saber exactamente cuándo sería el momento oportuno para interceptarlo...

—Siento... molestaros, chicos... —Sobre el techo del Campo de Contención, el reparador Drane se esforzaba con todas sus fuerzas para sujetar Esto, Aquello y Lo Otro—. Pero si vais a hacer esto, ¡más vale que lo hagáis ahora!

En efecto, las grietas en las paredes, que antes eran microscópicas, se estaban dilatando hasta el tamaño de zarcillos de hielo, y aún peor, las finas láminas de metal que mantenían unidos los cuadrados de cristal de 3 × 3 metros habían empezado a emitir un ruido parecido al de un radiador. Tom Jackal bajó la vista a la tierra que se desmenuzaba a sus pies, la luz azul filtrándose a través de ella en haces cada vez mayores. Sostenía en su mano derecha medio segundo, una réplica exacta del que estaba a punto de atravesar el suelo de camino hacia el confiado Mundo. A pesar del peligro, ya tardaba en unir las dos mitades con Sutura.

—Comienza la cuenta atrás, Shan.

Canal de Momentos Congelados, el Intermedio

—¿¡EMPLEA TU IMAGINACIÓN!?

El informador Harold Carmichael seguía colgado en el Intermedio, todavía luchando para colocar la nada colaboradora Espira Q en el tubo de Asuntos Animales. La idea de Tony *el Fontanero* había sido brillante en teoría, pero instalar una pesada tubería metálica dentro de un tubo electrificado, alimentado magnéticamente y de paredes transparentes no era exactamente la misma proposición que reparar un grifo que gotea.

—Es fácil para él... ¡¡¡UUUUUUF!!!

Todo el aire fue expulsado de repente y por la fuerza de los pulmones de Nota Do, quien no necesitaba a Li Po ni a cualquier otro maestro del séptimo sentido para que le dijera que algo MUY malo acababa de ocurrir en Los Seems. Su Blinker seguía diciendo lo mismo que había estado anunciando durante la última media hora —«Reparación del segundo escindido en curso»—, pero esa sensación de quedarse sin aire no hizo sino agravarse cuando el Receptor de su cinturón empezó a sonar.

—Informador n.º 321 al habla, adelante.

—*Escúchame, Do.* —Nota Do identificó enseguida a su interlocutor como su reparador favorito de Staten Island—. *Tienes que salir de ese tubo AHORA MISMO.*

—Vaya, ¿cuál es el 411?

—*Todo lo que sé es que el chico y su equipo iban a unir esa cosa chiflada con Sutura, pero algo debe de haber salido mal.* —La voz de Tony *el Fontanero* no tenía nada de su fanfarronería habitual—. *¡Porque la Esencia de Tiempo viene hacia ti!*

—¿Cuánta?

—*La suficiente para hacer polvo una ciudad entera... y no digamos a ti.*

El estudiante de medicina que habitaba en el informador Carmichael reconoció que la tenue sensación que se extendía por todo su cuerpo era debida a una subida inesperada de adrenalina.

—¿Cuánto me queda?

—*Menos de sesenta segundos.* —Tony no se anduvo con rodeos—. *No trates de hacerte el héroe, chico.*

—Pero ¿no ha dicho que la Esencia iba a arrasar una ciudad entera?

—*Ahora no puedes hacer nada para evitarlo...*

Nota Do empleó cinco de esos menos de sesenta segundos para escuchar el fragor del Intermedio y despejar su espíritu y su mente.

—Eso lo veremos —dijo antes de colgar el teléfono con delicadeza.

Hacía sólo una semana, Harold Carmichael había estado desesperado, convencido de que no poseía lo que se necesitaba para ser ascendido al «mejor empleo del Mundo». Pero un descuidado pegote de nubes pintado por un ex compañero de clase suyo había cambiado todo eso y proporcionado a Nota Do la confianza para hacer lo que se disponía a hacer ahora...

El informador sacó de su maletín una larga lámina de fibra de vidrio resistente al Tiempo. En un principio había estado reservada para una de las Autoridades que quería en su coche alerones que nunca se oxidaran.

—Lo siento, chucho. Tendré que ir a buscarte la semana que viene... si es que llega.

Nota Do enroscó la fibra de vidrio en la forma de un embudo, que luego introdujo en la boca de la Espira Q, que seguidamente conectó a un convertidor catalítico nuevo que había pulido con saliva. Una vez montada, esta combinación equivalió a una versión improvisada del mismo mecanismo singular que había visto en su imaginación...

Un motor de coche.

—Espero que acepte súper.

Entretanto, Los Seems

—¡Hala!

Becker Drane parpadeó para apartar las estrellas de sus ojos y se incorporó despacio. Estaba sorprendido de encontrarse aún encima del Campo de Contención, que a pesar del trauma físico de los últimos minutos había conseguido mantenerse entero. Sin embargo, no podía decirse lo mismo de su interior...

—¿Estáis bien, chicos?

Acurrucadas en el centro del Campo había dos personas vestidas de la cabeza a los pies con la misma tela blanca. Se abrazaban con fuerza, pues sólo quedaba una reducida parcela de tierra bajo sus pies después de que la mayor parte del suelo se hubiera hundido en las autopistas y caminos del azul infinito.

—Creo que estoy bien, señor. —La informadora Shan levantó los ojos hacia el muchacho plantado sobre el techo de cristal—. ¿Reparador Jackal?

Tom Jackal tenía los ojos cerrados detrás de las gafas de su Manga y, por un segundo, la informadora Shan temió lo peor... hasta que se oyó una voz cansada.

—No os preocupéis, muchachos. —Finalmente, el reparador abrió los ojos—. Estoy reventado, pero todavía funciono.

Satisfecho de que a su equipo no le hubiera pasado nada, Becker se sentó en el borde del techo, se pasó la mano por las greñas de pelo sudoroso y trató de asimilar lo que acababa de ocurrir.

A la cuenta de tres, Shan había tendido el Atrapa-Todo en la trayectoria del segundo escindido y, a pesar de su increíble velocidad, éste se había pegado a la superficie como una mosca a un papel. Sin embargo, el segundo en sí había sido otra cuestión. Al principio, las dos mitades se repelieron magnéticamente, y cuando Jackal intentó forzar su reunión, un enorme chorro de Esencia había salido disparado. El reparador apartó a su informadora de un empujón y, aunque él quedó empapado de la cabeza a los pies, su fuerza bruta le permitió finalmente suturar la esfera en una sola pieza.

—Tengo un regalito para ti, Drane. —Jackal soltó a Shan para mostrar un objeto plateado que estaba oculto dentro de su abrazo de oso. Se parecía a una pelota de baloncesto, pero hecha de metal reluciente y con un solo cordón que ceñía todo su perímetro—. ¡Asegúrate de pasar por la Casa de la Diversión y darles las gracias personalmente!

Becker no daba crédito a lo que veían sus ojos: la Sutura había dado resultado, y el inestable segundo ya no estaba escindido. No era más que una piedra corriente que podía volver a desempeñar su función de ayudar a proporcionar un ritmo de Tiempo agradable al Mundo.

¡¡¡RING!!! ¡¡¡RING!!!

«Más vale que sean buenas noticias», pensó Becker mientras levantaba su Receptor por lo que parecía la enésima vez ese día.

—Número 37 al habla.

—*Chico..., soy yo, T el F.*

—Por favor, dime que Tokio no es un erial.

—*¿Un erial? ¡No, no has entendido nada!* —Becker sólo había oído a Tony tan atolondrado una vez: cinco minutos antes de que sus queridos Jets de Nueva York desperdiciaran una oportunidad para ganar la Súper Bowl—. *Nuestro bravísimo, Nota Do, ¡se ha construido una Máquina del Tiempo!*

—¿Una Máquina del Tiempo? ¿Qué demonios es eso?

—*Es como un motor de seis válvulas, sólo que no funciona con carburante. Funciona con Esencia de Tiempo... ¡y se ha tragado hasta la última gota!*

—¡Bien por ti, Do!

—*¡Dicen que esto podría ser la fuente de energía reutilizable que el Mundo ha estado buscando!*

—Hazme un favor, T... —Becker sabía por experiencia lo que esto significaba para la carrera del informador Carmichael—. Asegúrate de preguntarle si sabe cuántos reparadores hay en el Mundo.

—*Hecho. ¿Cómo vamos en el Entretanto?*

Becker quería gritar a pleno pulmón: «¡¡LO HEMOS CONSEGUIDO!! ¡¡¡LO HEMOS CONSEGUIDO!!!», pero recordó lo que uno de sus mentores, Casey Lake, solía decir en momentos como ése.

—Todavía tenemos que poner el rabito a nuestras íes y el punto a nuestras tes.

—*De acuerdo, chico. T el F corta.*

La principal «I» a la que Becker tenía que poner el rabito consistía en sacar a su gente de aquel Campo de Contención, por lo que se puso su Manga y abrió un agujero en la fina membrana semipermeable. Desde allí resultó un trabajo sencillo arriar una cuerda a sus dos compañeros...

—Tú primero. —Jackal apretó con delicadeza el hombro de Shan, y ambos pudieron notar lo pesada que se había vuelto la tela protectora—. Si no sales pronto de aquí, tendré que llamarte Ye Ye.

Mientras agarraba la cuerda y dejaba que Becker la izara, la informadora sonrió ante el uso del término afectuoso en mandarín para designar «abuela».

—¿Habla mandarín? [en mandarín].

—Muy poco [en mandarín].

Becker sacó a Shan del Campo de Contención al techo y luego procedió a ayudarle a quitarse la Manga empapada de Tiempo.

—Tenemos que sacarte de esta cosa y llevarte al Departamento de Salud para que te hagan un reconocimiento completo. Y quizás aplicarte un poco más de esa crema antienve...

Pero cuando retiró la máscara y las gafas del rostro de Shan, Becker no pudo ocultar su sorpresa y horror.

—¿Qué pasa, señor?

Era evidente que la Manga de la informadora se había calado, porque lo que antes era la cara de una muchacha de diecinueve años era ahora una mujer de treinta y pocos. Becker no respondió a su pregunta y se limitó a ayudarle a despojarse de su equipo y envolverla en una manta. Pero si había hecho esto a Shan, ¿qué habría hecho a Tom Jackal, que había suturado el segundo escindido con sus propias manos?

—Tom..., tienes que quitarte esa Manga ahora mismo.

—Ya es demasiado tarde, Becker.

Shan pudo percibir un conocimiento terrible transmitiéndose entre los dos reparadores y no le gustó la sensación que dejaba en ella.

—¿Demasiado tarde para qué?

—Para un viejo que ya ha vivido nueve vidas.

Tom Jackal se quitó las gafas y se bajó la Manga para dejar al descubierto sólo la cabeza.

—No —dijo Becker.

El pelo y la barba de Tom ya se estaban volviendo grises,

y unas arrugas profundas se formaban alrededor de los ojos. Su espalda también había empezado a encorvarse hacia delante, como si ya no pudiera soportar el peso de su cuerpo.

—No estéis tan tristes, muchachos. Esto es lo que llaman «la edad de oro».

Mientras que los efectos de la exposición de Shan parecían haber tocado a su fin, la Esencia no había terminado de causar estragos en el cuerpo de Jackal. Éste se esforzó por quitarse el resto de la Manga, pero ni siquiera el despojarse de la ropa empapada pareció detener el proceso de envejecimiento...

—Seguro que podemos hacer algo...

Los ojos de Shan imploraron a Becker, pero lo único que el reparador podía hacer era negar con la cabeza, al mismo tiempo que, debajo de la manta, la informadora se echaba a llorar. No por los doce años que habían pasado, sino por el hombre que estaba perdiendo la vida para salvar la suya.

—Becker... —Jackal consiguió avanzar tambaleándose por una estrecha franja de tierra que llevaba desde el centro del Campo hasta el borde del cristal—. Coge mi caja de herramientas.

La vieja Toolmaster '44, rayada y gastada después de una larga vida de servicio, descansaba en el suelo fuera del Campo de Contención. Cuando Becker saltó los tres metros y arrastró la alforja de cuero hacia la vitrina, no pudo mirar a Shan a los ojos, porque no quería que viera lo que estaba a punto de brotar de los suyos.

—Tráela aquí, chico.

La voz de Jackal se estaba volviendo áspera y débil, por lo que Becker tuvo que acercarse para oírle.

—Ya sé que te estás preguntando cómo he podido dejar a mi familia, sabiendo que no volvería a verlos. —Becker negó con la cabeza, pero Jackal veía a través de ella—. No me dejaron quedarme, no sabiendo qué le podía ocurrir al Mundo... y que yo tenía la capacidad para evitarlo. Ellos me obligaron a atravesar esa puerta.

Con el dedo encorvado de un anciano de noventa años,

Jackal señaló débilmente un bolsillo en el costado de su caja de herramientas.

—He traído algo que quiero enseñarte...

Becker abrió el bolsillo, que sólo contenía un objeto. Era una pequeña fotografía de los Jackal hecha con una Polaroid: Tom, Rhianna y sus hijos, apilados unos sobre otros en un montón de nieve.

—Te dije que era de verdad, Becker. —Pese a su edad, los ojos de Jackal chispearon con la misma intensidad de siempre—. Todo era de verdad.

Becker Drane forzó una sonrisa porque quería que el último momento de la vida de aquel gran hombre fuese feliz.

—No te aflijas por nosotros, hijo, porque nuestro amor sobrevivirá a todo. —El reparador vació sus pulmones para exhalar el último suspiro—. Y sé que los veré en un Lugar Me...

Con estas palabras, Tom Jackal recostó su cansada cabeza contra el costado del cristal y, delante de los propios ojos de Becker, se convirtió en polvo.

Momentos Congelados

Bosque Alton, Caledon, Ontario

Jennifer Kaley se quedó al pie de la fortaleza de Les Resistance y miró al cielo nocturno, decepcionada. La clara sensación que había tenido desde que un árbol descomunal se hizo pedazos en el suelo del bosque había desaparecido misteriosamente sin dejar rastro. No era una sensación demasiado agradable —una mezcla de escalofríos, piel de gallina y náuseas—, pero ahora que había pasado, Jennifer casi la echaba de menos. Como el hipo...

—¿Hola? —Nadie podía entrar en el parque después del atardecer (incluida JK), pero juraría que había oído unos pasos—. ¿Hay alguien ahí?

El bosque había parecido casi encantado cuando la muchacha volvió a este lugar, pero ahora que esa hora mágica había pasado y con ella la perspectiva de algo extraordinario, se sentía algo más que un poco asustada.

—¿Marco?

El crujido entre las hojas parecía acercarse y, a juzgar por el rítmico «pit-pat», no eran las pisadas de un ciervo o una ardilla listada. Jennifer esperó con expectación que alguien respondiera «Polo», pero lo único que oyó fueron unos pasos que aumentaron en frecuencia y ritmo.

—Vamos, chicos. No tiene gracia.

Pero entonces cayó en la cuenta de que ninguno de los

demás miembros del club sabía que se encontraba todavía en Alton. De hecho, nadie lo sabía: ni sus padres, ni sus amigos, ni los guardas forestales que habían cerrado el parque durante la noche. Los sonidos del bosque se elevaban como un coro, la noche parecía tornarse aún más oscura, y Jennifer ya no podía soportarlo. Tenía que huir de allí...

Atravesó los matorrales, pasó por la cascada y rodeó las formaciones rocosas. Le pasaron por la cabeza toda clase de imágenes terribles, de otras chicas que había visto en las noticias e historias que siempre contaban en la escuela, y esto la impulsó a moverse más rápido... hasta que de pronto las pisadas se pararon en seco. Porque frente a ella estaba un chico de aproximadamente su misma edad, con una bolsa de mensajero al hombro y una insignia en el pecho.

—¿Jennifer?

—¿Sí?

—Soy yo, Becker. —El chico avanzó un poco más en la pálida luz de la luna, y aunque sólo le había visto una vez, hacía casi un año, Jennifer reconoció su cara enseguida—. Becker Drane.

Si Becker esperaba el regreso de un soldado, no lo tuvo. No porque Jennifer no estuviera encantada de verle, sino porque estaba convencida de que eso tenía que ser otro sueño. Miró al que pronto sería alumno de octavo curso de arriba abajo, y su atuendo no hizo más que confirmar que aquello era definitivamente una visión nocturna o una alucinación después de trabajar demasiado en el fuerte sin beber suficiente agua.

—¿Eres uno de esos acechadores oníricos sobre los que leí en *Omni*? —preguntó Jennifer, pensando que como tenía que estar en una realidad alternativa, podía decir lo que le apeteciera.

—No —contestó Becker—. Esta vez no es un sueño, es de verdad. Mira...

Becker se acercó unos pasos antes de comprender que la muchacha estaba verdaderamente asustada. Pero aun así Jennifer le dejó pellizcarle el brazo.

—¿Y qué? —Seguía sin estar convencida—. Pueden pellizcarme en un sueño sin que deje de ser un sueño.

—Toma... —Becker lanzó a la chica su Blinker—. Los relojes digitales no funcionan en los sueños.

Jennifer examinó el extraño aparato, que no era exactamente un reloj digital, ni el tipo de objeto que alguien usaría para demostrar que todo es como debe ser, pero la hora y fecha precisas en la pantalla por lo menos la hicieron vacilar. Miró a Becker de arriba abajo y luego se pellizcó otra vez.

—Ay. —Un poco demasiado fuerte—. Espera un momento. Si de verdad estás aquí... —Jennifer empezaba a aceptar el hecho de que lo estaba—. ¿Me estás diciendo entonces que todo lo que ocurrió la última vez en mi sueño fue... de verdad?

—Esto...

A Becker no se le escapaba que estaba infringiendo gravemente las Reglas. No sólo la Regla contra Utilizar el Intermedio como Transporte Personal, no sólo la Regla General, no sólo la Regla Mantén la Boca Cerrada, sino también la abuela de todas ellas (y la que hacía poco había prometido no infringir): la Regla de Oro. Pero después de todo lo que había sucedido esa noche, no le importaba mucho...

—Sí.

Los minutos siguientes consistieron básicamente en que Becker lo contó todo y Jennifer escuchó con avidez. El reparador le dejó mirar dentro de su caja de herramientas, le mostró el informe de misión que explicaba «el extraño incidente del árbol derribado» e incluso la llevó hasta la puerta oxidada y cerrada con candado que se encontraba en un lado de la cabaña de los guardas forestales, la cual había utilizado para llegar hasta allí.

Para cuando por fin los dos se sentaron en un tronco hueco en un claro entre los helechos, Jennifer se hallaba en el estado catatónico que sólo puede derivar de descubrir que todo lo que creías que era real —incluido el propio Mundo en el que vivías— no era para nada como te imaginabas.

—¿Dices entonces que la sensación que he tenido todo el día era mi séptimo sentido?

—Sí —asintió Becker—. Y si la has experimentado con mucha intensidad, deberías rellenar un Test de Aptitud Seemsiana. Apuesto a que te aceptarían en el IAR de inmediato.

—Ser reparador parece bastante guay. —Jennifer lo meditó por un segundo—. Pero creo que preferiría ser una de esas personas que tratan de ayudar a todo el mundo...

—¿Te refieres a un asistente social?

—Sí. Ése parece un trabajo de lo más agradable.

—Lo es. Veré si puedo defenderlo con Recursos Humanos.

A su alrededor, los grillos chirriaban en la oscuridad.

—Hay otra cosa que no entiendo... —Jennifer miró a Becker con todo el recelo que aún le quedaba—. ¿Por qué has venido aquí?

—Yo..., bueno..., he tenido un día de trabajo muy duro...

Los pensamientos de Becker se agolpaban en su mente. Había demasiadas cosas que quería decir: sobre Tom Jackal, sobre Thibadeau Freck, sobre Amy Lannin, incluso cómo había seguido la evolución de Jennifer a pesar suyo. Pero en el momento en que intentó hablar, el peso del Mundo que había estado soportando sobre sus hombros todo el día, y quizá todo el año, finalmente cedió.

—¿Qué pasa? ¿Qué he dicho?

—Nada —la tranquilizó Becker, avergonzado de llorar delante de ella—. Soy yo, no tú.

Jennifer le concedió espacio para estar donde estaba, porque detestaba que su mamá o su papá la interrumpieran cuando sólo tenía ganas de llorar y quitarse algo de encima.

—Ojalá tuviera una caja de herramientas, para poder

darte algo A TI —ofreció Jennifer, y aunque no la tenía, fue su intención lo que contó para el reparador.

—Volviendo a tu pregunta... —Becker se sonó la nariz en la manga y recobró la calma—. ¿Recuerdas cuando tuvimos ese sueño, subimos al Punto de Vista y hablamos sobre el Plan?

—Claro que lo recuerdo.

De hecho, Jennifer aún podía notar el viento en su rostro, oír las gaviotas y ver al remero solitario que les había saludado mientras navegaba por el Río de Conciencia.

—Bien —continuó Becker—. Desde entonces han pasado muchas cosas... y no sé si lo que te conté sigue siendo verdad.

—¿Sobre Los Seems?

—No, eso no. —Becker sabía que determinadas cosas eran absolutamente ciertas—. Sólo que hay un Plan y que todo lo que ocurre en él es bueno. Porque estoy empezando a pensar que el Plan, si es que existe, no es tan estupendo.

—No lo sé, Becker. —Jennifer sonrió ante lo irónico de la situación, porque era el reparador quien la había convencido primero de ver el vaso medio lleno—. Después de ese sueño, desperté al día siguiente y traté de hacer todo lo que dijiste: pensar que el Mundo era un lugar mágico y que había un Plan... y antes de darme cuenta... todo empezó a parecer distinto.

Esto alegró a Becker, porque nunca había recibido información completa sobre si el sueño que había ayudado a diseñar para Jennifer había funcionado realmente. Pero esa sensación no tardó en desvanecerse.

—Esta noche ha muerto un amigo mío —confesó—. Alguien a quien quería mucho.

—Lo siento, Becker.

—Yo también. Y me cuesta muchísimo trabajo creer que fuera una buena cosa.

Se quedaron allí sentados un rato, mirando las estrellas, pensando ambos que seguramente deberían decir algo más pero sin saber qué. Finalmente, Jennifer rompió el silencio...

—Entonces, ¿por qué has venido aquí? ¿Para hablar sobre el Plan y todo eso?

—En realidad no.

Becker no quería portarse como un rastrero, pero ya lo había confesado todo acerca de Los Seems, por lo que asumió el riesgo.

—Bueno, no creo que habláramos de esto en el sueño, pero los reparadores tienen algo llamado una misión dentro de la misión. Es una pequeña historia o una persona que tienes presente cuando estás reparando. De ese modo no te quedas helado ante el hecho de que estás tratando de salvar el Mundo entero...

—Tiene sentido.

—Bueno, yo..., después de nuestro último... encuentro... me interesé un poco por cómo te iba en la escuela, para asegurarme de que te iba bien. Y desde entonces, cuando hago un trabajo... mi misión dentro de la misión es..., esto... eres tú.

Jennifer no supo qué decir. Definitivamente, le había parecido que Becker era guapo cuando la había visitado en su sueño, pero por entonces estaba tan absorta en sus propios asuntos que en realidad nunca había hecho demasiado caso de eso. (Por no decir que no creía que fuese una persona de verdad.) Al volver a verle esta noche, con su pelo desgreñado y su cara manchada de lágrimas, básicamente agotado por la locura de la tensión del trabajo, la escuela, la familia y otros mundos, no pudo evitar acercarse un poco más a Becker sobre el tronco.

—Qué guay. Nunca había sido la misión dentro de la misión de nadie.

Los dos se echaron a reír nerviosamente, y luego apartaron la mirada.

—Yo..., bueno, creo que es mejor que nos vayamos —dijo Becker.

Jennifer sabía que tenía razón y que se estaba haciendo demasiado tarde para seguir allí, en medio del bosque. Pero antes de pedalear hasta casa, antes de que sus padres denunciaran su desaparición, decidió hacer algo que nunca había hecho. Claro que lo había practicado en los límites exteriores de su imaginación, y cuando les sucedía a las chicas de las películas, siempre se preguntaba si podía ser tan perfecto y romántico en la vida real.

Sin embargo, sólo había una manera de averiguarlo...

Dunhuang, China

La ciudad de Dunhuang fue en la Antigüedad el eje de la Ruta de la Seda, y a menudo era aludida por los viajeros que la atravesaban como «Sha Zhou», u oasis hermoso. La viajera que salió cautelosamente por una puerta corriente situada detrás de la estación de autobuses Dinzi Lu conocía, desde luego, estos datos, pues había transcurrido los siete primeros años de su vida en aquel apartado lugar. La fecha en los quioscos locales decía que había tardado doce años más en volver, pero Shan Mei-Lin tenía la impresión de que habían pasado veinticinco...

Después de dar parte al Mando Central, la informadora fue sometida a un completo chequeo físico en el Departamento de Salud, el cual determinó que la Esencia de Tiempo la había convertido, en efecto, en una mujer de treinta y dos años. Pero, en lugar se sentirse deprimida o abrumada por la pérdida de su juventud, Shan se sentía más aliviada de como lo había estado en mucho tiempo. Incluso más joven. Porque ya no avanzaba por su vida para escapar de sus orígenes. Ya no experimentaba la necesidad de huir...

El calor vespertino obligó a Shan a quitarse la chaqueta vaquera mientras recorría de memoria las calles. Ahora se acordaba de todo: la tienda de ultramarinos donde ayudaba a su Ye Ye a elegir verduras, el solar vacío donde ella y Bohai se encaramaban al montón de arena y tierra y declaraban su reino todo aquello que divisaban, y, sobre todo, la destartalada casa de tres dormitorios al final de la Calle Lanzhou.

Shan sólo necesitó una mirada al jardín de delante para

confirmar que su familia aún vivía allí, incluido su hermano, porque junto a la quebradiza estatua de Buda preferida de su madre y las botas de trabajo embarradas de su padre estaba la misma bicicleta cubierta de polvo que Bohai se compró en su decimocuarto cumpleaños, el último que los hermanos compartieron juntos. Ahora era ella la mayor de los dos, y Shan experimentó una última punzada de angustia, preocupada por cómo reaccionaría su familia cuando vieran su pelo, sus manos, su edad.

Pero entonces recordó lo que el señor Chiappa le había dicho justo antes de que se separaran en la Aduana. El reparador confesó que también él había oído una voz en el Entretanto, la cual le había guiado hacia una luz tanto dentro como fuera. Había dejado en el viejo profesor de inglés la sensación de que quizá lo que siempre se había interpretado como una advertencia en *el Manual* era, en realidad, una promesa. Una promesa que debía saborearse, porque en lo que concernía a ellos dos, se había cumplido sin duda...

«Aquellos que entren en el Entretanto no volverán a ser vistos.»

Shan Mei-Lin llamó a la puerta y, cuando su hermano Bohai la abrió, la sonrisa en su rostro la pilló completamente desprevenida...

El Bronx, Nueva York

—Fin del trayecto, amigo. —El taxista se detuvo delante del parque de Macomb's Dam—. Son 210,50 dólares.

El pasajero que había permanecido callado durante las tres horas enteras de viaje entregó al taxista una delgada tarjeta de plástico con un extraño logo en la cara anterior.

—¡¿Qué demonios es esto?! —El taxista nunca había oído hablar de un banco llamado «Los Seems» y no le hizo ninguna gracia—. ¡Dame billetes anticuados o te llevo directamente a comisaría!

El iniciado se sonrojó virulentamente cuando su tarjeta de crédito de Los Seems salió volando por la ventanilla, y luego se puso a hurgar en su maletín.

Cuando salió a la cacofonía que es Nueva York, el último pupilo de Li Po no tardó en comprender que había franqueado una puerta equivocada. En lugar de aparecer en Central Park, se encontró en la esquina de la calle 180 y la avenida Fort Washington, en el barrio conocido cariñosamente como Washington Heights. Su voto de silencio hacía casi imposible pedir señas, y el hecho de ir descalzo, calvo y no llevar más que una túnica roja no ayudaba demasiado. Pero, afortunadamente, el amable dueño de un almacén había parado un taxi y había metido al iniciado dentro.

Por desgracia, mientras seguía su séptimo sentido hacia donde esperaba encontrar a Becker Drane, los escalofríos y temblores que aquejaban su cuerpo desaparecieron inexplicablemente. Sospechó en parte que se debía al hecho de que su amigo y reparador favorito había reparado el segundo escindido, pero por otra parte temía que quizá su maestro tenía razón: que no estaba preparado para poner a prueba sus aptitudes recién adquiridas. Entonces se dejó llevar por el pánico y en su desesperada búsqueda para contribuir a la misión había llevado al taxista en una persecución inútil por cinco barrios distintos.

—No tienes dinero, ¿verdad, chico? —En el asiento de atrás, el iniciado había vaciado todo su maletín de herramientas pero no había dado con un solo billete de dólar—. Baja del coche.

Cuando el taxi se perdió chirriando en la tarde neoyorquina, el iniciado se encogió de hombros y se sentó en silencio en el bordillo. Durante seis meses no había pronunciado ni una sola palabra, pero ahora, sintiéndose más fracasado que nunca en su vida, no pudo soportarlo más. Cogió su Receptor y marcó «Vista desde la Cima 1-2-2».

—*¿Diga?*

—¡Abuelo, soy yo!

—¿¡*Simly!*? —Milton Frye era presumiblemente el mejor informador que había existido nunca, pero ahora llevaba muchos años jubilado y no oía tan bien como antes, lo cual explicaba por qué gritaba al oído de su nieto—. *¿Qué ocurre?*

—¡Me he perdido, abuelo! —El informador n.º 356, también conocido como Simly Alomonous Frye, podía sentirse abatido, pero no daba crédito a lo bien que le sentaba volver a usar las cuerdas vocales—. Estoy en alguna parte de la ciudad de Nueva York.

—*Creía que estabas en ese retiro haciendo yoga.*

—Lo estoy. Es decir, lo estaba. Es decir, ¡necesito que me ayudes!

Con palabras atropelladas, Simly relató cómo una terrible premonición le había llevado literalmente a la otra punta del Mundo hasta la esquina de la calle 161 Este y Rupert Place. Pero cuando hubo terminado, estaba prácticamente llorando.

—*Tranquilo, Simly, tómatelo con calma...* —La voz áspera de su abuelo siempre había sido una fuente de consuelo para el informador Frye—. *Quiero que te vuelvas.*

—De acuerdo.

—*¿Ves un edificio grande delante de ti?*

—¡Sí! Pone Estadio de los Yankees en la fachada y hay mucha gente entrando.

—*Bien. Ahora ve a la taquilla y pregunta por Jimmy* el Acomodador. *Dile que eres el nieto de Milton Frye y que necesitas dos entradas en primera fila para el partido de esta noche.*

La cara de Simly se iluminó: siempre había soñado con ver jugar a los Yankees de Nueva York en persona.

—Pero, abuelo, ¿por qué dos entradas? ¿Quién más va a venir conmigo?

—*¿¡Quién crees que va a ir, majadero!?*

Aunque habían hablado a menudo por teléfono, los dos no se veían desde hacía una eternidad, porque el informador jubilado ya rara vez salía de casa. Pero Milton no iba a perderse el primer partido de béisbol del único hijo de su única hija...

—*¡Y pídeme una bolsa de cacahuetes y una Coca-Cola!*

Cape Cod, Massachusetts

Cinco horas al norte del Estadio de los Yankees por la Interestatal 95 y al otro lado del Bourne Rotary, Becker y Benjamin Drane caminaban por una playa de arena blanca. El reparador había llegado sigilosamente a Shanty Town amparándose en la oscuridad, y como su dormitorio estaba ubicado en el sótano, resultó sencillo cambiar de sitio con su Yo-2. Pero reconciliarse con su hermanito fue otra historia...

—¿De modo, me ha dicho Yo, que te has sentido un poco deprimido mientras he estado fuera?

La única respuesta de Benjamin consistió en encogerse de hombros sin entusiasmo.

—Escucha... Sé que no hemos pasado tanto tiempo juntos, y que fue una mierda descubrir que muchas de las veces que pensabas que estabas haciendo algo conmigo, en realidad era Yo-2. Pero espero que te des cuenta de lo mucho que significas para mí...

Benjamin siguió castigándole con el trato de silencio.

—Es por eso que te he contado todas esas historias sobre Los Seems..., historias que no he contado a nadie excepto a ti..., y es por eso que me dieron permiso para hacer algo que sólo se ha hecho unas pocas veces en la historia del Mundo.

Eso por lo menos incitó al niño a apartar los ojos del océano y mirar hacia Becker.

—¿Sabes que siempre has dicho que querías ser pintor de atardeceres? —Benjamin asintió con la cabeza, y Becker señaló unos cien metros delante de ellos, donde un hombre con una bata y un pico de plástico sobre la nariz pintaba en silencio en un caballete a no más de tres metros de la orilla—. Bueno, hay alguien que quiero que conozcas.

Tan pronto como se acercaron, el desconocido con un fino bigote daliniano fue todo sonrisas.

—Aquí está. El hombre, el mito, la leyenda. —El Maestro estaba verdaderamente encantado de volver a ver a su joven amigo, y se inclinó para hablarle al más joven de los dos chicos—. ¿Sabes?, ¡tu hermano es un gran hombre!

Benjamin sonrió tímidamente, como diciendo: «Sí, claro.»

—Figarro Mastrioni, Maestro de la Franja del Atardecer... —Becker dijo «Franja del Atardecer» con especial énfasis, porque sabía que el Maestro era un poco teatral—. Quiero presentarle a mi hermano y artista en ciernes: Benjamin T. Drane.

Tan pronto como Benjamin comprendió que se hallaba ante un pintor de atardeceres de verdad y no otro imitador de Bob Ross como los que había visto en los Catskills, su voto de silencio desapareció en un instante.

—Genial.

—Maestro, ya sé que normalmente no imparte lecciones. Pero quiero que se lo enseñe todo a Benjamin.

Figarro hizo una reverencia y, a juzgar por el magnífico atardecer sobre el océano Atlántico que ya estaba medio terminado en el lienzo que tenían delante, Benjamin podía darse cuenta de que lo habían dejado en buenas manos.

—Está bien, tío, supongo que te perdono. —El niño extendió una mano, y su hermano mayor se la estrechó—. Pero procura que no vuelva a ocurrir.

Mientras Benjamin recibía su primera clase de impresionismo de verdad, Becker disponía por fin de unos minutos para estar solo, y qué mejor sitio que aquél. Respiró hondo varias veces y el aire marino le llenó los pulmones. Tenía a su izquierda una tienda Salt Water Taffy y los chicos que merodeaban por allí, comiendo algodón de azúcar y levantando rueda con sus sucias bicis. Envidiaba que no tuvieran que crecer por anticipado, mientras que él se sentía como si hubiera envejecido el doble de sus trece años en un solo día. Como la informadora que había servido con tanto valor a su lado.

El reparador n.º 37 sacó un Slim Jim del bolsillo de atrás y reflexionó sobre la que era con diferencia la misión más difícil de su carrera. Sabía que aunque había llegado a un final feliz, había muchas cosas de las que responder. Es por eso que había dejado una carta en el despacho de su antiguo instructor antes de emprender viaje hacia Cape Cod.

> Querido reparador Blaque:
> Estoy seguro de que recibirá un memorándum de Mando Central, pero quería que lo supiera primero de mí: esta noche he vuelto a infringir la Regla de Oro... y quizás algunas más. Asumo la plena responsabilidad de mis actos y me disculpo si esto ha causado alguna molestia. También espero con ansia contarle mi versión de la historia...
> Atentamente,
> F. Becker Drane (n.º 37)
>
> P. D.: Tom habría querido que conserve esto.

Había incluido la vieja fotografía de la familia Jackal, porque sabía lo unidas que habían estado ambas leyendas. Sin duda, el reparador Blaque recibiría la segunda muerte de su mejor amigo tan mal como la primera, y Becker confiaba en que la imagen de Tom en un lugar tan dichoso mitigara su tristeza. Sus propias emociones eran otra cuestión...

Mientras las olas rompían sobre sus pies descalzos, Becker recordó su conversación con Sully en la cafetería. El Conservador de Discos había insistido en que había algo detrás del Plan, pero no había dicho en ningún momento de qué se trataba. Y después de los disparatados derroteros que había seguido esa jornada —desde el desastre en la Plaza del

Tiempo, pasando por el reencuentro con Amy Lannin, hasta el traslado de Thibadeau Freck a Seemsberia—, costaba trabajo saber si esas A, B y C habían llevado a D, E y F. Si es que habían llevado a algún sitio...

Lo único que sabía era lo acontecido en el bosque Alton, y su mero recuerdo trajo una sonrisa a sus labios. No iba a consignarlo en su Informe Postmisión, pero estaba convencido de que, allá en el Departamento de Tiempo, acababa de llegar un cubito a los fondos de la Caja de Ahorros Diurnos. Sin duda se encontraba ya dentro de su bandeja privada, para retirarlo y saborearlo en el futuro. Pero eso no significaba que no pudiera saborearlo ahora...

El reparador Drane había sido demasiado torpe para dar el primer paso con Jennifer Kaley, pero afortunadamente ella no. Su primer beso (de ambos) no duró mucho, quizás un par de segundos, pero como Sophie Temporale había dicho con acierto, «el Tiempo es relativo». Cuando Becker se inclinó a recoger una vieja concha marina, reprodujo ese recuerdo una vez, y otra, y otra..., y le sabía cada vez mejor. Fueran cuales fuesen las consecuencias de sus actos en aquella misión, ya pensaría en ello mañana. Hoy estaba contento de estar vivo, y lanzó la concha al mar con un grito...

La concha saltó tres veces antes de hundirse bajo las olas.

Epílogo

Vía de Pensamiento n.º 3, Final de la Línea

—¡ÚLTIMA PARADA, FINAL DE LA LÍNEA!

El revisor del Expreso Transseemsberiano se apeó del tren en medio de la nube de vapor que se estaba formando alrededor de sus gigantescas ruedas de acero. Segundos antes, el maquinista había accionado la palanca que hizo chirriar esas ruedas, deteniendo la locomotora en el destino más alejado de Los Seems. Pero para sorpresa del revisor, no bajaba ni un solo pasajero.

—¡ÚLTIMA PARADA, FINAL DE LA LÍNEA!

El hombre del sombrero azul y la corbata roja escudriñó el andén por última vez y luego sacó un reloj de bolsillo del interior de su chaqueta. «Las 24.59.» Muy bien. La hora de dar la vuelta...

—¡¡¡TODOS A BORDO DEL EXPRESO TRANSSEEMSBERIANO!!! ¡ESTE TREN TENDRÁ PARADA EN LAS SIGUIENTES ESTACIONES: SEEMSBERIA, OSCURIDAD, PERIFERIA Y MÁS ALLÁ! ¡¡TODOS A BORDO!!

Unos cuantos trabajadores cansados se levantaron de los bancos de madera y arrastraron sus pesadas bolsas escaleras arriba. El revisor identificó la mayoría como minadores del Pensamiento, los que trabajaban en el despiadado calor de la Contemplación, pero estaba seguro de que el viejo del sombrero y la barba cubiertos de polvo era un buscador de Esperanza. Y a juzgar por la expresión de desesperación en su rostro, la excavación de hoy no había ido demasiado bien...

—Ya están todos, Tommy. —El revisor hizo al maquinista una señal con la cabeza y luego saltó al peldaño inferior—. ¡Vámonos!

Como una pesada bestia de la Antigüedad, el último tren de vapor que quedaba en Los Seems se puso en marcha. Los cañones de sus chimeneas vomitaron humo, los pistones y las bielas de enganche chirriaron y, con un último pitido, el Expreso Transseemsberiano desapareció lentamente en la noche...

Aparentemente sin dejar nadie atrás.

—Ha sido ingenioso. —Una voz masculina rompió bruscamente el silencio, procedente de un hueco oscuro junto a una máquina expendedora averiada—. Pero totalmente innecesario.

No hubo más respuesta que el gemido de un lejano viento del desierto.

—Tranquilícese, estamos solos.

—Ninguno de nosotros está solo —respondió una voz de mujer desde el otro lado de las vías—. Y aún menos aquí fuera.

Alguien vestido con una cogulla con capucha salió de detrás de una carretilla oxidada y empezó a cruzar las vías. El hombre al que se acercaba abandonó su escondite entre las sombras y tendió una mano robusta para ayudarla a subir al andén...

—Debí suponer que eras tú —dijo Sophie Temporale, quitándose la capucha para dejar al descubierto su cabellera blanca—. En el fondo, creo que ya lo sabía.

—¿Tan obvio era? —preguntó el hombre que ahora se hacía llamar Triton.

Se había quitado la máscara digital que lo había ocultado durante su conversación anterior, sustituida por un rostro y una voz que el Momento Presente conocía muy bien...

—Todo este atuendo de la capa y la daga está sacado de

tu libro de estilo —dijo ella—. Por no hablar de la política de trastienda.

—Cuando eres el perseguido, te las arreglas allí donde te encuentres... sea un desván, un sótano o un jardín en la azotea.

Triton la condujo a la parte más occidental de la estación, donde las vías terminaban en unos enormes tacos de goma que impedían descarrilar los Trenes de Pensamiento. A diferencia de Sophie, iba vestido con vaqueros, botas de montañismo y una cazadora de abrigo para protegerse de los vientos que aullaban en el desierto. El desierto en el que esperaba que ella le acompañara esa noche...

—¿Has reflexionado sobre mi oferta? —preguntó el hombre.

—Así es.

—¿Y bien?

—He decidido aceptarla.

El líder de La Marea apretó un puño para reprimir cualquier muestra visible de entusiasmo. Ahora que el Momento Presente estaba a bordo, los demás seguirían su ejemplo, y no habría literalmente nada que impidiera que su plan llegara a realizarse.

—Excelente.

Triton sonrió y señaló hacia En Medio de Ninguna Parte, donde cosas como el Tiempo, la Naturaleza y la Realidad perdían rápidamente su sentido. Lejos, muy lejos entre las arenas movedizas, apenas visible bajo el cielo sin estrellas, se divisaba el resplandor de lo que sólo podía ser una hoguera de campamento...

—Entonces sígueme.

Glosario de términos

Adquisición seemsiana: Transacción por la que terratenientes privados venden una finca a las Autoridades, con la condición de que se use para la construcción de una nueva terminal de Aduana.

Agentes de S.U.E.R.T.E.: Miembros de un equipo secreto encargado de distribuir la sustancia que cambia la vida a sus sectores apropiados en el Mundo.

Almacén de Segunda Mano: Tienda de antigüedades de la Plaza del Tiempo repleta de chucherías que se remontan al Día. Precios negociables.

Banco de Memoria: Institución parecida a una fortaleza en la que se guardan los recuerdos del Mundo.

Boligoma: Polímero inorgánico inventado por el Departamento de Diversión en 1943 (T.M.) y filtrado a General Electric con la esperanza de proporcionar algo de placer al Mundo.

Bomba de tiempo: Explosivo volátil activado por la escisión de un segundo.

Caja de Ahorros Diurnos (CAD): Sociedad de ahorro

y préstamo donde se almacenan los Momentos Congelados del Mundo.

Casa de la Diversión: Ala de I + D del Departamento de Diversión.

CIS: Canal de Información Seemsiana: fuente de últimas noticias de Los Seems, en funcionamiento las 25 horas del día y los 7 días de la semana.

Colina del Hombre Muerto: La mitad inferior de la 5ª Avenida Sur, Highland Park, Nueva Jersey.

CST: Compañía Seemsiana de Teledifusión: el principal canal de arte dramático y realidad de Los Seems.

Día en que el Tiempo se detuvo, el: 5 de noviembre de 1997.

Diablillo Travieso: Ex empleado del Departamento de Pensamiento y Emoción que fue condenado a Seemsberia por mandar impulsos y deseos no autorizados a la gente del Mundo.

Diario del Plan: El principal periódico de Los Seems.

En Medio de Ninguna Parte: El único lugar de Los Seems de acceso prohibido a todo el mundo, sea cual sea su autorización.

Entretanto: Región inhóspita y sin luz de Los Seems.

Equipo de Limpieza: Sección de Recursos Humanos encargada de hacer olvidar humanamente a la gente lo que saben sobre Los Seems y recoger todo el material sólido que pueda dejar constancia escrita.

Escollo: Carrera de obstáculos de varios pisos concebida para evaluar los límites físicos, emocionales y espirituales de los candidatos en el IAR.

Esencia de Tiempo: Potente extracto responsable de mantener el Mundo según el horario previsto.

Éter: Rincón de Los Seems parecido al Triángulo de las Bermudas donde la gente desaparece inexplicablemente, a menudo sin volver a ser vista.

Fallo técnico: Perjuicio pequeno pero letal que puede causar estragos en Los Seems y por lo tanto provocar destrucción masiva en el Mundo.

Franja del Atardecer: Solar en la parte de atrás del Departamento de Obras Públicas donde los pintores de puestas de sol preparan sus obras maestras diarias para exponerlas.

Final de la Línea: La última parada del Expreso Transseemsberiano, justo al límite de En Medio de Ninguna Parte.

Gnomos Gafes, Los: Una tira cómica convertida en serie televisiva de éxito en Los Seems.

Gran Plan de las Cosas, El: El documento de diseño original utilizado para construir el Mundo.

Hamburguesa con queso California: Una hamburguesa con queso, lechuga, tomate, mayonesa y cebolla cruda.

Highland Pizza: El poco llamativo chalet italiano en la esquina de las avenidas 6ª Norte y Raritan, en Highland Park, Nueva Jersey. También el segundo restaurante preferido de Becker Drane.

Huso horario: Una de las tres zonas donde se encuentran los primeros, segundos y terceros. Por ejemplo: Montaña, Lago y Subterráneo.

Instituto de Arreglos y Reparaciones (IAR): Instalación de vanguardia en Los Seems responsable de formar a todos los informadores y reparadores.

Irie: Exclamación rastafari para celebrar cualquier cosa que sea buena.

Lo Más Asombroso de Todo: La cosa más asombrosa de todas.

Manual (alias *Compendio de mal funcionamiento y reparación*): Libro técnico que contiene «todo lo que debe saber para reparar».

Marco Polo: 1) Comerciante y explorador veneciano que adquirió fama por sus viajes por todo el mundo. 2) Una especie de cogecoge, que por lo general se juega en una piscina.

Metrocard: Tarjeta plastificada recargable que permite acceder a la red del metro de Nueva York.

Momentos Congelados: Momentos prístinos de experiencia humana conservados en cubitos de hielo.

Oscuridad: Colonia de retiro y bienestar en Los Seems a la que asisten todos los que necesitan un poco de tiempo libre.

Padre de Todos los Fallos Técnicos: El padre de todos los fallos técnicos.

Piedra, Papel o Tijeras (alias *Ro Sham Bo*): Juego de gestos sencillos con la mano que se emplea para resolver conflictos. (Nota: Papel envuelve piedra. Piedra rompe tijeras. Tijeras corta papel.)

Plaza del Tiempo: El centro histórico del Departamento de Tiempo.

Ponche Aplastante: Una mezcla de zumo 100 % (no de concentrado) que deja a quienes lo toman temporalmente indispuestos.

Pozo de Emoción: Un hoyo o sima del que se extraen sentimientos.

Primeros, segundos y terceros: Los tres fenómenos geológicos que ocurren de forma natural y de los que se destila la Esencia de Tiempo.

Seemsberia: Una vasta extensión de tundra helada en los confines de Los Seems.

Seemsburger: Franquicia que intenta (con poco éxito) reproducir la «comida rápida» del Mundo.

Seems Chi: Forma de calistenia «ilimitada» que alinea cuerpo y mente antes o después de una larga jornada construyendo el Mundo.

Segundo de a bordo: El funcionario de más alto rango en Los Seems.

Señalero: Miembro del personal informático del Departamento de Tiempo.

Tiempo In Memoriam: La panadería del centro responsable de artículos tan deliciosos como Déjà Vus, Hour D'oeuvres y Tartas de Linz.

Tribunal de Opinión Pública: Brazo judicial de Los Seems, que redacta y hace cumplir las Reglas y Reglamentos.

Un Lugar Mejor: Allí donde las personas del Mundo van cuando mueren.

Vista desde la Cima: Comunidad exclusiva de clausura emplazada en los riscos del Río de Conciencia.

WDOZ: Emisora de radio en el Departamento de Suelo que emite los dulces sonidos de sopor a los oyentes del Mundo.

White Rose System: La meca de la comida rápida, abierta las 24 horas del día y los 7 días de la semana, en la avenida Woodbridge, Highland Park. También el restaurante favorito de Becker Drane.

Zeppole: Término italiano para designar rosquilla.

El Tiempo es esencial

La producción de Tiempo en Los Seems es un proceso complejo y peligroso. Depende fundamentalmente de la extracción de una serie de minerales infundidos con una energía o «Esencia» que hace que las cosas de su alrededor envejezcan a un ritmo concreto. Estos minerales reciben el nombre de primeros, segundos y terceros.

Las cáscaras de los primeros son blandas y contienen muy poca Esencia, mientras que los terceros son prácticamente indestructibles y, en caso de que su superficie se agriete, contienen suficiente Esencia como para aniquilar tanto el Mundo como Los Seems. Una vez recogidas estas esferas, se encierran en vitrinas resistentes al Tiempo y se sumergen en agua del Río de Conciencia para extraer la Esencia sin peligro.

Luego esta infusión se bombea a través de una tubería al Departamento de Realidad, donde se rocía directamente sobre el Tejido mientras se urde para dar forma al Mundo.

La suma de los primeros (1 ticogramo), segundos (2 tg) y terceros (3 tg) es conocida como el «Múltiplo» y es el responsable de la velocidad a la que transcurre el Tiempo. Un Múltiplo de 9 (tradicionalmente dos primeros, dos segundos y un tercero) equivale al ritmo «normal» de la vida en el Mundo. No obstante, durante períodos de estrés o rendimiento máximo, el Tiempo parece transcurrir a una velocidad de 6, mientras que en los ratos de diversión puede parecer que vuela a 12.

Herramientas del oficio

Herramientas seleccionadas de «La bomba de tiempo». (*Nota:* Reproducido de *El Catálogo,* copyright © Seemsbury Press, MCGBVIII, Los Seems.)

Nombre de herramienta: Tejido Conjuntivo™
Uso: Fijación personal. Si la filosofía budista no lo corta, ¡entonces nada lo hará! (*Hasta 2,27 kilos de resistencia a la rotura.*)
Diseñador: Al Penske

Nombre de herramienta: Pies Pega-josos™
Uso: ¡Manténgase firmemente plantado en el suelo con esta adquisición estelar para su zapatero de reparador! Vienen más grandes que los Demonios Veloces y los Chanclos de Hormigón. (*Disponibles en los números 18-49, A-EEE.*)
Diseñador: El Manitas

Nombre de herramienta: Llave Esqueleto™
Uso: Viaje Los Seems-Mundo. ¡Un salto espectacular desde el anticuado sistema de puertas! Una por reparador. NO HAGA COPIAS.
Diseñador: Al Penske

Nombre de herramienta: Refugio Atómico™

Uso: Manejo de catástrofes. Cuando desee no haber tenido que hacerlo, se alegrará de haberlo hecho. Un artículo imprescindible para los 39 primeros del escalafón.

Diseñador: Al Penske

Nombre de herramienta: Lata de Azotaculos™

Uso: ¿Ha olvidado sus Puños de Furia™ sobre la mesa de la cocina? No se preocupe: ¡abra una Lata de Azotaculos en su lugar! Se presenta con una lata reutilizable de 225 g. *(Recambios de Azotaculos hasta agotar existencias.)*

Diseñador: Klaus van Barrelhaus

Nombre de herramienta: Grasa de Codo™

Uso: ¡Salga de cualquier aprieto con la sustancia más resbaladiza conocida por el hombre! ¡Hace que el WD-40 parezca manteca de cacahuete!

Diseñador: Al Penske

Nombre de herramienta: Toolmaster '44™. *(Dejada de fabricar.)*

Uso: ¡Estas alforjas de cuero distendido, cosidas a mano y profundas, son la caja de herramientas del futuro! *(Numeradas individualmente/Producción limitada.)*

Diseñador: Morton Penske

Nombre de herramienta: Esto, Aquello y Lo Otro™

Uso: ¿Las cosas vuelven a desarmarse? ¡Manténgalas unidas hasta que pueda repararlas definitivamente! *(Requiere cierto montaje.)*

Diseñador: El Manitas

Nombre de herramienta: Espira-Q™

Uso: Desviar, recanalizar, reajustar, reorganizar, rebotar, reinvertir, regurgitar. ¡Nada es imposible con una Espira-Q!

Diseñador: Al Penske, Jr.

Nombre de herramienta: Mitones™

Uso: ¿Está harto de quemarse en el trabajo? ¡Proteja las manos que le proporcionan el sustento con estas mullidas manoplas! *(A prueba de fuego de azufre/¡resistentes al frío hasta -273 ºC!)*

Diseñador: Al Penske, Jr.

Nombre de herramienta: Atrapa Todo™

Uso: ¿Vuelve a caerle el cielo encima? Venga lo que venga, ¡frénelo y domínelo con este guante dorado esperanzador! *(Disponible en terciopelo y ante de uso diario.)*

Diseñador: Al Penske, Jr.

Nombre de herramienta: Flor de un Día™

Uso: Fuente de iluminación que puede utilizarse como ornamento floral. ¡Emite luz polarizada durante más de ocho minutos!

Diseñador: Al Penske, Jr.

Nombre de herramienta: Patata Caliente™

Uso: ¿Las dietas bajas en hidratos de carbono le dejan para el arrastre? ¡Combata el frío con estas esferas calentitas que sin duda calentarán su viaje a través del Intermedio! *(Pídalas ahora: están volando de las estanterías como..., bueno, ya lo sabe.)*

Diseñador: Chef LaRobierre

Nombre de herramienta: Gafas Horarias™. *(Dejadas de fabricar.)*

Uso: Con lentes hechas a mano y un elegante diseño norseemsiano, ¡estas trifocales pueden de-

tener literalmente el Tiempo! (o acelerarlo). *¡Utilizadas originariamente por controladores de la Realidad en el Día y disponibles en el Catálogo por primera vez!*
Diseñador: Morton Penske

Nombre de herramienta: Alas de Agua™
Uso: Supere fácilmente la marea alta con estos impulsadores. Elevación hasta tres metros. Resistente a los pinchazos. *(No deben combinarse con los modelos Hovercraft HG™ o Harto de Surf XL™.)*
Diseñador: Al Penske, Jr.

Nombre de herramienta: Palos y Piedras™
Uso: Les romperá los huesos... cuando los nombres no bastan para hacer daño a una mosca. Nunca se recomienda pelear, pero si le atacan, ¡deles su merecido! *(Palo tratado a presión. Piedra que igualaría a un filisteo.)** No se admite ninguna responsabilidad por lesiones físicas resultantes del uso de la herramienta.

---

* Para más información sobre herramientas, arcanos y detritos seemsianos en general, visite por favor la sección Salón del Reparador de *theseems*.com. [Contraseña: **LTF-FTL**]

Formulario n.º 1030:
Informe Postmisión

Misión: El segundo escindido [037009]
Presentado por: F. Becker Drane

Resumen:

Ésta ha sido una misión muy complicada. Me han ocurrido algunos sucesos personales y, por desgracia, han repercutido en mi vida profesional. Por otra parte, creo que se han dado grandes pasos para entender la infraestructura y los métodos de La Marea y espero que esto sea tenido en cuenta. A pesar de todo, confío en que esta experiencia me resultará muy útil en el futuro.

Aspectos a mejorar:

Evidentemente, cumplir las Reglas me ha supuesto de un tiempo a esta parte un grave problema. Pero también espero mejorar en otros aspectos clave como la lucha cuerpo a cuerpo, mantener la calma en momentos de frustración y estrategia con respecto a Piedra, Papel o Tijeras.

Evalúe a su informador (1-12): <u>11</u>

Hoy, Shan Mei-Lin ha impartido prácticamente un curso de informador. No sólo se deshizo de la explosión inicial en la Plaza del Tiempo para seguir sirviendo en la misión, sino que además demostró gran iniciativa y valor cuando se vio separada no de uno sino de dos reparadores. Sobre todo, estuvo dispuesta a hacer el máximo sacrificio por el Mundo. Con un poco de trabajo en misión dentro de la misión (trabajo que quizá ya haya hecho), la recomiendo sin reserva para su ascenso a reparadora.

Buzón de sugerencias:

No es más que una idea, pero a nivel de misiones en caso de «cataclismo» como ésta, quizá valdría la pena llamar a un equipo de reparadores. Es decir, múltiples especialistas cuyos talentos podrían combinarse en una unidad cohesiva, y, por lo tanto, maximizar la seguridad para el Mundo. Esto e incorporar el Receptor a la siguiente serie de Blinkers. Es un fastidio llevar ambas cosas.

☑ Marque esta casilla si desea donar material usado o anticuado para el programa Herramientas por Tragos del IAR.

F. Becker Drane
Firma

Los
SEEMS

El reparador Jelani Blaque y señora y las Autoridades le invitan cordialmente a usted y a un invitado a la...

¡Fiesta de Jubilación del reparador Lucien Chiappa (n.º 22)!

Cuándo: Víspera de la noche de Medio Verano
Dónde: El Otro Lado, Los Seems
S.R.C.: beckerdrane@gmail.com

Tenga la amabilidad de indicar el entrante que prefiera en su respuesta:

- Cazuela de pollo corsa
- Cumplido negro con puré de calabaza de temporada
- Hamburguesa con patatas fritas Intermedio

Música de:
¡Los Aplazadores, El Genio Musical y más!

* No se aceptan regalos. ¡Traiga sólo su mejor anécdota del señor Chiappa para compartir!

* Se admite un invitado más. Preséntese la invitación original a la entrada. Fotocopias no, por favor.

VEA EL MUNDO. ÚNASE A LOS SEEMS
Resumen de solicitantes del mejor empleo del Mundo

Con el lanzamiento de *Los Seems: Fallo técnico*, de John Hulme y Michael Wexler, en el otoño de 2007, el interés por unirse a Becker Drane y a los otros 36 reparadores que atienden los problemas en Los Seems y velan por el buen funcionamiento del Mundo aumentó.

El Departamento Seemsiano de Recursos Humanos fue inundado por solicitantes que habían hecho el Test de Aptitud Seemsiana (T.A.S.) para ver si tienen lo que se requiere para estar en Los Seems. Por desgracia, actualmente no hay vacantes, pero todos los T.A.S. están archivados y, en caso de producirse alguna, se notificará a los candidatos.

Recursos Humanos pudo sacar algunas estadísticas sobre los solicitantes y cómo respondieron a la versión breve del test. No existen respuestas correctas ni erróneas, pero muchas de ellas resultaron interesantes y reveladoras.

¿Está un poco aburrido de la vida? No es que sea infeliz, pero ¿ha tenido siempre esa remota sensación persistente de que quizás estaba destinado a hacer otra cosa?

Sí: 86 %
No: 14 %

289

Si hubiera un desgarrón en el Tejido de la Realidad y le llamaran para arreglarlo, ¿qué herramienta emplearía?

Un Scopeman Redondo 4000™: 6 %
Una Boa Constrictor XL™: 1 %
Hilo y Aguja: 75 %
No tengo ni idea: 18 %

Imagínese que hubiera que rehacer el Mundo desde cero y se lo encargaran a usted. ¿Qué clase de mundo crearía?

Las respuestas a esta pregunta fueron en forma de ensayo; sin embargo, hubo algunas contestaciones uniformes:

Crear un mundo:
de paz y sin violencia ni guerra: 44 %
sin contaminación: 12 %
sin pobreza: 6 %
sin adultos: 2 %
hecho de caramelo: 2 %
en el que se pueda jugar a videojuegos todos los días: 2 %
donde gobiernen las chicas: 1 %
el mismo mundo pero sin deberes: 1 %

El 30 % restante fueron respuestas únicas que iban desde crear un mundo de Red Sox hasta uno en el que todos puedan volar, animales incluidos.

¿Tienes *tú* lo que se necesita para estar en Los Seems? Visita *www.theseems.com* y averígualo.

Índice

OTROS TÍTULOS

LOS SEEMS. FALLO TÉCNICO

John Hulme y Michael Wexler

¿Te has preguntado alguna vez de dónde vienen tus sueños? Becker Drane lo sabe, porque conoce Los Seems. Y pronto tú también lo sabrás…

Los Seems es el mundo que se ocupa de hacer que nuestro mundo funcione. Desde el Departamento de Clima hasta el Departamento de Tiempo, Los Seems hace que todo funcione... tal como nos gusta. Pero de vez en cuando algo falla, y entonces se manda un reparador para que se haga cargo del problema. En la primera misión de Becker, se presenta un fallo técnico en el Departamento de Sueño, y Becker no tarda en darse cuenta de que no es un encargo rutinario. ¿Hay una avería mecánica en el Sueñatorio? ¿O acaso es obra de La Marea, una organización clandestina que se propone destruir Los Seems... y apoderarse del mundo?

EL PALACIO DE LA RISA
LAS AVENTURAS DE MILES WEDNESDAY I

Jon Berkeley

Cuando el misterioso Circo Oscuro llega a las tinieblas de la noche, Miles Wednesday, un huérfano que vive en un barril, es la única persona en la ciudad de Larde que presencia el evento. Y da comienzo su aventura…

Miles Wednesday nunca había estado en un circo. Pero el Circo Oscuro no es un circo ordinario. Hay una bestia extraña llamada el Nulo y una gran variedad de payasos de aspecto siniestro. Cuando una niña muy poco común, que posee alas, cae de una torre durante un número, la vida de Miles cambia para siempre. Miles y Pequeña se embarcan en un viaje extraordinario a fin de rescatar a dos amigos que han sido capturados en el Palacio de la Risa, para descubrir el poder de la amistad y el don de la familia.

SPIDERWICK.
EL CANTO DE LA ONDINA

Toni DiTerlizzi y Holly Black

¿Crees que en Florida todo es diversión? Ni hablar. Todo iba bastante bien hasta que apareció la pringada de mi hermanastra. Y no llegó sola. Trajo consigo un libraco ridículo sobre seres fantásticos. Dijo que existían de verdad, pero ¿la creí? No. Le dije que todo eso era mentira. No podía estar más equivocado. Ahora me veo rodeado de seres fantásticos. ¡Están por todas partes! ¡Y no se marcharán hasta que los ayudemos! ¡QUÉ MARRONAZO!